中华优秀传统文化是炎黄子孙共同的精神家园

聊斋志异选译

刘烈茂
欧阳世昌 译注
章培恒 审阅

古代文史名著选译丛书

（珍藏版）

主编 章培恒 安平秋 马樟根

凤凰出版社

图书在版编目（CIP）数据

聊斋志异选译 / 刘烈茂，欧阳世昌译注. -- 南京 ：凤凰出版社，2017.1
（古代文史名著选译丛书 ：珍藏版 / 章培恒，安平秋，马樟根主编）
ISBN 978-7-5506-2488-7

Ⅰ. ①聊… Ⅱ. ①刘… ②欧… Ⅲ. ①笔记小说－中国－清代②《聊斋志异》－译文③《聊斋志异》－注释 Ⅳ. ①I242.1

中国版本图书馆CIP数据核字(2016)第257427号

书　　名	聊斋志异选译
主　　编	章培恒　安平秋　马樟根
译 注 者	刘烈茂　欧阳世昌
责任编辑	张永堃
装帧设计	姜　嵩
出版发行	凤凰出版传媒股份有限公司 凤凰出版社(原江苏古籍出版社) 发行部电话025-83223462
出版社地址	南京市中央路165号,邮编:210009
出版社网址	http://www.fhcbs.com
照　　排	江苏凤凰制版有限公司
印　　刷	苏州市越洋印刷有限公司 苏州市吴中区南官渡路20号　邮编:215104
开　　本	850×1168毫米　1/32
印　　张	8.5
字　　数	176千字
版　　次	2017年1月第1版　2017年1月第1次印刷
标准书号	ISBN 978-7-5506-2488-7
定　　价	34.00元

(本书凡印装错误可向承印厂调换,电话:0512-68180638)

目　录

前 言

《聊斋志异》是一部思想艺术都具有独特风貌的文言短篇小说集，是我国志怪传奇小说系统中的一部奇书。说它奇，不仅因为它故事奇、人物奇、想象奇、见解奇、文笔奇，而且它的产生和流传，也相当奇。唐传奇以后，白话小说兴起而文言小说衰落，到了明代，已出现《水浒传》、《西游记》、“三言”（即《警世通言》、《醒世恒言》、《喻世明言》）那样高水平的长短篇白话小说。可是，在文言小说已呈衰落趋势之后，竟然异军突起，出现了一部震撼人心的《聊斋志异》。它用典雅博奥的文言文，谈狐说鬼，述怪志异，征服了无数读者的心，在中国老百姓中产生了极其广泛、极其深远的影响。《聊斋》创作尚未完稿，就已有人读到入迷，竞相传抄，不胫而走，至今留下了好些珍贵的抄本。刊刻之后，更是风行天下，万口传诵，“流播海内，几于家有其书”①。此后，“效颦者纷如牛毛”②，可是，始终没有一部可与《聊斋》相媲美。《聊斋》为什么能够获得广大读者的喜爱？它独特的艺术魅力从何而来？它的成功，奥秘何在？这是很值得探索和研究的。

表面上看，《聊斋》不过是谈狐说鬼、述怪志异的小说，和别的志怪小说没有什么不同。但是如果稍为深入进行

① 陆以湉：《冷庐杂识》。 ② 冯镇峦：《读聊斋杂说》。

分析比较，便可以发现，《聊斋》具有别的志怪小说所没有的重要特点。比如作者的创作动机和目的，就与别的作者大不一样。一般志怪小说的作者，往往出于搜奇抉异，甚至为了“明神道之不诬”①。蒲松龄却是怀着满腔悲愤创作《聊斋》，耗尽了毕生的心血。他写的《感愤》诗：“新闻总入鬼狐史，斗酒难消磊块愁。”既透露了借狐鬼故事以抒愤的隐秘，又表现了愤世嫉俗、不吐不快的创作激情。《聊斋自志》更明确指出这是一部“孤愤之书”。因此，我们要认识《聊斋》的特殊价值，必须了解作者所说的孤愤的内涵。

蒲松龄，字留仙，一字剑臣，别号柳泉居士，山东淄川人，生于明崇祯十三年（1640），死于清康熙五十四年（1715），出身于衰落的地主兼商人的家庭。他自幼聪明好学，十九岁时以第一名考上秀才。原以为从此可以“青云直上”，谁知在考举人时，屡屡败北。一直到了七十岁，还是个穷秀才。博学多才，却一生沦落，得不到施展的机会。从这种切身遭遇中，他深深体会到“仕途黑暗，公道不彰”，因而“愤气填胸”②。这也就是其“孤愤”的出发点。

科举的失败，把蒲松龄抛到生活的底层；家境的贫寒，让他饱尝人世的艰辛。这都使他得以清醒地面对现实；而所处的时代又正是明末清初社会大变动的时期。清朝统治者在征服汉族和其他少数民族人民的过程中，伴随着大屠杀、大掠夺，激起了各地人民的激烈反抗。于是清朝统治者进行了更野蛮、残酷的镇压。人世间充满了血腥与冷酷。从而让蒲松龄的孤愤具有了更为深广的内容。在《聊斋志异》里，不仅有《司文郎》、《王子安》等从不同角度暴露

① 干宝：《搜神记序》。 ② 蒲松龄：《与韩刺史樾依书》。

科举制度不合理的作品，而且还广泛地反映了当时社会的种种矛盾与弊病。如《公孙九娘》强烈地控诉清朝统治者屠杀无辜民众的暴行；《梦狼》无情地揭露官吏鱼肉百姓的罪恶；《张氏妇》以愤怒的笔墨，痛斥清朝官兵“其害甚于盗贼”；《席方平》用荒诞的形式，揭示整个现实的黑暗。

跟这样惨痛的人生相对应，在《聊斋志异》中还存在着一个主要由鬼狐、神怪构成的温馨的世界，那里有善良、正直、同情、友谊和爱情。《娇娜》中由狐狸幻化而成的皇甫公子对萍水相逢、穷途流落的孔雪笠多方照顾，其妹娇娜不避男女之嫌，亲自为之治病，就是一个突出的例子。不过，在写这类故事时，蒲松龄的内心仍然是寂寞而痛苦的。在《聊斋志异》的一篇题为《小梅》的作品中，叙述一个女狐精对于二十年前曾有“一夕之好”的男人仍然不忘于心，当那个已经死去的男人的儿子犯了死罪时，她求人出来救护，并对救护者尽力加以报答（限于篇幅，《小梅》在本书中未能选入），在该篇的结尾，蒲松龄感慨地说：在人间，有谁能像女狐精这样地“死友而不忍忘，感恩而思所报”呢？由此可见，蒲松龄实在是深感在人间找不到这样的温暖，所以不得不在幻想中的狐鬼身上寻找精神上的寄托。从这点来说，此类作品仍是其孤愤的表现。

也正因此，《聊斋志异》的孤愤，并不只是蒲松龄个人不得志的牢骚，而是对现实的黑暗的愤恨，同时还包含着对美好的理想的追求。

在这基础上，《聊斋志异》以其独特的艺术成就赢得了无数读者的喜爱。

蒲松龄的孤愤虽完全植根于现实的土壤，但他创作的《聊斋》却很少直接再现现实，大部分是以自己特有的构思方式把其感受化为奇幻的鬼狐故事。现实性情节和幻想性情节、现实人物和幻想形象被巧妙地结合在一起，创造出时真时幻、真幻交融的艺术世界，使《聊斋》形成独特的艺术风貌。这个世界由于狐鬼的介入，和现实生活拉开了距离，但是读者却可以从中领略到写实作品所没有的无穷情趣和深刻意蕴。

在《聊斋》里，几乎每篇都有意想不到的奇想。这些奇想，用科学的眼光去看，实在是荒诞离奇；而用艺术眼光去看，则引人入胜，妙不可言。例如，衡文论学本是非常复杂的脑力劳动，睁大双眼，反复思考，所得的结论，还未必恰当。可是《司文郎》里的盲僧，却只需把文章烧成灰，用鼻子嗅一嗅，立即可以判断文章的优劣高低。不但准确无误，而且可以指明文章的师承关系。《促织》里的小孩可以幻化为蟋蟀，身体病危，卧床不起，灵魂却进了皇宫，斗赢了天下所有的"名将"。《石清虚》里"四面玲珑、峰峦叠秀"的石头，似乎带点灵性，不但一次次使官绅掠夺的美梦落空，而且"能自择主"，与石痴结为神交老友。诸如此类的想象，都大胆，新颖，带点怪味，但绝非凭空胡编乱造，奇想的背后自有真意在。

试想，如果《司文郎》缺少了嗅文以鼻的盲僧，那么，依照主题的需要，只好直写主考官评卷时分不清文章的优劣高低，使富有才学的王生名落孙山，而狂悖无知的余杭生反而高中。这种写法虽然直截了当地揭露了科举的积弊，但读起来有什么味道！有了盲僧嗅文以鼻的奇想，便出现了一连串的奇境妙文：嗅王生的佳作美文，盲僧"受之以脾"；嗅余杭生的低能劣作，则作恶难以忍受；暗中夹进古大家文以试之，盲僧并没有受惑，啧啧称赞说："妙哉！此文我心受之矣!”表明盲僧的嗅觉何等灵敏,谁也骗不了他。可是,科考放榜,偏偏是王生落第而余杭生得中。因此,盲僧不得不感叹:“帘中人并鼻盲矣。”更妙的是,侥幸得中的余杭生竟要找盲僧算账,这就逼出全篇最精彩的一段:嗅试官之文。“生焚之,每一首,都言非是;至第六篇,忽向壁大呕,下气如雷。众皆粲然。僧拭目向生曰:‘此真汝师也!初不知而骤嗅之,刺于鼻,棘于腹,膀胱所不能容,直自下部出矣!’”讽刺之辛辣,无以复加。

试想,如果没有成子幻化为蟋蟀的奇想,那么,故事只能结束在成名的家破人亡上。这种写法当然也含有对封建压迫者的揭露作用,但只是触及生活的表象,并没有挖到祸根。《促织》从实境转入幻境,突破生活的表层,进入事物的内部,把发生在乡里的一件常事,一步步引向封建王朝发号施令的所在地——皇宫。这样就大大开阔了读者的视野,加深了读者的思考。宫中的笑声,民间的眼泪;皇帝的小欢乐,百姓的大灾难;人虽是万物之灵,却不如一只小虫的价值;还有,九岁小孩被逼得精神失常,谁是罪魁祸首?一人飞升,仙及鸡犬,又是哪家王法?凡此种种,无不引人深思。比起直接再现社会发生的事件,不是更震人心弦么?

试想,如果《石清虚》里那块石头没有一点灵性,那么,势豪某将它从邢云飞手中抢去以后,邢有什么办法呢?正如小说所写:“邢无奈,顿足悲愤而已。”文章至此,还能做下去吗?掠夺,在封建社会里是常有的事,只写掠夺行为,未必能够表现事物的本质。设想石头有灵性,就造成一种机会,可以充分地表现势豪、官僚和盗贼各自施展掠夺伎俩:势豪靠抢,盗贼靠偷,官僚不用抢不用偷,他手中有权,可以任意捏造罪名，构陷无辜，逼得家属不得不背着邢云飞献石于尚书家。作者巧妙地把官、贼、势豪交错起来写，彼此映衬。这样就把官即是贼、官恶于贼的本质作了淋漓尽致的揭露。邢云飞爱石如命的“石痴”性格也在反复斗争中给读者留下深刻的印象。

可以说，《聊斋》的巧设幻境、幻真交融以及各种难以意料的奇想，都不只是为了满足读者的好奇心，而是作者深入思考、上下求索、追求理想的表现。他力图把读者带进一个新的天地，引向一个新的境界。在对青年女性形象的描绘里，这一点表现得尤为明显。

《聊斋》里的青年女性，有许多是狐仙、鬼女、花精。其中大多数都个性突出、感情真挚、光彩照人。蒲松龄之所以如此，绝不是为了猎奇，也不只是为了追求艺术效果，而是想显示出他理想中的女性形象及其与现实的矛盾。

封建时代的妇女受压迫最深。政权、族权、神权、夫权像四座大山压得她们抬不起头。妇女没有参加社会活动的权利，甚至连说话和笑的自由也被限制，封建礼教规定她们“笑莫露齿，言莫高声”，蒲松龄却与之针锋相对地塑造了一个由狐母所生、鬼母所育的敢说敢笑的婴宁形象，她走到哪里，就笑到哪里。作者在各种不同的场合，以不同的姿容和神态来描写她的笑，又用烂漫的山花作为衬托，极力突出她的性格美。在不准笑的封建专制社会里，婴宁开怀大笑，无所顾忌。这爱笑的性格，显然是和封建礼教相对立的。后来婴宁从鲜花遍野的深山来到污浊的人间，再也无法笑下去了，“虽故逗，亦终不笑”。通过这一对比，婴宁笑的挑战性质，也就更为明显了。如果婴宁是个现实人物，就不能这样表现。

封建礼教规定“男女授受不亲”，禁止男女自由来往。蒲松龄偏偏描写青年男女亲密纯洁的友谊。《娇娜》里的娇娜，曾经不顾嫌忌地为孔雪笠治病，其后孔雪笠爱上了她，但因年龄相差较大，两人都跟别人结婚了。但这并不妨碍他们之间的深厚友情，当孔雪笠为救娇娜而被雷震死时，娇娜大哭说：“孔郎为我而死，我何生矣！”并把自己多年修炼而得的内丹——红丸给孔雪笠吞下，把他救活。她对孔雪笠的感情之深，已到了忘我的地步；同时仍深深地爱着自己的丈夫。所以，当孔雪笠邀请她跟兄长同至孔家居住时，她不愿离开丈夫而去孔家；及至听到丈夫已死，她“顿足悲伤，涕不可止”。这都说明她对孔雪笠的友情并不影响其真挚的夫妇之爱。最后，她跟兄长都住到了孔家，“棋酒谈宴，若一家然”。但两人始终是朋友。蒲松龄在篇末评论说：“余于孔生，不羡其得艳妻，而羡其得腻友也。”这样纯洁的男女关系，在礼教森严的社会里是不可能有的，但却是蒲松龄向往的。《聊斋》以生动的故事表明：男女之间可以有纯真的友情，它有时甚至比一般的爱情更为宝贵。这种看法在当时是惊世骇俗的，只有在狐鬼奇幻形象中才能体现出来。

封建阶级鼓吹婚姻大事要听从“父母之命，媒妁之言”，蒲松龄对此也大唱反调，写了大量青年男女自由恋爱的故事。限于篇幅，本书所选极少。以《翩翩》、《晚霞》两篇来说，作品中的女主人公对爱情的追求何等大胆，但她们都不是凡人。相比之下，《胭脂》中的女主人公就显得十分软弱，她只能把对于爱情的渴望埋于心底，一旦向女友透露，就酿成了大祸。而作为现实中的少女，她其实也只能如此。《聊斋》爱情故事中的女主人公很多都是精怪、仙鬼，主要原因恐怕就在于她们能勇敢地追求、自由地行动，从而更具备蒲松龄所希望的特点。

总之，蒲松龄所塑造的奇幻的人物形象及其所设计的奇幻的情节，很多都具有理想的性质。理想与奇幻的结合，思想性与艺术性的高度统一，这就是《聊斋》取得巨大成功的根本原因。

此外，《聊斋》语言精练、优美，也极其突出。其作品都篇幅短小，一般只千把字，最长的《婴宁》也不过四千来字。而它包含的内容之丰富，情节之曲折，思想之深刻，情致之动人，都令人吃惊。那些更短的志怪体，如《小猎犬》、《义鼠》、《雨钱》等，也都寓意深刻，耐人寻味。《聊斋》故事有点像中国的盆景，即使山如拳石，池似堂坳，都给人异峰竞秀、烟波浩渺之感。至于《聊斋》的文笔，历来为中外学者所推崇，也可说是《聊斋》的一“奇”。《法国大百科全书》盛赞《聊斋》的文学语言卓越有力，“达到中国古典散文的高峰”。这种评价，是有根据的。蒲松龄博览群书，《左》、《史》、《庄》、《骚》，诗、词、歌、赋，无所不读，并经过融会贯通，化为自己的语言。同时广泛吸收民间口语，将典雅博奥的文言与生动活泼的口语熔于一炉，形成《聊斋》独特的语言风貌：简练、传神、流畅、含蓄、富有情致。蒲松龄确实把文言小说的语言艺术发挥到了最高水平。我们在翻译过程中，时时感到《聊斋》文笔精美，情深意浓，虽然也力求译出原作的特色，但总觉得我们的拙笔很难准确地传达出《聊斋》的神韵。因此，我们主张有条件的读者最好再去阅读原著，直接品味《聊斋》的笔墨旨趣，必有更多的收获。

我国当代著名学者郭沫若先生于1962年初冬为蒲松龄故居题辞，盛赞《聊斋志异》“写鬼写妖，高人一等；刺贪刺虐，入骨三分”。如此高的评价，应该说蒲松龄当之无愧。《聊斋》确实以独特的思想，独特的人物，独特的艺术构思，形成独特的艺术魅力。它的卓越成就，早为国外学者所瞩目。百多年前，已出现《聊斋》的单篇译文，随后不断有各种外文译本问世。现在已有英、法、德、意、西、荷、比、挪、捷、罗、波、匈、保、俄、越、韩、日、瑞典等十八种外文译本。这个事实说明，《聊斋》已不仅是中国人民，而且是世界人民的共同精神财富了。

刘烈茂（中山大学中国古文献研究所）
欧阳世昌（广东省佛山市顺德区教育局）

劳山道士

这是一篇寓意深刻的讽刺小说。虽以劳山道士命题，但着重刻画的却是王生。作者以奇特的想象，描写了劳山道士既能剪纸为月，掷箸化仙，又能使壶酒饮众而倾注不竭，甚至可以移席月宫，尽情欢乐。这些描写，看来似乎是在赞美道士法术之高妙，实则仅是作为讽刺王生的铺垫，和那些引人慕道的神异小说迥然不同。王生很想学道，所拜的师父道法又很高强，为什么一点本领也没有学到呢？这则故事生动地表明，像他那样娇生惯养，好逸恶劳，连上山打柴都受不了，还能学什么道；像他那样目光短浅，急于求成，虽然有了志向，也必然半途而废；后来他只求学穿墙之术，存心不良，妄图投机取巧，以逞一己之私，则更非碰壁不可。当我们看到王生在妻子面前卖弄，砰然碰壁，额上坟起鸡蛋般的大疙瘩时，不禁失笑。在这里，作者巧妙地运用含意双关的“碰壁”细节，收到很好的讽刺效果。

邑有王生①，行七，故家子。少慕道，闻劳山多仙人[2]，负笈往游[3]。登一顶，有观宇，甚幽。一道士坐蒲团上[4]，素发垂领，而神观爽迈。叩而与语，理甚玄妙。请师之。道士曰："恐娇惰不能作苦。"答言："能之。"其门人甚众，薄暮毕集。王俱与稽首，遂留观中。

【注释】

① 邑：即本邑、本县，这里指山东淄川。作者是淄川人，故这样说。② 劳山：即崂山，在山东即墨东南六十里。旧时是道教的"胜地"。③ 负笈(jí)：原意为背着书箱出外求学，这里指出门访道。笈，书箱。④ 蒲团：用蒲叶编成的圆垫子，一般用于盘坐或跪拜。

凌晨，道士呼王去，授以斧，使随众采樵。王谨受教。过月余，手足重茧，不堪其苦，阴有归志。

一夕归，见二人与师共酌。日已暮，尚无灯烛。师乃剪纸如镜，粘壁间。俄顷，月明辉室，光鉴毫芒。诸门人环听奔走。

一客曰："良宵胜乐，不可不同。"乃于案上取壶酒，分赉诸徒，且嘱尽醉。王自思：七八人，壶酒何能遍给？遂各觅盎盂，竞饮先釂[1]，惟恐樽尽；而往复挹注，竟不少减。心奇之。俄，一客曰："蒙赐月明之照，乃尔寂饮。何不呼嫦娥来？"乃以箸掷月中。见一美人，自光中出。初不盈尺；至地，遂与人等。纤腰秀项，翩翩作《霓裳舞》[②]。已而歌曰：“仙仙乎而还乎，而幽我于广寒乎[③]！”其声清越，烈如箫管。歌毕，盘旋而起，跃登几上。惊顾之间，已复为箸。三人大笑。又一客曰：“今宵最乐，然不胜酒力矣。其饯我于月宫可乎?”三人移席，渐入月中。众视三人，坐月中饮，须眉毕见，如影之在镜中。移时，月渐暗；门人然烛来[④]，则道士独坐而客杳矣。几上肴核尚存。壁上月，纸圆如镜而已。道士问众：“饮足乎?”曰：“足矣。”“足，宜早寝，勿误樵苏。”众诺而退。王窃忻慕，归念遂息。

【注释】

① 釂（jiào）：干杯。②《霓裳舞》：即《霓裳羽衣舞》，是唐代宫廷的一种乐舞。相传唐玄宗与方士游月宫，闻仙乐，归而记之，谱成《霓裳羽衣曲》，其舞蹈就是《霓裳羽衣舞》。但这种舞曲实是从西域传入，经唐玄宗润色而成。③“仙仙”二句：仙仙，腾飞空中的样子，出《庄子·在宥》：“仙仙乎归矣。”这两句是说：是腾空而行地回去呢，还是把我幽禁在广寒宫呢？④ 然：“燃”的古字。

又一月，苦不可忍，而道士并不传教一术。心不能待，辞曰：“弟子数百里受业仙师，纵不能得长生术，或小有传习，亦可慰求教之心；今阅两三月，不过早樵而暮归。弟子在家，未谙此苦。”道士笑曰：“我固谓不能作苦，今果然。明早当遣汝行。”王曰：“弟子操作多日，师略授小技，此来为不负也。”道士问：“何术之求?”王曰：“每见师行处，墙壁所不能隔，但得此法足矣。”道士笑而允之，乃传以诀，令自咒毕，呼曰：“入之！”王面墙不敢入。又曰：“试入之。”王果从容入，及墙而阻。道士曰：“俯首骤入，勿逡巡！”王果去墙数步，奔而入；及墙，虚若无物；回视，果在墙外矣。大喜，入谢。道士曰：“归宜洁持，否则不验。”遂助资斧遣之归。

抵家，自诩遇仙，坚壁所不能阻。妻不信。王效其作为，去墙数尺，奔而入，头触硬壁，蓦然而踣。妻扶视之，额上坟起，如巨卵焉。妻揶揄之。王惭忿，骂老道士之无良而已。

异史氏曰①：“闻此事未有不大笑者，而不知世之为王生者，正复不少。今有伧父，喜疢毒而畏药石②，遂有吮痈舐痔者③，进宣威逞暴之术，以迎其旨，绐之曰④：‘执此术也以往，可以横行而无碍。’初试未尝不小效，遂谓天下之大，举可以如是行矣，势不至触硬壁而颠蹶不止也。”

【注释】

① 异史氏：蒲松龄的自称。因为《聊斋》是一部“志异”的书，所以作者自号异史氏。② “喜疢(chèn)毒”句：疢，病。药石，治病的药物和治疗用具。《左传》中曾把赞颂的话比做病毒，把批评的话比做药石(见襄公二十三年的记事)，这里就是用此典故。③ 吮痈舐痔：吮吸痈疽的脓

液，舔痔疮。据《史记·佞幸传》载，邓通曾为汉文帝吮痈。又据《庄子·列御寇》载：秦王生病，有人为他舔痔疮，他就赏给那人五辆车。后人遂以吮痈舐痔比喻下流无耻的奉承谄媚行为。④ 绐（dài）：哄骗。

【翻译】

本县有个姓王的书生，在兄弟中排行老七，出身于世家大族。他从小就爱慕道术，听说劳山上有许多仙人，就背起书箱出门去游访。到了劳山，他登上一座山顶，那里有座道观，环境十分幽静。观里蒲团上，坐着一位老道士，满头银发披在肩上，神采奕奕，看上去很有点超世绝俗的气概。王生叩头下拜，恭敬地向道士请教，道士所说的话，道理都很深奥玄妙，就请求拜他为师。道士说："像你这么娇气、怠惰的，恐怕干不了辛苦活吧。"王生急忙回答说："弟子能吃苦。"道士的徒弟很多，傍晚时全回来了。王生向他们一个个跪拜，就留在观里学道。

第二天清早，道士就把他喊去，交给他一把斧头，叫他跟着大伙儿上山砍柴。他毕恭毕敬地听从吩咐。过了一个多月，手脚全都磨出了一层层老茧，他吃不了这种苦头，暗暗地产生了回家去的念头。

一天晚上回到观里，看见有两个客人和师父一起喝酒。天色已经昏暗，还没有点上灯火。师父就把纸剪成圆镜的样子，粘在墙壁上。一会儿，月光照亮了全室，针尖大小的东西也可看得清清楚楚。徒弟们站在四周听候使唤，进进出出。一个客人说："这样美好的晚上，非凡的欢乐，不可不让大家共同享受。"道士听了，就从桌子上拿起一壶酒，赏给众徒弟，要他们尽情喝个够。王生心里想："七八个人，这么一壶酒，怎能让大家喝足呢？"于是大家各自找来杯碗，争着喝酒，抢着干杯，唯恐壶里的酒完了。可是，尽管大家不停地轮流斟酒，而壶里竟然一点儿也没有减少。王生感到十分惊奇。喝了一会儿，一个客人说："承蒙主人赏给我们明亮的月光，可是这样喝闷酒不够味。为什么不请嫦娥来助兴呢？"于是道士就拿了一根筷子，对准墙上的纸月扔去。只见一个小美人，从月亮里走了出来。开始身高还不到一尺，落地就和平常人一样高了。腰肢纤细，颈项秀美，轻盈地跳起了《霓裳羽衣舞》。一会儿又唱道："仙仙乎而还乎，而幽我于广寒乎！"那歌声清越悠扬，像吹洞箫那样优美。唱完了歌，旋转起舞，腾跃上桌。在大家的惊奇注视下，那嫦娥又变成了一根筷子。三个人都哈哈大笑。

另一个客人说："今天晚上玩得太高兴了！可我酒量有限，不能再喝了。到月宫给我饯行好吗？"于是三个人就移动席位，慢慢地化进月亮里去了。大家看见他们三个人都坐在月亮里喝酒，连胡子眉毛也可以看清，就像镜子里的人影一样。

不久，月光渐渐暗淡下去；徒弟点起蜡烛，只有道士独自坐在屋里，客人已经不见踪影了。桌子上还留着菜肴果品；那墙壁上的月亮，则不过是圆镜般的纸而已。道士问大家："都喝够了吗？"徒弟们回答说："喝够了。"道士说："喝够了就早些去睡觉，别耽误明天砍柴割草。"众徒弟答应着，退了下去。王生心里又高兴又羡慕，回家的念头也打消了。

又过了一个月，王生实在苦得受不了了，而道士却连一点道术都没有传授给他。王生感到不能再待下去了，就向道士告辞说："弟子跋涉好几百里，来向仙师学道，纵然不能传我长生不老之术，倘若教我一点小法术，也可以安慰我求教的一片苦心；如今已过了两三个月，不过是早早起来上山打柴，天黑回到道观而已。弟子在家的时候，从来没吃过这样的苦呀！"道士笑笑说："我原先就说你干不了苦工。现在果真如此。好吧，明天一早就打发你走。"王生说："弟子苦干了几个月的活，只求师父略为传授一点小法术，我这趟也算没白来呀！"道士问："你想学什么法术呢？"王生说："常见师父随便走到哪里，墙壁都阻挡不住。只要能学到这个穿墙术，我就心满意足了。"道士笑着答应了。就把口诀传授给他，叫他照着念诵，念完后，道士喊道："进去！"可是王生面对着墙壁，不敢进去。道士又说："你试着进去吧！"王生果然慢慢地朝墙壁走去，可是一到墙壁跟前便被挡住。道士说："你低下头猛然冲过去，不要犹豫！"王生向后退了几步，果真低着脑袋奔过去；到了墙壁那儿，只觉得空荡荡，仿佛并不存在那堵墙；回头一看，自己真的已站在墙外了。他高兴得不得了，进来谢了师父。道士说："你回家后，要心地清净，摒绝欲望，否则就不灵了。"便给他一些路费，打发他回家了。

王生到家后，自夸遇到神仙，多硬的墙壁也挡不住他。妻子不相信，王生就仿效上次劳山道士教他的方法，先离开墙壁几尺远，然后向墙壁猛冲过去。结果，嘣的一声，一头撞到坚硬的墙壁上，猛然倒在地下。妻子赶紧把他扶起来，一看，额头上鼓起一个鸡蛋般的大包。妻子笑他瞎吹牛，王七恼羞成怒，但也只能破口大骂老道士没良心罢了。

异史氏说："听了这个故事的人，没有不哈哈大笑的。岂不知在当今的世上像王七这样的人还真不少呢。现在有些识见鄙陋的家伙，喜欢奉承而不愿听忠告。于是就有吮痈舐痔的小丑，专门向他进献发威风逞暴虐的坏主意，以投其所好，并且哄骗说：'只要照这个法子办，可以横行无阻。'开头用的时候，未尝不见点效果，于是就以为天下万事，都可以照此办理，不到碰坏头摔跟斗势必不会罢休。"

娇　娜

这是一篇赞美青年男女友谊的动人颂歌。在封建时代，“男女授受不亲”，青年男女之间没有交往的机会，更谈不上建立友谊。也许作者有感于这种违背人性的反常情况，特意虚构出这首扣人心弦的友谊之歌。病中的孔生，见到“娇波流慧、细柳生姿”的娇娜，情不自禁地“嚬呻顿忘，精神为之一爽”。她独特高妙的医术技术和聪明灵巧的为人，更令孔生为之倾倒，“悬想容辉，苦不自已”。以后情节的发展，却跳出了一般小说的俗套，孔生娇娜并没有恋爱成婚。因为年龄等因素，同孔生结为夫妻的是松娘。紧接着是孔生返里，娇娜另嫁，两人似乎难有再见面的机会。谁知平地起风波，娇娜全家忽遭雷霆之劫。孔生并没有因为得不到娇娜的爱情而冷眼旁观。相反，他不避风险，矢共生死，仗剑于门，奋起相救，虽霹雳轰顶，也没后退一步。娇娜为救孔生，竟不顾羞怯，当着松娘和哥哥的面，用舌尖将红丸送进孔生嘴里，接吻呵气。这种举动，在当时，对于一个少妇来说，需要具有多大的胆量和勇气！作品这样安排，不仅在于表现人们应该患难相助，而且表明男女之间，除了爱情，还可以有一种珍贵的友情。

孔生雪笠，圣裔也①。为人蕴藉，工诗。有执友令天台，寄函招之。生往，令适卒。落拓不得归，寓菩陀寺，佣为寺僧抄录。寺西百余步，有单先生第。先生故公子，以大讼萧条，眷口寡，移而乡居，宅遂旷焉。

【注释】

① 圣裔(yì)：孔子的后代。圣，指孔子。

一日，大雪崩腾，寂无行旅。偶过其门，一少年出，丰采甚都。见生，趋与为礼，略致慰问，即屈降临。生爱悦之，慨然从入。屋宇都不甚广，处处悉悬锦幕，壁上多古人书画。案头书一册，签云：《琅嬛琐记》①。翻阅一过，俱目所未睹。生以居单第，意为第主，即亦不审官阀②。少年细诘行踪，意怜之，劝设帐授徒③。生叹曰："羁旅之人，谁作曹丘者④？"少年曰："倘不以驽骀见斥⑤，愿拜门墙⑥。"生喜，不敢当师，请为友。便问："宅何久锢？"答曰："此为单府，曩以公子乡居，是以久旷。仆皇甫氏，祖居陕。以家宅焚于野火，暂借安顿。"生始知非单。

【注释】

①《琅嬛琐记》：元朝伊世珍著有《琅嬛记》，其中说张

华曾游仙境“琅嬛福地”，见有很多书，皆生平所未见。这里以《琅嬛琐记》作书名，意味着此书所记的事与琅嬛仙境有关。又现实中并无此书，这是作者的虚构。② 不审官阀：不问家世情况。审，询问；官阀，官阶门第。③ 设帐：东汉马融教书，用纱帐把厅堂隔开以分内外。后人便以设帐为设馆教书的代词。④ 曹丘：即曹丘生。《史记》载，汉初季布任侠义勇，楚国辩士曹丘生到处赞扬他，季布因此享有盛名。后来就把曹丘生当做介绍人、推荐人的代词。⑤ 驽（nú）骀（tái）：驽和骀都是劣马。这里是表示自己能力低下、没有学问的自谦之词。⑥ 拜门墙：拜为老师。《论语·子张》载，子贡曾称他的老师孔子学问高深，跟一般人就像隔着一堵高墙，不入其门，就不能理解孔子的伟大。所以，后世常以门墙指师门。

当晚，谈笑甚欢，即留共榻。昧爽，即有僮子炽炭于室。少年先起入内，生尚拥被坐。僮入曰：“太公来。”生惊起。一叟入，鬓发皤然，向生殷谢曰：“先生不弃顽儿，遂肯赐教。小子初学涂鸦①，勿以友故，行辈视之也。”已，乃进锦衣一袭，貂帽、袜、履各一事。视生盥栉已②，乃呼酒荐馔。几、榻、裙、衣，不知何名，光彩射目。酒数行，叟兴辞，曳杖而去。餐讫，公子呈课业，类皆古文词，并无时艺③。问之，笑云：“仆不求进取也。”抵暮，更酌曰：“今夕尽欢，明日便不许矣。”呼僮曰：“视太公寝未；已寝，可暗唤香奴来。”僮去，先以绣囊将琵琶至。少顷，一婢入，红妆艳绝。公子命弹湘妃[4]。婢以牙拨勾动，激扬哀烈，节拍不类夙闻。又命以巨觞行酒，三更始罢。

【注释】

① 涂鸦：唐代卢仝《示添丁》诗："忽来案上翻墨汁，涂抹诗书如老鸦。"后来以涂鸦形容初学写作时东涂西抹的样子。多用作谦词。② 盥（guàn）栉：盥，洗脸；栉，梳头。③ 时艺：指明清时科举考试所规定的应试文体八股文。称之为"时艺"，是为了与古文相区别。④ 湘妃：即古乐曲《湘妃怨》。相传舜南巡死于苍梧，他的妃子娥皇、女英寻至湘江边哭悼他，死后成为湘水女神。

次日，早起共读。公子最惠[1]，过目成咏。二三月后，命笔警绝。相约五日一饮，每饮必招香奴。一夕，酒酣气热，目注之。公子已会其意，曰："此婢为老父所豢养。兄旷邈无家，我夙夜代筹久矣。行当为君谋一佳偶。"生曰："如果惠好，必如香奴者。"公子笑曰："君诚'少所见而多所怪'者矣。以此为佳，君愿亦易足也。"

【注释】

① 惠：通"慧"，聪明。

居半载，生欲翱翔郊郭，至门，则双扉外扃[1]。问之。公子曰：“家君恐交游纷意念，故谢客耳。”生亦安之。时盛暑溽热，移斋园亭。生胸间肿起如桃，一夜如碗，痛楚吟呻。公子朝夕省视，眠食都废。又数日，创剧，益绝食饮。太公亦至，相对太息。公子曰：“儿前夜思先生清恙，娇娜妹子能疗之。遣人于外祖母处呼令归，何久不至?”俄僮入曰：“娜姑至，姨与松姑同来。”父子疾趋入内。少间，引妹来视生。年约十三四，娇波流慧，细柳生姿。生望见颜色，嚬呻顿忘，精神为之一爽。公子便言：“此兄良友，不啻胞也，妹子好医之。”女乃敛羞容，揄长袖，就榻诊视。把握之间②，觉芳气胜兰。女笑曰：“宜有是疾，心脉动矣。然症虽危，可治；但肤块已凝，非伐皮削肉不可。”乃脱臂上金钏安患处，徐徐按下之。创突起寸许，高出钏外，而根际余肿，尽束在内，不似前如碗阔矣。乃一手启罗衿，解佩刀，刃薄于纸，把钏握刃，轻轻附根而割。紫血流溢，沾染床席。而贪近娇姿，不惟不觉其苦，且恐速竣割事，偎傍不久。未几，割断腐肉，团团然如树上削下之瘿③。又呼水来，为洗割处。口吐红丸，如弹大，着肉上，按令旋转。才一周，觉热火蒸腾；再一周，习习作痒；三周已，遍体清凉，沁入骨髓。女收丸入咽，曰：“愈矣！”趋步出。生跃起走谢，沉痼若失。而悬想容辉，苦不自已。

【注释】

① 外扃(jiōng)：把门从外面锁上。扃，门外的环钮，这里作动词用。② 把握：这里指按脉。③ 瘿(yǐng)：一种瘤子。这里指树瘤。

自是废卷痴坐，无复聊赖。公子已窥之，曰：“弟为兄物色，得一佳偶。”问：“何人？”曰：“亦弟眷属。”生凝思良久，但云：“勿须。”面壁吟曰：“曾经沧海难为水，除却巫山不是云。”① 公子会其指，曰：“家君仰慕鸿才，常欲附为婚姻。但止一少妹，齿太稚。有姨女阿松，年十八矣，颇不粗陋。如不见信，松姊日涉园亭，伺前厢，可望见之。”生如其教。果见娇娜偕丽人来，画黛弯蛾，莲钩蹴凤，与娇娜相伯仲也。生大悦，请公子作伐②。公子翼日自内出，贺曰：“谐矣。”乃除别院，为生成礼。是夕，鼓吹阗咽③，尘落漫飞④，以望中仙人，忽同衾幄，遂疑广寒宫殿，未必在云霄矣。合卺之后⑤，甚惬心怀。

【注释】

① “曾经沧海”两句：这是唐代元稹哀悼亡妻的诗句，见其所作《遣悲怀》诗。意思是：他的亡妻好像沧海的水、巫山的神女，是平常的水与女子所无法比拟的；在跟这样的人共同生活以后，再跟别的女子相处就毫无意义了。巫山，在重庆巫山县。据宋玉《高唐赋》，楚王曾在梦中与一女子欢会，那女人自称为巫山之女，又说她“朝为行云，暮为行雨”。元稹的诗即用此典故。孔生吟这两句诗，是表示他对娇娜的爱慕。② 作伐：做媒。《诗经》：“伐柯如何？匪斧不克。娶妻如何？匪媒不得。”后来就用“作伐”、“执柯”等借指做媒。③ 鼓吹阗(tián)咽(yè)：鼓吹，是鼓、钲、箫、笳等乐器的合奏，汉初本为军用，后逐渐用于朝廷和民间的喜庆或婚丧大典。阗咽，这里指乐声充满、洋溢的意

思。④ 尘落漫飞：意为乐声震天，连高处的灰尘也被震得落下来而在空中飘飞。语见王勃《三月上巳祓禊序》。⑤ 合卺(jǐn)：旧时婚礼中的一种仪式，由新婚夫妇各拿半个瓢饮酒，有如后来的喝交杯酒。

一夕，公子谓生曰："切磋之惠，无日可以忘之。近单公子解讼归，索宅甚急。意将弃此而西。势难复聚，因而离绪萦怀。"生愿从之而去。公子劝还乡闾，生难之。公子曰："勿虑，可即送君行。"无何，太公引松娘至，以黄金百两赠生。公子以左右手与生夫妇相把握，嘱闭目勿视。飘然履空，但觉耳际风鸣。久之曰："至矣。"启目，果见故里。始知公子非人。喜叩家门。母出非望，又睹美妇，方共忻慰。及回顾，则公子逝矣。松娘事姑孝；艳色贤名，声闻遐迩。

后生举进士，授延安司李①，携家之任。母以道远不行。松娘举一男，名小宦。生以忤直指罢官②，挂碍不得归。

【注释】

① 司李：官名，也叫司理。本是宋时掌理狱讼的官吏，明清时也称推官为"司李"。② 直指：官名。汉代派侍御史为直指使，到各地审理重大案件。这里指奉派到外省巡察的高级官吏。

偶猎郊野，逢一美少年，跨骊驹，频频瞻顾。细视，则皇甫公子也。揽辔停骖，悲喜交至。邀生去，至一村，树木浓昏，荫翳天日。入其家，则金沤浮钉①，宛然世族。问妹子则嫁，岳母已亡，深相感悼。经宿别去，偕妻同返。娇娜亦至，抱生子掇提而弄曰："姊姊乱吾种矣。"生拜谢曩德。笑曰："姊夫贵矣。创口已合，未忘痛耶？"妹夫吴郎，亦来谒拜，信宿乃去。

【注释】

① 金沤浮钉：古代贵族世家大门上的一种豪华装饰物，是形似水泡的涂金钉子。

一日，公子有忧色，谓生曰："天降凶殃，能相救否？"生不知何事，但锐自任。公子趋出，招一家俱入，罗拜堂上。生大骇，亟问。公子曰："余非人类，狐也。今有雷霆之劫。君肯以身赴难，一门可望生全；不然，请抱子而行，无相累。"生矢共生死。乃使仗剑于门。嘱曰："雷霆轰击，勿动也！"生如所教。果见阴云昼暝，昏黑如磬。回视旧居，无复闬闳；惟见高冢岿然，巨穴无底。方错愕间，霹雳一声，摆簸山岳；急雨狂风，老树为拔。生目眩耳聋，屹不少动。忽于繁烟黑絮之中，见一鬼物，利喙长爪，自穴攫一人出，随烟直上。瞥睹衣履，念似娇娜。乃急跃离地，以剑击之，随手堕落。忽而崩雷暴裂，生仆，遂毙。少间，晴霁，娇娜已能自苏。见生死于旁，大哭曰："孔郎为我而死，我何生矣!”松娘亦出，共舁生归。娇娜使松娘捧其首；兄以金簪拨其齿；自乃撮其颐，以舌度红丸入，又接吻而呵之。红丸随气入喉，格格作响。移时，醒然而苏。见眷口满前，恍如梦寤。于是一门团圞，惊定而喜。

生以幽圹不可久居，议同旋里。满堂交赞，惟娇娜不乐。生请与吴郎俱，又虑翁媪不肯离幼子，终日议不果。忽吴家一小奴，汗流气促而至。惊致研诘，则吴郎家亦同日遭劫，一门俱没。娇娜顿足悲伤，涕不可止。共慰劝之。而同归之计遂决。生入城勾当数日，遂连夜趣装。

既归，以闲园寓公子，恒反关之；生及松娘至，始发扃。生与公子兄妹，棋酒谈宴，若一家然。小宦长成，貌韶秀，有狐意。出游都市，共知为狐儿也。

异史氏曰：“余于孔生，不羡其得艳妻，而羡其得腻友也。观其容可以忘饥，听其声可以解颐。得此良友，时一谈宴，则‘色授魂与’①，尤胜于‘颠倒衣裳’矣②。”

【注释】

① 色授魂与：被美色所动，精神与其相融合。语出司马相如《上林赋》。② 颠倒衣裳：语出《诗经》：“东方未明，颠倒衣裳。”后来常借指夫妻的性生活。

【翻译】

有个书生叫孔雪笠，是孔子的后代。为人含蓄多情，很会作诗。他有个好友在浙江天台县做县官，来信请他去玩。他到了天台，县官刚巧去世了。孔生流落在天台县，无法回乡，只好寄居在菩陀寺里，被和尚雇去抄写佛经。在寺庙西面百多步远的地方，有单先生的大院。单先生是官僚世家的子弟，因为打了一场官司，弄得家境败落，加以人丁稀少，已经移居乡下，这座大院就成了空屋。

一天，大雪纷飞，路无行人。孔生偶然走过单家门口，正好碰到门里出来一个少年，风度翩翩，仪容美好。那少年一见孔生，马上迎上来，躬身施礼，说了几句客套话后，便恳请孔生到他家里做客。孔生挺喜欢这个少年，便爽快地答应他的请求，跟他进去。院里房屋不很宽敞，室内到处挂着锦幕，墙上还挂着很多古人的字画。桌上放着一部书，题为《琅嬛琐记》。孔生随手翻开看看，都是自己没有读过的。他以为这个少年住在单家大院，一定是大院的主人，也就没有询问他的家世。那少年倒细问了孔生的经历，对他的困境深表同情，劝他开馆教学生。孔生叹息说："我是流落在外的人，没亲没友的，谁肯替我向人推荐呢？"少年说："如果你不嫌我愚劣的话，我愿拜你为师。"孔生听后大喜，但是不敢当老师，只请求做个朋友。于是问道："这房子为什么总是锁着呢？"少年问答说："这座大院原是单公子的，以前因为单公子搬去乡下住，所以空旷了很长时间。我姓皇甫，祖籍在陕西。因老家被野火烧毁，只好暂时借这里安家。"孔生这时才明白，少年并非单家房主。

当晚两人有说有笑，非常投机。谈到深夜，少年挽留孔生与他同在一床睡觉。第二天清早，便有书童进屋生炭火。少年先起床，进内室去了。孔生还围着被子坐在床上。那个书童跑进来说:“太公来啦!”孔生吃了一惊,急忙下床。见一位鬓发雪白的老人走了进来,向他殷切致谢,说:“先生不嫌我儿子愚顽无知,肯教他读书,我很感激。不过,他刚刚开始学习,先生千万不要因为是朋友,就把他当成同辈相待。”说完,便赠送锦衣一套,貂帽一顶,鞋、袜各一双。等孔生梳洗完毕,便吩咐摆上酒菜。屋里摆设的桌子、床榻、主人穿着的衣服,都十分华丽,叫不出名目,只觉得光彩四射,使人眼花缭乱。斟过几遍酒,老人便起身告辞,拖着拐杖走了。吃完了饭,少年公子送上他做的课业,都是古文诗词,并没有当时流行的八股文。孔生问什么缘故,公子笑着回答说:“我不想参加科举考试求取功名。”到了黄昏,又摆了酒宴,说:“今晚尽情痛饮,明天就不这样做了。”并招呼书童说:“去看看太公睡了没有;要是睡了,就悄悄地把香奴叫来。”书童去了一会儿,先把用绣袋装着的琵琶抱来了。随后,进来一个丫头,打扮入时,非常漂亮。公子叫她弹一曲《湘妃怨》。她用牙拨勾动琴弦,发出激越悲壮的声音,旋律节奏跟孔生以前听到过的都不一样。弹完后,又让香奴大杯劝酒。就这样一直玩到三更才散。

第二天,他们清早起来,一道读书。公子非常聪明,能够过目成诵。两三个月后,作文便极精彩警辟。他们约定五天喝一次酒,每次喝酒都叫香奴作陪。有一晚,孔生喝得醉意朦胧,就目不转睛地瞅着香奴。公子明白了孔生的心思,就说:“这个丫头是我父亲抚养的。哥哥远离家乡,身边没有家眷照料,我早就在日日夜夜代你考虑,不久就可为你物色一个合适的伴侣。”孔生说:“你要是帮我找一个，一定要像香奴这样的才好。”公子笑笑说：“你可真是少见多怪，把香奴当做佳人，你的愿望也太容易满足了。”

孔生在皇甫公子家住了半年。一天，他想到郊外闲逛，来到大门口，看见两扇大门反锁着，便问是什么缘故。公子说：“家父恐怕由于交游而分散精力，因此闭门谢客。”孔生听后，也就打消了外出的念头。这时正是炎热的夏天，潮湿闷热，便移居到园亭里读书。孔生的胸脯忽然肿起个像桃子样的大包，一夜工夫便肿得像饭碗那么大，痛得他呻吟不绝。公子早晚都来看望，急得吃不下饭，睡不着觉。又过了几天，毒疮更厉害了，痛得连粥水也不能下咽。太公也来探望，愁得与公子相对叹气。公子说：“我前天晚上想，先生的病，娇娜妹妹能够医治。便派人到外祖母家叫她回来，但为什么这么久还没来？”说话间，书童进来说：“娜姑回来了，还有姨娘和松姑也一同来了。”皇甫父子听了后，急忙跑进内室。不一会儿，公子便领着娇娜来看孔生。娇娜年约十三四岁，明亮美丽的眼睛，闪动着智慧的光芒，细柳般的腰肢，显得格外动人。孔生望见这样娇美的女郎，立即忘了呻吟，精神也清爽起来。公子就对妹妹说：“这是哥哥的好朋友，如同亲兄弟一样，妹妹要用心给他治一治。”娇娜听后，收起羞涩之态，摆动着长袖子，靠近床铺给孔生看病。在诊脉的时候，孔生闻到娇娜的芬芳气息，似乎比兰花更香。娇娜笑着说：“真该患这种病，心脉动啦。虽然病情很险，还是可以治好的；但是毒疮已凝结成块，不割皮削肉是不行的。”说完就从手腕上脱下一只金镯，把它放在肿疮上，然后用手慢慢往下按压。肿疮在金镯里鼓起一寸来高，突出在镯子外，根部的余肿，都收束在镯子里，不像从前饭碗那么大了。她用另一只手撩起衣襟，解下一把佩刀，刀刃比纸还薄，就一手按着镯子，一手握着佩刀，轻轻地贴着疮根割削。紫红色的脓血直往外流，污染了床席。孔生因为贪图接近娇娜的美丽姿容，不但不觉得痛苦，反而恐怕手术结束得太快，使他不能偎傍更多的时间。不一会儿，烂肉割下来了，它圆圆的，如同从树上割下的木瘤子。娇娜叫人送水来，为孔生清洗伤口。然后从嘴里吐出一粒红色的小丸，像弹丸那么大小，贴肉放好，按着让它旋转。刚转了一圈，孔生就感到热火蒸腾；再转一圈，伤口酥酥发痒；三圈过后，遍体清凉，渗透骨髓。这时，娇娜收起红丸放入喉咙里，说声："好啦！"便快步走出房去。孔生跳下床，跑出去向她道谢。顽固的恶疾好像突然消失了，但心里却老是悬念着娇娜那副光彩照人的姿容，再也无法抑制。

从此以后，他不再看书，成天痴痴地坐着发呆，百无聊赖。公子看透了他的心事，就说："小弟为哥哥物色伴侣，已得到一位很好的配偶。"孔生急问："是谁？"公子说："也是我的亲戚。"孔生沉思了很久，只说了一句："不必费心了。"便转过脸对着墙壁吟道：

曾经沧海难为水，
除却巫山不是云。

公子领会孔生的意思，就说："家父仰慕你高才博学，常想与你攀亲。但我只有这个小妹妹，年纪太小。我有个表姊，是我姨母的女儿，叫阿松，今年十八岁，颇不粗俗，也不浅陋。你如果不相信，松姐每天都去园亭，你可在前边等着，到时就可以望见她。"孔生照公子的指教，果然看见娇娜陪同一位美女走来，那美女画着又黑又弯的蛾眉，步态婀娜多姿，模样同娇娜不相上下。孔生一看，喜出望外，就请公子给他做媒。第二天，公子从内室出来，向他祝贺说："说妥了。"于是，另外收拾了房子，为孔生举行婚礼。当晚，鼓乐齐鸣，声震长空。孔生原本以为可望而不可即的仙女，今夜忽然同床共枕，因此，他真怀疑月宫仙境也未必就远在云霄之中。婚后，孔生心情舒畅，日子过得很快活。

一天晚上，公子对孔生说："兄长与我一起研究学问，相互切磋的恩惠，我任何时候也不会忘记。但最近单公子打完官司回来了，急着要我交还房子，我们打算离开这里到西边去。形势所迫，再也难以聚在一起了。因此，心头充满离别的愁绪，很不是滋味。"孔生表示愿意和他们一起西去。公子却劝他返回故乡，他感到很为难。公子说："不必发愁，我可以立刻送你回家。"说话间，太公领着松娘来了，赠送百两黄金给孔生。公子伸出左右手，分别与他们夫妇两人的手紧紧握住，并嘱咐他们闭上眼睛，不要看。孔生感到身体飘在空中，只听耳边风声呜呜直响。过了很久，公子说："到了。"孔生睁眼一看，果然回到了自己的老家。这才知道公子不是尘世间人。他高兴地去敲家门。母亲开门看到儿子回家，真是料想不到的事，又看见带回一位漂亮的儿媳妇，更感到无比欣慰。等他们回头一看，公子已经无影无踪了。松娘侍奉婆母很孝顺，她的美貌、贤惠远近闻名。

后来，孔生考中进士，被任命为延安府的司李，便带着家属赴任。母亲因为路途遥远，没有跟去。松娘生了一个男孩,取名小宦。不久,孔生因为冒犯了上司,被罢了官,但有些公事尚未了结,不能立即回家。

一次,孔生偶然到郊外打猎,遇见一个潇洒的少年,骑着一匹黑马,不断回头看他。他仔细一瞧,原来是皇甫公子。立即勒住缰绳下马,悲喜交集。公子便邀请孔生一起走,到了一个村子,只见树木繁茂,浓阴遮日。公子家的大门上,钉着黄灿灿的大铜钉,豪华得如同贵族世家。打听娇娜近况,知道已经出嫁,岳母也去世了,互相感叹不已。孔生住了一夜,告辞回去,又和松娘一同来探亲。这时,正好娇娜也来了。她抱起松娘的孩子,逗弄着说:"姐姐乱了我家的种了。"孔生拜谢她从前治病的恩惠。娇娜笑笑说:"姐夫高贵了。疮疤早已愈合,还没忘痛吗?"妹夫吴郎也来拜见,住了两夜才走。

一天,公子满面忧愁地对孔生说:"老天爷降下了大灾大难,你能搭救我们吗?"孔生虽然不知道将要发生什么事,但非常坚决地表示一切由他担当。公子急忙跑出去,把全家人都找来,在堂上围着孔生跪拜。孔生大惊,急忙询问原因。公子说:"我们不是人类,而是狐狸。今天要遭受雷劈的劫难。你如果愿意以生命来抵挡劫难,我们全家有可能活下来;不然的话,请你抱着孩子赶快离开这里,不要受我们的连累。"孔生发誓与他们同生共死。公子就叫他拿着利剑,站立在门口,并嘱咐他说:"雷霆轰击的时候,你可千万不要动!"孔生照他所说的站好。转眼间,果然看到乌云滚滚,白天突然成了黑夜,天昏地暗。回头看看所住之处,再也没有高大的门楼了,只见一个大坟堆,露出一个深不见底的大洞。正在猛吃一惊的时候,霹雳轰隆一声，山岳都震得颠簸起来了，紧接着吹来一阵狂风暴雨，连百年老树都被连根拔起。孔生被震得目眩耳聋，但他还是仗剑挺立，一动也不动。忽然在翻滚的浓烟黑云之中，看见一个鬼物，尖嘴长爪，从洞里抓了一个人出来，随着烟雾腾空飞起。孔生瞥见那人的衣服鞋子像是娇娜，急忙向上一跳，挥剑砍去，那人随手落下。忽然，一个雷像天崩一样地突然炸响，孔生被击倒在地上，死去了。过了一会儿，雨过天晴，娇娜已自动苏醒过来，看见孔生死在自己身旁，不禁失声大哭，说："孔郎为我而死，我活着干什么呀！"松娘也赶出来，一起抬着孔生进洞。娇娜让松娘捧着他的头，哥哥用金簪拨开他的牙齿；她自己捏着孔生的两颊，用舌头把红丸送入他的嘴里，便嘴对嘴往里呵气。红丸随气进入喉咙，发出格格的响声。过了好一会，孔生苏醒过来了。看见亲戚们都站在自己面前，仿佛刚做了场大梦。于是合家团圆，惊慌变成了欢喜。

孔生认为阴冷的墓洞不可久居，就商量一起返乡。大家都表示赞成，唯独娇娜闷闷不乐。孔生邀请她和吴郎一起去，她又担心公婆不肯离开小儿子，商量了整天也没有结果。突然，吴家一个小奴仆汗流浃背、气喘吁吁地跑来，大家惊恐地追问他，原来是吴郎家也在同日遭到劫难，全家都死了。娇娜悲伤得不断顿脚，泪流不止。大家都对她安慰、劝解。这样，一同回乡的事才定下来。

孔生进城办了几天事情，便连夜整理行装。回乡以后，让公子全家住在空着的花园里。公子常常把园门反锁起来，只有孔生和松娘来到时才开门。孔生和皇甫兄妹下棋饮酒，谈笑欢会，如同一家人。小宦长大了，容貌清秀，有时表现出狐狸的情态。他到城里去玩,人们都知道他是狐仙所生的孩子。

异史氏说:“我对于孔生,不羡慕他得到一位艳丽的妻子,而羡慕他得到一位亲密的女朋友。看到她的容貌可以使人忘掉饥饿,听到她的声音可以使人欢笑。得到这样一位好朋友,时常在一起聊天喝酒,那么,精神上的融合,真是远远胜于夫妻之爱了。”

妖术

所谓卜卦算命，不过是一种骗人的迷信活动。这则故事，在迷信的外壳里寄寓了深刻的思想内容。惯于讹诈的卜卦人用心险恶，诈骗不到于公的钱财，竟然差遣“鬼怪”去暗害于公，以显示其卜卦的灵验。可是富有胆识的于公并没有被吓倒。他有充分的精神准备，而且善于以己之长，攻敌之短。最后出现的“巨鬼”，高与檐齐，于公就穿插进巨鬼的两腿之间，挥剑削其脚踝骨，其后又刺他肋下，使巨鬼失去高大的优势，终于露出木偶的虚弱原形。那个心狠手辣的卜卦人也无所施其技、无所遁其形了。于公战胜“妖术”的经验，对于人们如何战胜敌人，是个很好的启发。

于公者，少任侠，喜拳勇，力能持高壶，作旋风舞。

崇祯间①，殿试在都②，仆疫不起，患之。会市上有善卜者③，能决人生死，将代问之。

【注释】

① 崇祯：明朝末代皇帝朱由检的年号，共十七年

(1628—1644)。② 殿试:在皇帝宫殿所举行的科举考试。举人考进士时,先参加在京城举行的会试;会试录取的,实际上已具备进士的资格,但必须再参加殿试,才正式成为进士。殿试的作用在于确定会试录取者在进士中的等第名次。③ 卜:卜卦,亦称占卜,以卦、爻来预测吉凶的迷信行为。一卦由六爻组成,由六爻的不同组合形成不同的卦象,作为判断吉凶的根据。

既至,未言。卜者曰:“君莫欲问仆病乎?”公骇应之。曰:“病者无害,君可危。”公乃自卜。卜者起卦,愕然曰:“君三日当死!”公惊诧良久。卜者从容曰:“鄙人有小术,报我十金,当代禳之[①]。”公自念,生死已定,术岂能解。不应而起,欲出。卜者曰:“惜此小费,勿悔勿悔!”爱公者皆为公惧,劝罄橐以哀之。公不听。

【注释】

① 禳(ráng):以除邪去灾为目的的迷信行为。

倏忽至三日,公端坐旅舍,静以觇之,终日无恙。至夜,阖户挑灯,倚剑危坐。一漏向尽[①],更无死法。意欲就枕,忽闻窗隙窣窣有声。急视之,一小人荷戈入;及地,则高如人。公捉剑起,急击之,飘忽未中。遂遽小,复寻窗隙,意欲遁去。公疾斫之,应手而倒。

烛之，则纸人，已腰断矣。

【注释】

① 一漏向尽：一更将尽。漏，是古人以铜壶滴水的方式来计算时间的器具（也称漏壶），后引申为计时的单位。

公不敢卧，又坐待之。逾时，一物穿窗入，怪狞如鬼。才及地，急击之，断而为两，皆蠕动。恐其复起，又连击之，剑剑皆中，其声不耎。审视，则土偶，片片已碎。

于是移坐窗下，目注隙中。久之，闻窗外如牛喘，有物推窗棂，房壁震摇，其势欲倾。公惧覆压，计不如出而斗之，遂騞然脱扃①，奔而出。见一巨鬼，高与檐齐；昏月中，见其面黑如煤，眼闪烁有黄光；上无衣，下无履，手弓而腰矢。公方骇，鬼则弯矣；公以剑拨矢，矢堕；欲击之，则又弯矣。公急跃避，矢贯于壁，战战有声。鬼怒甚，拔佩刀，挥如风，望公力劈。公猱进，刀中庭石，石立断。公出其股间，削鬼中踝，铿然有声。鬼益怒，吼如雷，转身复剁。公又伏身入；刀落，断公裙②。公已及肋下，猛斫之，亦铿然有声，鬼仆而僵。公乱击之，声硬如柝③。烛之，则一木偶，高大如人。弓矢尚缠腰际，刻画狰狞；剑击处，皆有血出。公因秉烛待旦。方悟鬼物皆卜人遣之，欲致人于死，以神其术也。

【注释】

① 砉(huō)然脱扃：砉，本是东西的破裂声，这里形容骤然把门打开的响声；脱扃，打开门。② 裙：古谓下裳，男女皆用。③ 柝(tuò)：从前夜间巡更时敲的木梆子。

次日，遍告交知，与共诣卜所。卜人遥见公，瞥不可见。或曰："此翳形术也，犬血可破。"公如其言，戒备而往。卜人又匿如前。急以犬血沃立处，但见卜人头面，皆为犬血模糊，目灼灼如鬼立。乃执付有司而杀之。

异史氏曰："尝谓买卜为一痴。世之讲此道而不爽于生死者几人？卜之而爽，犹不卜也。且即明明告我以死期之至，将复如何？况有借人命以神其术者，其可畏不尤甚耶！"

【翻译】

于公年轻时，行侠仗义，喜欢打拳练武，力气大到能双手拿着沉重的铜制漏壶，像旋风一样地迅速飞转、跳跃，如同舞蹈似的。

明朝崇祯年间，他在京城参加殿试，仆人得了传染病，卧床不起，他很担心。刚巧街上有个很会卜卦的人，据说能判断人的生死命运，他想去替仆人问问吉凶。

到了那儿，没等于公开口，卜卦的倒先问："你不是想问仆人的病吗？"于公大吃一惊，急忙说："是呀！"卜卦的说："病人倒不要紧，但你自己却危险得很啊！"于公于是就要他给自己卜卦。卜卦的在卦象形成后，惊讶地说："你三天内当死！"于公被吓愣了，大半天说不出话。卜卦的不慌不忙地说："敝人有小小的法术，只要你给我十两银子做报酬，我可以替你祈祷消灾。"于公心想，既然生死已定，一点小小法术，怎能解脱呢？他一声不响，站起来就要走。卜卦的说："这点小财都舍不得花，你可别后悔，别后悔！"关心于公的人都替他担忧，劝他把身边所带的钱全拿出来，哀求卜卦的帮帮忙，于公不听。

一转眼就到了第三天，于公端端正正地坐在客店里，聚精会神，窥察动静，直到天黑，并没有意外事情发生。到了夜里，他关上房门，把灯挑亮，倚着宝剑，挺直腰杆，坐着等候。一更将尽，也没有什么死的症候。刚要躺下睡觉，忽听窗缝有窸窸窣窣的响声。急忙往那边看，只见一个小人，肩扛着枪钻了进来；跳落地面，就变得和常人一样高大。于公紧抓宝剑砍了过去，那怪物飘忽不定，没有砍中。但一下子缩得很小，想再钻窗户眼逃跑。于公连忙又劈了一剑，小人应手倒在地上。拿灯一照，原来是个纸人，已被拦腰砍断了。

情况异常，于公可不敢躺下睡觉了，继续坐着等候。过了好些时候，又有一个东西穿过窗子进来，面目狰狞，像个恶鬼。那东西刚着地，于公就给了它一剑，把它劈为两半，可这两半仍在地下伸缩活动着。于公怕它再起来，又连续砍了好几下，每剑都砍中了，只是声音不像砍在软物上。仔细一看，原来是个泥塑的偶像，已被砍成一堆碎片。

敌情严重，于公于是把座位移到窗下，睁大眼睛盯着窗缝。过了好久，听见窗外呼哧呼哧的声音，好像老牛在喘气。接着有东西使劲推窗户，房子的墙壁都被推得直晃动，看样子快要倒塌下来。于公怕自己被压死在屋里，心想不如出去和它格斗，就哗啦一声拔开门闩，冲到门外去了。只见窗外站着一个大鬼，个子有屋檐那么高；在昏暗的月光下，看到它的脸黑得像煤炭，眼里闪烁着黄色的光；上身没穿衣服，脚上没穿鞋子，手里拿着弓，腰袋里插满了箭。于公正在吃惊，那鬼已拉满了弓，把箭射了过来；于公用剑把飞来的箭一挡，箭落到了地上。于公刚要挥剑还击，又射来一箭。他急忙跳开，箭头穿进墙壁，发出战战的响声。那恶鬼两箭都射不中，火冒三丈，从腰上拔出佩刀，旋风似的飞舞着，朝于公猛劈过来。于公像猴子般的敏捷，穿插过去，鬼刀劈在庭中的石头上，石头被劈成两半。这时，于公趁机钻到恶鬼的大腿间，挥剑砍削它的脚踝骨，发出铿铿的响声。那恶鬼更加恼怒了，吼声如雷，转身又向于公砍了过来。于公往下一蹲又钻了过去；鬼刀落下来，砍断了于公下身的衣服。这时，于公已经钻到恶鬼的肋下，用足力气朝它砍去，铿的一声，恶鬼跌倒了，再也不能动弹。于公挥动宝剑，又对它乱砍乱剁，只听见发出敲木梆子似的坚硬响声。拿灯一照，原来是个木偶，高大如人，弓箭还缠在腰上，面目被刻画得十分可怕，凡是被剑击中的地方，都流出了鲜血。于公仍然不敢上床睡觉，点亮蜡烛坐等到天亮。这时他才醒悟到这些鬼怪都是卜卦的派来的，想致于公于死地，以此来显示他的卦术高明。

第二天，于公把这一切告诉了所有的朋友，并一起去找卜卦的算账。那卜卦的老远看见了于公，一眨眼就无影无踪。有人说:“这是隐身术,淋狗血可以破它。”于公照他所说的,准备好了狗血再去,卜卦的又和上次一样隐蔽起来了。于公迅速地用狗血泼到他刚才站着的地方,只见那卜卦的满头满面被狗血泼得一片模糊,眼睛亮闪闪的,像个鬼样站着。众人上去把他抓住,押送去衙门,依法把他处死了。

异史氏说:“我曾经说过,花钱卜卦的人是傻瓜。世上相信卜卦的人有几个能准确预知自己的生死祸福呢?卜了卦而仍然不能准确预知,就和没卜一样。而且即使明明白白地告诉我死期已经到了,又能怎样呢?何况还有借别人的性命以证明他的卦术灵验的,那不是更可怕吗?”

画 皮

在我国古代，由于科学不发达，神鬼妖魔之类荒诞不经的故事广泛流行。这篇故事所写的狞鬼画皮，伪装美女，王生贪色，遂遭挖心之祸，以及后来的道士收鬼、疯癫乞人使之起死回生等等，亦属荒诞不经的故事。但它和那种以鬼吓人的迷信故事不同。作者通过离奇的情节，表现他长期观察生活所得到的独特感受：社会上存在各种吃人的鬼物，有的以狰狞面目出现，有的却把真实面目掩盖起来。这后一种鬼物不仅凶残可恶，而且具有前一类所没有的欺骗性。《画皮》里的狞鬼之所以能够骗人吃人，就在于它懂得"画皮术"的妙用，本是青面獠牙的狞鬼，却化为妖艳动人的美女，使那些心存邪念、丧失警惕的人上当受骗。通过王生被害的惨痛教训，作者发表感慨："愚哉世人！明明妖也，而以为美。迷哉愚人！明明忠也，而以为妄。"进一步提出辨别人妖美丑的问题，使主题更为深化。至于王生"爱人之色而渔之"，导致妻子"食人之唾"的描写，这种因果报应思想不仅削弱了故事的积极意义，而且在艺术上也是败笔。

太原王生，早行，遇一女郎，抱襆独奔，甚艰于步。急走趁之，乃二八姝丽。心相爱乐。问："何夙夜踽踽独行？"女曰："行道之人，不能解愁忧，何劳相问！"生曰："卿何愁忧？或可效力，不辞也。"女黯然曰："父母贪赂，鬻妾朱门。嫡妒甚，朝詈而夕楚辱之①，所弗堪也，将远遁耳。"问："何之？"曰："在亡之人，乌有定所？"生言："敝庐不远，即烦枉顾。"女喜，从之。生代携襆物，导与同归。女顾室无人，问："君何无家口？"答云："斋耳。"女曰："此所良佳。如怜妾而活之，须秘密，勿泄。"生诺之。乃与寝合。使匿密室，过数日而人不知也。生微告妻。妻陈，疑为大家媵妾，劝遣之。生不听。

【注释】

① 楚辱：捶打侮辱的意思。楚，荆条，古时常用荆条打人，这里作动词用，意即鞭打。

偶适市，遇一道士，顾生而愕。问："何所遇？"答言："无之。"道士曰："君身邪气萦绕，何言无？"生又力白。道士乃去，曰："惑哉！世固有死将临而不悟者！"生以其言异，颇疑女。转思明明丽人，何至为妖，意道士借魇禳以猎食者①。无何，至斋门，门内杜，不得入。心疑所作，乃逾垝垣。则室门亦闭。蹑迹而窗窥之，见一狞鬼，面翠色，齿巉巉如锯。铺人皮于榻上，执采笔而绘之；已而掷笔，举皮，如振衣状，披于身，遂化为女子。睹此状，大惧，兽伏而出。急追道士，不知所往。遍迹之，遇于野，长跪乞救。道士曰："请遣除之。此物亦良苦，甫能觅代者[②]，予亦不忍伤其生。"乃以蝇拂授生[③]，令挂寝门。临别，约会于青帝庙[④]。生归，不敢入斋，乃寝内室，悬拂焉。一更许，闻门外戢戢有声[⑤]。自不敢窥也，使妻窥之。但见女子来，望拂子不敢进；立而切齿，良久乃去。少时，复来，骂曰："道士吓我。终不然[⑥]，宁入口而吐之耶！"取拂碎之，坏寝门而入。径登生床，裂生腹，掬生心而去。妻号。婢入烛之，生已死，腔血狼藉。陈骇涕不敢声。

【注释】

① 魇：魇魅，用祈祷鬼神或诅咒来害人的一种迷信行为。② 甫能觅代者：刚刚能找到代替的人。这是一种迷信说法，说鬼如能找到顶替的人，就可以重新投胎为人。③ 蝇拂：用马尾等物做的驱赶蚊蝇的用具，也叫拂尘、拂子。④ 青帝庙：古人迷信，认为在东、南、西、北、中央有五天帝，是太微垣里的五星座；青帝，指东方的天帝，也叫春神。祭祀青帝的庙叫青帝庙。⑤ 戢（jí）戢：本是鱼唼（shà）水的声音，这里指鬼怪来时的响声。⑥ 然：如此。这里指进房去杀人。

明日，使弟二郎奔告道士。道士怒曰："我固怜之，鬼子乃敢尔！"即从生弟来。女子已失所在。既而仰首四望，曰：“幸遁未远。”问：“南院谁家?”二郎曰：“小生所舍也。”道士曰：“现在君所。”二郎愕然，以为未有。道士问曰：“曾否有不识者一人来?”答曰：“仆早赴青帝庙，良不知。当归问之。”去，少顷而返，曰：“果有之。晨间一妪来，欲佣为仆家操作，室人止之，尚在也。”道士曰：“即是物矣。”遂与俱往。仗木剑，立庭心，呼曰：“孽魅！偿我拂子来！”妪在室，惶遽无色，出门欲遁。道士逐击之。妪仆，人皮划然而脱；化为厉鬼，卧嗥如猪。道士以木剑枭其首；身变作浓烟，匝地作堆。道士出一葫芦，拔其塞，置烟中，飗飗然如口吸气，瞬息烟尽。道士塞口入囊。共视人皮，眉目手足，无不备具。道士卷之，如卷画轴声，亦囊之，乃别欲去。陈氏拜迎于门，哭求回生之法。道士谢不能。陈益悲，伏地不起。道士沉思曰：“我术浅，诚不能起死。我指一人，或能之，往求必合有效。”问：“何人?”曰：“市上有疯者，时卧粪土中。试叩而哀之。倘狂辱夫人，夫人勿怒也。”二郎亦习知之。乃别道士，与嫂俱往。

见乞人颠歌道上，鼻涕三尺，秽不可近。陈膝行而前。乞人笑曰：“佳人爱我乎?”陈告之故。又大笑曰：“人尽夫也，活之何为?”陈固哀之。乃曰：“异哉！人死而乞活于我。我阎摩耶?”怒以杖击陈。陈忍痛受之。市人渐集如堵。乞人咯痰唾盈把，举向陈吻曰：“食之!”陈红涨于面，有难色；既思道士之嘱，遂强啖焉。觉入喉中，硬如团絮，格格而下，停结胸间。乞人大笑曰：“佳人爱我哉!”遂起行，已，不顾。尾之，入于庙中。迫而求之，不知所在；前后冥搜，殊无端兆，惭恨而归。既悼夫亡之惨，又悔食唾之羞，俯仰哀啼，但愿即死。方欲展血敛尸，家人伫望，无敢近者。陈抱尸收肠，且理且哭。哭极声嘶，顿欲呕。觉鬲中结物，突奔而出，不及回首，已落腔中。惊而视之，乃人心也。在腔中突突犹跃，热气腾蒸如烟然。大异之。急以两手合腔，极力抱挤，少懈，则气氤氲自缝中出①。乃裂缯帛急束之。以手抚尸，渐温。覆以衾裯。中夜启视，有鼻息矣。天明，竟活。为言："恍惚若梦，但觉腹隐痛耳。"视破处，痂结如钱，寻愈。

【注释】

① 氤（yīn）氲（yūn）：热气蒸腾的样子。

异史氏曰："愚哉世人！明明妖也，而以为美。迷哉愚人！明明忠也，而以为妄。然爱人之色而渔之①，妻亦将食人之唾而甘之矣。天道好还②，但愚而迷者不寤耳。可哀也夫！"

【注释】

① 渔：贪取的意思。这里指对女色的贪求，就像打渔的人要捞取所要得到的鱼一样。② 天道好还：这是一种含有因果报应的迷信说法，犹如说"一报还一报"。

【翻译】

太原王生，清晨出门，路上遇见一个女子，她抱着个包袱，独自急忙赶路，走得很吃力。王生加快脚步赶上去，原来那是个十六七岁的美貌少女。他心里十分喜爱，就问她："你怎么一大早孤单单地赶路？"女子说："你是过路的人，不能替我分忧解愁，何必劳神相问！"王生说："你有什么忧愁呢？如果我能帮忙，决不推辞。"女子显得很悲伤，说："我父母贪图钱财，把我卖给有钱人家做小老婆。大老婆很妒忌，对我早骂夜打，我实在无法忍受，准备远远地逃走。"王生问："你要逃到哪儿去呢？"女子说："正在奔逃的人，哪有一定的去处？"王生说："我家离这儿不远，就请委屈前去吧！"女子很高兴，答应了。王生替她拿着包袱，领着她一起回到家里。女子看看屋里没有人，就问："你怎么没有家小？"王生回答说："这是书房。"女子说："这儿挺好的。你要是可怜我，让我活下去，就得保守秘密，不要泄漏出去。"王生答应了她。于是两人就同居了。王生把她藏在密室里，过了好几天也没有人知道。后来，王生对妻子微微露了点口风。他妻子陈氏怀疑那女子是有钱人家的婢妾，劝丈夫把她打发回去。王生不听劝说。

一天，王生偶然来到市上，遇见一个道士。那道士看着王生，露出惊愕的神色，问他："你最近遇到什么了没有？"王生回答说："没有。"道士说："看你浑身都被邪气缠绕着，怎么还说没有？"王生又极力辩白。道士便走开了，一边走一边说："鬼迷心窍啊！世上真有死到临头还不醒悟的人！"王生听他说得很奇怪，就有点怀疑那女子。但转念一想，明明是个美女，怎会成为妖怪？便认为道士不过是借魇魅害人、驱邪捉鬼那一套来混饭吃的人罢了。不一会儿，王生回到书房门口，发觉大门从里面锁上了，进不去。他心里有些怀疑，不知里面在干什么，就爬过残缺的墙头跳进去。见密室的门也紧闭着，便蹑手蹑脚走过去，从窗缝向里面张望，只见一个狰狞的恶鬼，脸色发青，牙尖尖如同锯齿。把一张人皮铺在床上，拿着彩笔在上面描画；一会儿画完了，把笔一丢，拎起人皮，像抖衣服那样抖了抖，然后往身上一披，顷刻变成了漂亮的女子。王生看到这可怕的情景，吓得半死，趴在地上爬了出来。他急忙去追寻道士，却不知道往哪去了。到处寻踪追迹，最后在野外遇上了，就跪在地上，请求道士救命。道士说："好吧，让我把它赶走。这东西也费尽了苦心，好容易才找到一个替身，我也不忍心伤害它的性命。"说完就把一个蝇拂交给王生，叫他挂在卧室的门上。分手的时候，约定第二天在青帝庙相见。王生回到家里，不敢再进书房，就睡在里面卧室里，把蝇拂挂在门上。一更左右，听到门外传来一阵"沙沙"的走路声。王生自己不敢去偷看，就叫妻子去看一下。只见那女子来了，望见蝇拂，不敢进去；站在那里咬牙切齿，好久才离开。过了一会儿，又走回来，骂道："道士吓唬我。我一直不进去，难道把吃到嘴里的肉又吐出来不成！"说着就把蝇拂扯下来撕碎，撞破房门闯进去，径直登上王生的床铺，撕开王生的胸膛，挖出王生的心脏，于是走出去了。王生的妻子大喊大叫，惊动了丫环，进来点上蜡烛一照，只见王生已经死了，胸口血肉模糊。陈氏很害怕，眼泪直流，却不敢作声。

第二天，陈氏叫王生的弟弟二郎跑去告诉道士。道士一听发怒了，说："我本来可怜它，这鬼东西竟敢这样！"立即跟着二郎到王家来。可是那女子已经不知去向。道士抬头向四周望了望，说：“幸亏还逃得不远。”接着就问：“南边院子是谁的家？”二郎说：“是我的住处。”道士说：“那恶鬼这会儿正在你家里。”二郎一听怔住了，认为他家里没有。道士问他：“你家是否曾有一个陌生人来过？”二郎回答说：“我一早就赶到青帝庙，确实不知道。得回去问一问。”二郎去了一会儿，返回来说：“果然有此事。早晨来了一个老太婆，要为我家做仆人、干家务事，我妻子把她留下了，眼下还在我家呢。”道士说：“就是这东西了。”于是和二郎一起来到南院。道士手拿木剑，站在院子中心，大喝一声：“孽鬼！快把蝇拂还给我！”老太婆在屋里吓得惊慌失措，脸色霎时惨白，冲出屋门就想逃走。道士追上去，对着她就是一剑。老太婆倒在地上，人皮哗啦一声脱落下来；变成了一个恶鬼，躺在地上像猪那样号叫。道士用木剑砍下它的脑袋；它的身体化作浓烟，在地上环绕一圈后团成一堆。道士拿出一个葫芦，拔掉塞子，搁在浓烟里，只听得飗飗作声，像是用嘴吸气，转眼间，浓烟就被吸尽了。道士塞好葫芦口，放进布袋里。大家一起看那张人皮，有眉有眼，有手有脚，样样齐全。道士把它卷起来，发出像卷画轴一样的响声，也把它装进布袋里，就跟大家告别，准备走了。陈氏在门口迎着给道士叩头，哭哭啼啼向他哀求起死回生的办法。道士推辞说没有这种本领。陈氏更加悲伤，跪在地上不肯起来。道士沉思了一会儿说：“我的法术浅薄，实在不能起死回生。我给你推荐一个人，或许能够做到，去求他一定会有效果。”陈氏问：“是哪一位？”道士说：“市上有个疯疯癫癫的人，时常躺在粪土里。你去试试看，给他叩头，并哀求他。如果他疯狂地羞辱夫人，夫人可不要恼他。”二郎素来也知道有这么个人，就告别了道士，和嫂子一道去寻找。

到了市上，只见一个乞丐在路上疯疯癫癫地唱着歌，鼻涕拖了三尺长，脏得叫人不敢靠近。陈氏跪下去，用两膝走到他面前。乞丐笑着说：“小娘子爱上我了吗？”陈氏向他诉说了来意。他又大笑着说：“人人可以做丈夫，何必救活他？”陈氏一再苦苦哀求。他就说：“奇怪啊！人死了却求我来把他救活，我是阎罗王吗？”说完就恼怒地用棍子打陈氏。陈氏忍着疼痛让他打。市上看热闹的人越聚越多，围得像一堵墙。乞丐连痰带吐沫，咯出满满一大把，伸到陈氏嘴边说：“把它吃下去！”陈氏满脸涨得通红，露出为难的神色；随后想到道士的嘱咐，就硬着头皮吃了下去。只觉得它像一团发硬的棉絮，进了喉咙就被卡住了。硬咽下去，就停留、纠结在胸间。乞丐大笑着说：“小娘子爱上我啦！”说完就走了，头也不回。陈氏在后面跟着，见他进了一座庙里，忙追上去要再向他哀求，却不见了他的踪影；庙前庙后连隐秘之处都搜遍了，连一点踪迹也没有，只好又羞又恨地回到家里。她既哀悼丈夫的惨死，又悔恨吃痰所受的羞辱，直哭得前俯后仰，但愿自己也立即死去。正要揩干血污，收殓尸体，家人都站着呆望，谁也不敢走近。陈氏抱着尸体，把肠子收拾进去，一边整理一边痛哭。哭到最伤心时，声音都嘶哑了。猛然间想要呕吐，只觉得停留在胸中的那团疙瘩，突然冲出来，还来不及转过头去，已经落到尸体的胸腔里。她吃了一惊，仔细一看，原来是一颗人心。那颗心还在胸腔里扑扑地跳动，热气腾腾的像冒烟一样。她感到非常惊异，急忙用两只手把胸腔合拢，使尽力气把它紧紧地抱合在一起;稍一松手,就有一股热气从裂缝里冒出来。于是撕下一块绸子,急急忙忙地把尸身的胸腔扎紧。用手抚摸着尸体,渐渐有些温热了。又给他盖好被子。半夜里掀开被子看看,鼻孔里已有了气息。天亮时,王生居然活了过来。他说:"恍恍惚惚,好像做了一场大梦,只是觉得肚子隐隐作痛罢了。"看看那被撕裂的地方,结的痂像铜钱那么厚。不久也就痊愈了。

异史氏说:"世上的人真是愚蠢啊!明明是妖怪,却认为是美人。愚蠢的人真是沉迷不悟啊!明明是忠言,却认为是胡说。不过,贪恋别人的美貌而千方百计把她弄到手,那么他的妻子也会吃别人的痰唾而认为是很甜美的了。天理是善于报应的,只是愚蠢而又沉迷不悟的人不觉醒罢了。真是可悲呀!"

婴　宁

婴宁像开在深山幽谷里的一朵水仙花。作者说她是狐母所生、鬼母所育，看来大有深意。她从小生活在大自然的怀抱里。那里环境幽雅，没有社会的污浊；那里自由自在，不受礼教的束缚。特殊的环境，养成了她特殊的性格。她爱花成癖，与笑为伴。她天真烂漫，无拘无束。她从来就不知道人世间还有所谓"妇言"、"妇德"的礼教。哪里有婴宁，哪里就有欢笑声。即使在举行婚礼这种对新妇有严格要求的场合，她也笑得前俯后仰，无所顾忌。这分明是一个与传统的封建礼教相对立的女性形象。然而，这种理想性格却为封建礼教所不容，她从鲜花遍野的深山来到污浊的人间，再也无法笑下去了，"虽故逗，亦终不笑"，爱笑的婴宁终于被冷酷的现实毁灭了。更妙的是婴宁所生之子"见人辄笑"，"大有母风"，这究竟意味着什么？是表现婴宁喜笑性格的遗传，还是显示蒲松龄不甘其毁灭而幻想的一线希望之光？

王子服，莒之罗店人。早孤。绝惠[①]，十四入泮[②]。母最爱之，寻常不令游郊野。聘萧氏，未嫁而夭，故求凰未就也[③]。

【注释】

① 惠：通“慧”，聪明。② 入泮：学童考入县学，也即考取秀才。因学官前有泮水，故以“入泮”作为入学的代称。③ 求凰：求妻的代词。凤凰是神话传说中的鸟，雄的叫凤，雌的叫凰。

会上元，有舅氏子吴生，邀同眺瞩。方至村外，舅家有仆来，招吴去；生见游女如云，乘兴独遨。有女郎携婢，捻梅花一枝，容华绝代，笑容可掬。生注目不移，竟忘顾忌。女过去数武，顾婢曰：“个儿郎目灼灼似贼！”遗花地上，笑语自去。生拾花怅然，神魂丧失，怏怏遂返。

至家，藏花枕底，垂头而睡，不语亦不食。母忧之。醮禳益剧，肌革锐减。医师诊视，投剂发表[①]。忽忽若迷。母抚问所由，默然不答。适吴生来，嘱密诘之。吴至榻前，生见之泪下。吴就榻慰解，渐致研诘。生具吐其实，且求谋画[②]。吴笑曰：“君意亦复痴！此愿有何难遂？当代访之。徒步于野，必非世家。如其未字，事固谐矣；不然，拚以重赂，计必允遂。但得痊瘳，成事在我。”生闻之，不觉解颐。吴出告母，物色女子居里，而探访既穷，并无踪绪。母大忧，无所为计。然自吴去后，颜顿开，食亦略进。数日，吴复来。

生问所谋。吴绐之曰："已得之矣。我以为谁何人，乃我姑氏女，即君姨妹行，今尚待聘；虽内戚有婚姻之嫌③，实告之，无不谐者。"生喜溢眉宇，问："居何里？"吴诡曰："西南山中，去此可三十余里。"生又付嘱再四，吴锐身自任而去。

【注释】

① 发表：中医学名词。指用药把潜伏在人体里的病发散表托出来。② 画：同"划"。③ 内戚：内亲，母系的亲戚。

生由此饮食渐加，日就平复。探视枕底，花虽枯，未便凋落。凝思把玩，如见其人。怪吴不至，折柬招之。吴支托不肯赴召。生恚怒，悒悒不欢。母虑其复病，急为议姻；略与商榷，辄摇首不愿。惟日盼吴。吴迄无耗，益怨恨之。转思三十里非遥，何必仰息他人？怀梅袖中，负气自往，而家人不知也。

伶仃独步，无可问程，但望南山行去。约三十余里，乱山合沓，空翠爽肌，寂无人行，止有鸟道。遥望谷底，丛花乱树中，隐隐有小里落。下山入村，见舍宇无多，皆茅屋，而意甚修雅①。北向一家，门前皆丝柳，墙内桃杏尤繁，间以修竹；野鸟格磔其中。意其园亭，不敢遽入。回顾对户，有巨石滑洁，因据坐少憩。俄闻墙内有女子，长呼"小荣"，其声娇细。方伫听间，一女郎由东而西，执杏花一朵，俯首自簪。举头见生，遂不复簪。含笑捻花而入。审视之，即上元途中所遇也。心骤喜。但念无以阶进；欲呼姨氏，顾从无还往，惧有讹误。门内无人可问。坐卧徘徊，自朝至于日昃，盈盈望断，并忘饥渴。时见女子露半面来窥，似讶其不去者。忽一老媪扶杖出，顾生曰："何处郎君，闻自辰刻便来，以至于今。意将何为？得勿饥耶？"生急起揖之，答云："将以盼亲。"媪聋聩不闻。又大言之，乃问："贵戚何姓？"生不能答。媪笑曰："奇哉！姓名尚自不知，何亲可探？我视郎君，亦书痴耳。不如从我来，啖以粗粝；家有短榻可卧。待明朝归，询知姓氏，再来探访，不晚也。"生方腹馁思啖，又从此渐近丽人，大喜。

【注释】

① 意：这里指房屋建筑及其自然环境所表现出来的一种意境、风格。

从媪入，见门内白石砌路，夹道红花，片片堕阶上；曲折而西，又启一关，豆棚花架满庭中。肃客入舍，粉壁光明如镜；窗外海棠枝朵，探入室中；裀籍几榻，罔不洁泽。甫坐，即有人自窗外隐约相窥。媪唤："小荣！可速作黍。"外有婢子噭声而应。坐次，具展宗阀。媪曰："郎君外祖，莫姓吴否？"曰："然。"媪惊曰："是吾甥也！尊堂，我妹子。年来以家窭贫，又无三尺男，遂至音问梗塞。甥长成如许，尚不相识。"生曰："此来即为姨也，匆遽遂忘姓氏。”媪曰：“老身秦姓，并无诞育；弱息仅存[1]，亦为庶产。渠母改醮，遗我鞠养。颇亦不钝，但少教训，嬉不知愁。少顷，使来拜识。”未几，婢子具饭，雏尾盈握[2]。媪劝餐已，婢来敛具。媪曰：“唤宁姑来。”婢应去。良久，闻户外隐有笑声。媪又唤曰：“婴宁，汝姨兄在此。”户外嗤嗤笑不已。婢推之以入，犹掩其口，笑不可遏。媪瞋目曰：“有客在，咤咤叱叱，是何景象？”女忍笑而立，生揖之。媪曰：“此王郎，汝姨子。一家尚不相识，可笑人也。”生问：“妹子年几何矣？”媪未能解。生又言之。女复笑不可仰视。媪谓生曰：“我言少教诲，此可见矣。年已十六，呆痴裁如婴儿[3]。”生曰：“小于甥一岁。”曰：“阿甥已十七矣，得非庚午属马者耶？”生首应之。又问：“甥妇阿谁？”答云：“无之。”曰：“如甥才貌，何十七岁犹未聘？婴宁亦无姑家，极相匹敌；惜有内亲之嫌。”生无语，目注婴宁，不遑他瞬。婢向女小语云：“目灼灼，贼腔未改！”女又大笑，顾婢曰：“视碧桃开未。”遽起，以袖掩口，细碎连步而出。至门外，笑声始纵。媪亦起，唤婢襆被，为生安置。曰：“阿甥来不易，宜留三五日，迟迟送汝归。如嫌幽闷，舍后有小园，可供消遣；有书可读。”

【注释】

① 弱息：对子女的谦称，这里指婴宁。② 雏尾盈握：指菜肴中家禽的肥嫩。古人认为，鸡鸭之类的幼禽，尾部抓着还不满一手，是属于不应该吃的东西（语出《礼记·内则》）。“雏尾

盈握”，意味着已经丰肥可吃。③ 裁：通“才”。仅仅，只。

次日，至舍后，果有园半亩，细草铺毡，杨花糁径；有草舍三楹，花木四合其所。穿花小步，闻树头苏苏有声，仰视，则婴宁在上。见生来，狂笑欲堕。生曰：“勿尔，堕矣！”女且下且笑，不能自止。方将及地，失手而堕，笑乃止。生扶之，阴捘其腕。女笑又作，倚树不能行，良久乃罢。生俟其笑歇，乃出袖中花示之。女接之曰：“枯矣。何留之？”曰：“此上元妹子所遗，故存之。”问：“存之何意？”曰：“以示相爱不忘也。自上元相遇，凝思成疾，自分化为异物；不图得见颜色，幸垂怜悯。”女曰：“此大细事。至戚何所靳惜？待郎行时，园中花，当唤老奴来，折一巨捆负送之。”生曰：“妹子痴耶？”“何便是痴？”曰：“我非爱花，爱捻花之人耳。”女曰：“葭莩之情①，爱何待言。”生曰：“我所谓爱，非瓜葛之爱，乃夫妻之爱。”女曰：“有以异乎？”曰：“夜共枕席耳。”女俯思良久，曰：“我不惯与生人睡。”语未已，婢潜至，生惶恐遁去。

【注释】

① 葭（jiā）莩（fú）：芦苇中的薄膜，比喻亲属关系疏远淡薄。后泛称亲戚。

少时，会母所。母问：“何往？”女答以园中共话。

媪曰："饭熟已久，有何长言，周遮乃尔[①]？"女曰："大哥欲我共寝。"言未已，生大窘，急目瞪之，女微笑而止。幸媪不闻，犹絮絮究诘，生急以他词掩之。因小语责女。女曰："适此语不应说耶？"生曰："此背人语。"女曰："背他人，岂得背老母。且寝处亦常事，何讳之？"生恨其痴，无术可以悟之。

【注释】

① 周遮：言语烦琐，啰嗦。

食方竟，家中人捉双卫来寻生。先是，母待生久不归，始疑；村中搜觅几遍，竟无踪兆。因往询吴。吴忆曩言，因教于西南山村行觅。凡历数村，始至于此。生出门，适相值，便入告媪，且请偕女同归。媪喜曰："我有志，匪伊朝夕[①]。但残躯不能远涉；得甥携妹子去，识认阿姨，大好！"呼婴宁。宁笑至。媪曰："有何喜，笑辄不辍？若不笑，当为全人。"因怒之以目。乃曰："大哥欲同汝去，可便装束。"又饷家人酒食，始送之出曰："姨家田产丰裕，能养冗人。到彼且勿归，小学诗礼[②]，亦好事翁姑。即烦阿姨，为汝择一良匹。"二人遂发。至山坳，回顾，犹依稀见媪倚门北望也。

【注释】

① 匪：同"非"。② 小学诗礼：小学，略学一点。诗礼，

指封建家庭的教育内容,包括儒家经典的《诗经》、《礼记》等。

抵家,母睹姝丽,惊问为谁。生以姨女对。母曰:"前吴郎与儿言者,诈也。我未有姊,何以得甥?"问女,女曰:"我非母出。父为秦氏,没时,儿在褓中,不能记忆。"母曰:"我一姊适秦氏,良确;然殂谢已久,那得复存?"因审诘面庞、志赘,一一符合。又疑曰:"是矣。然亡已多年,何得复存?"

疑虑间,吴生至,女避入室。吴询得故,惘然久之。忽曰:"此女名婴宁耶?"生然之。吴亟称怪事。问所自知,吴曰:"秦家姑去世后,姑丈鳏居,祟于狐,病瘠死。狐生女名婴宁,绷卧床上,家人皆见之。姑丈殁,狐犹时来;后求天师符粘壁间①,狐遂携女去。将勿此耶?"彼此疑参。但闻室中吃吃皆婴宁笑声。母曰:"此女亦太憨生。"吴请面之。母入室,女犹浓笑不顾。母促令出,始极力忍笑,又面壁移时,方出。才一展拜,翻然遽入,放声大笑。满室妇女,为之粲然。

【注释】

① 天师:东汉张道陵传播道教,其子孙门徒在江西龙虎山从事炼丹画符、捉鬼拿妖的迷信活动。元朝时,张道陵的后裔被封为天师。后代便沿用这一称号。

吴请往觇其异，就便执柯。寻至村所，庐舍全无，山花零落而已。吴忆姑葬处，仿佛不远；然坟垄湮没，莫可辨识，诧叹而返。母疑其为鬼。入告吴言，女略无骇意；又吊其无家，亦殊无悲意，孜孜憨笑而已。众莫之测。

母令与少女同寝止。昧爽即来省问，操女红精巧绝伦①。但善笑，禁之亦不可止；然笑处嫣然，狂而不损其媚，人皆乐之。邻女少妇，争承迎之。母择吉将为合卺，而终恐为鬼物。窃于日中窥之，形影殊无少异。至日，使华妆行新妇礼；女笑极不能俯仰，遂罢。生以其憨痴，恐漏泄房中隐事；而女殊密秘，不肯道一语。每值母忧怒，女至，一笑即解。奴婢小过，恐遭鞭楚，辄求诣母共话；罪婢投见，恒得免。

【注释】

① 女红：指缝纫、刺绣等妇女做的针线活。红，同“工”。

而爱花成癖，物色遍戚党；窃典金钗，购佳种，数月，阶砌藩溷①，无非花者。庭后有木香一架，故邻西家。女每攀登其上，摘供簪玩。母时遇见，辄呵之。女卒不改。一日，西人子见之，凝注倾倒。女不避而笑。西人子谓女意已属，心益荡。女指墙底笑而下，西人子谓示约处，大悦。及昏而往，女果在焉。就而淫之，则阴如锥刺，痛彻于心，大号而踣。细视，非女，则一枯木卧墙边，所接乃水淋窍也。邻父闻声，急奔研问，呻而不言。妻来，始以实告。爇火烛窍，见中有巨蝎，如小蟹然。翁碎木捉杀之。负子至家，半夜寻卒。邻人讼生，讦发婴宁妖异。邑宰素仰生才，稔知其笃行士，谓邻翁讼诬，将杖责之。生为乞免，逐释而出。母谓女曰："憨狂尔尔，早知过喜而伏忧也。邑令神明，幸不牵累；设鹘突官宰，必逮妇女质公堂，我儿何颜见戚里？"女正色，矢不复笑。母曰："人罔不笑，但须有时。"而女由是竟不复笑，虽故逗，亦终不笑；然竟日未尝有戚容。

【注释】

① 藩溷(hùn)：藩，篱笆；溷，厕所。

一夕，对生零涕。异之。女哽咽曰："曩以相从日浅，言之恐致骇怪。今日察姑及郎，皆过爱无有异心，直告或无妨乎？妾本狐产。母临去，以妾托鬼母，相依十余年，始有今日。妾又无兄弟，所恃者惟君。老母岑寂山阿，无人怜而合厝之，九泉辄为悼恨。君倘不惜烦费，使地下人消此怨恫，庶养女者不忍溺弃①。"生诺之，然虑坟冢迷于荒草。女但言无虑。刻日，夫妻舆榇而往。女于荒烟错楚中，指示墓处，果得媪尸，肤革犹存。女抚哭哀痛。舁归，寻秦氏墓合葬焉。是夜，生梦媪来称谢，寤而述之。女曰："妾夜见之，嘱勿惊郎君耳。"生恨不邀留。女曰："彼鬼也，生人多，阳气胜，何能久居?”生问小荣，曰：“是亦狐，最黠。狐母留以视妾，每摄饵相哺②，故德之常不去心。昨问母，云已嫁之。”由是岁值寒食③，夫妻登秦墓，拜扫无缺。女逾年，生一子。在怀抱中，不畏生人，见人辄笑，亦大有母风云。

【注释】

① 庶养女者不忍溺弃：封建时代重男轻女，甚至有生了女儿就把她淹死或丢弃的恶习，故有此说。② 摄：迷信说法，以法术取得别人的东西，称为“摄”。③ 寒食：寒食节，在清明节的前二日。据说春秋时晋文公为悼念介子推被烧死，禁止在这天生火做饭。只准吃冷食，故称寒食。这里指清明节扫墓的习俗。

异史氏曰：“观其孜孜憨笑，似全无心肝者①；而墙下恶作剧，其黠孰甚焉；至凄恋鬼母，反笑为哭：我婴宁殆隐于笑者矣②。窃闻山中有草，名‘笑矣乎’③。嗅之，则笑不可止。房中植此一种，则合欢、忘忧④，并无颜色矣；若解语花⑤，正嫌其作态耳。”

【注释】

① 无心肝：通常指不明事理，无同情、羞恶等心，不知感恩等。② 隐于笑：把自己隐藏在笑中，也即用笑来掩盖自己的思想感情。③ 笑矣乎：一种吃了会使人无故发笑的菌类。见陶谷《清异录》。④ 合欢、忘忧：合欢，也叫合昏，

即夜合花；忘忧，萱草的别名。相传这两种花可使人欢乐而忘记忧愁，故名。⑤ 解语花：传说唐玄宗称杨贵妃为解语花，后来一般用以比喻聪敏的美人。

【翻译】

王子服，是山东莒县罗店人。小时候父亲就去世了。他非常聪明，十四岁就考中了秀才。母亲最疼爱他，平时不许他到荒郊野外去游玩。替他和一个姓萧的姑娘订了婚，谁知还没过门那个姑娘就夭折了，所以他还没有娶亲。

正月十五元宵节那天，有个舅舅的儿子吴生邀他一块儿出去游览。刚走到村外，舅舅家里来了个仆人，把吴生叫回去了。王子服看见游女如云，便自个儿乘兴漫游。看到有个少女带着丫头，手里捏着一枝梅花，长得容貌绝世，笑容可掬。王子服目不转睛地看着她，竟然连男女间的顾忌都忘记了。女子从他身边经过，走了几步，回头对丫头说：“这小伙子目光灼灼，像个贼！”说完，把梅花丢在地上，说说笑笑地径自走了。王子服捡起那枝梅花，心里十分怅惘，好像丢了魂似的，闷闷不乐地往回走。

到家以后，王子服把梅花藏在枕头底下，无精打采地躺下就睡，不说话也不吃东西。母亲很忧虑，请人祭祀求神，驱邪赶鬼，可是他的病却更加沉重，身体很快地消瘦下去了。请医生为他诊治，让他服药发散，他却变得精神恍惚，好像被什么东西迷住了。母亲安慰他，关切地问他得病的原因，他也默默的一声不吭。刚好吴生来了，母亲就嘱咐吴生私下问问他。吴生来到床前，王子服一看见他就流下了眼泪。吴生挨近床沿，安慰劝解了他一番，然后慢慢地问起他得病的原因。王子服把实情都吐露出来,并且恳求吴生为他想想办法。吴生笑着说:“你也实在太傻了!这个心愿有什么难实现的?我一定为你去访求。她徒步在野外游玩,必定不是富贵人家的女儿。如果她还没有许配别人,这门亲事定会成功;不然的话,拼着多给钱财,估计也一定会得到应允。只要你病体痊愈,这事就包在我身上。”王子服听了,不觉露出了笑容。吴生出来告诉了姑母,要她想办法寻访那女子的住处。但是到处都探听访查过了,也没有一点踪迹和头绪。母亲十分忧虑,又想不出什么办法来。不过,自从吴生来过以后,王子服变得面容开朗,也开始吃点东西了。过了几天,吴生又来探望。王子服问他事情办得怎样。吴生骗他说:“已经访查到了。我还以为是谁家的人呢,原来是我姑姑的女儿,也就是你的姨表妹,她现在还未订婚。虽然姨表亲联婚有点嫌忌,但只要把真情告诉对方,没有不成功的。”王子服听了,高兴得眉开眼笑,问道:“她住在什么地方?”吴生骗他说:“住在西南山里,离这里大约三十多里。”王子服又三番四次地嘱托他,吴生坚决表示这事由他负责,于是就走了。

王子服从此饮食逐渐增加,健康情况也一天天好转、恢复。看看枕头底下,梅花虽然已经枯了,但花瓣还未脱落。于是拿来梅花,一边把玩,一边凝神地想着,就像见到了那个女子。又埋怨吴生迟迟不来,就写信去请他。吴生支吾推托,不肯来。王子服又气又恨,郁郁不乐。母亲怕他旧病复发,就急忙托人为他说亲;谁知才跟他一商量,他就摇着脑袋,表示不愿意。只是天天盼望着吴生。吴生却一直没有音信,他就更加怨恨起来。转念一想,三十里路并不远，又何必乞求、依靠别人呢？于是把梅花揣在衣袖里，赌气自己去寻访，而家里人谁也不知道。

王子服孤零零地一个人走着，又没有可以问路的，只是朝着南山走去。大约走了三十多里，只见乱山重叠，山野的苍翠令人神清气爽。静悄悄的看不见行人，那险峻的小道，只有飞鸟才能过得去。远远望见山谷底下，隐隐约约有个小村庄，掩映在繁花乱树之中。他下山走进村子，看见房屋不多，又都是茅屋草房，但给人一种整洁幽雅的感觉。有一户大门朝北的人家，门前垂柳依依，墙内的桃花和杏花格外繁盛，中间还夹杂着修长的翠竹；野鸟在里面唧唧啾啾地鸣叫。王子服以为这一定是人家的园亭，不敢冒冒失失地走进去。回头看见大门的对面，有一块光滑洁净的大石头，就走过去坐在上面休息一下。一会儿，听见墙内有个女子在拉长声音呼唤“小——荣——”，声音很娇细。王子服正在那里侧耳细听，一个女子由东向西走过来，手里拿着一朵杏花，低着头往自己的发髻上插。她抬头看见王子服，就不再插了，满脸含笑地捏弄着花朵走进屋去。王子服仔细一看，原来就是元宵节那天在路上遇见的女子。他心里顿时高兴起来，但又想到没有理由进门；想要呼唤姨妈，又顾虑到从来没有来往，恐怕弄错了。看看大门内，又没有人可以询问。急得他一会儿坐着，一会儿又躺着，一会儿又心神不定地走来走去，早晨过了，中午又过了，他眼巴巴地盼望着，连饥渴都忘记了。不时看见那女子露出半个脸来偷看，似乎对他一直待在那儿感到很惊讶。忽然一个老妇人拄着拐杖走出来，对着王子服说：“你是从哪儿来的小伙子？听说从早上八九点钟就来了，一直待到现在。你打算干什么？难道不饿吗？”王子服连忙起来给她作揖行礼，回答说：“我是来探望亲戚的。”老妇人耳聋听不清。王子服又大声说了一遍。老妇人就问他：“你的亲戚姓什么？”王子服回答不出来。老妇人笑着说：“真是怪事啊！连姓名都不知道，还探望什么亲戚？我看你这个年轻人，也是个书呆子罢了，不如跟我来，吃点粗米饭；我家里有张小床，可以给你睡觉。等到明天早上回去，问清姓名，再来探访也不迟。”王子服正因肚子饿了想吃东西，又想到可以渐渐接近那美丽的女子，心里高兴极了。

他跟着老妇人进去，只见门里白石铺路，路两边都是红花，花瓣片片散落在石阶上；曲曲折折地向西走去，又打开一道门，满院子都是豆棚花架。老妇人很礼貌地请他进屋。屋里的墙壁粉刷得光洁明亮，好像镜子一样；窗外的海棠，连枝带花伸进屋内；褥垫、桌椅、床铺，没有一样不洁净光滑。王子服刚坐下，就发觉有人从窗外隐隐约约地往里偷看。老妇人喊道：“小荣！要快点做饭。”外面有个丫头“噢”地应了一声。彼此坐定，王子服详细地说了自己的家世、门第。老妇人说：“你的外祖家，莫不是姓吴吗？”王子服说：“是的。”老妇人吃惊地说：“你原来是我的姨甥啊！你的母亲，是我妹妹。近年来因为家境贫寒，又连个男孩子都没有，竟至音讯不通。姨甥长得这么大了，还不认识呢。”王子服说：“我这次来就是专门探望姨妈的，只是匆匆忙忙的就把姓名忘记了。”老妇人说：“我的夫家姓秦，并没有生儿育女；只有一个女儿，也是小老婆生的。她母亲后来改嫁了，就把她留给我抚养。人倒也不很迟钝，只是缺少教育，整日嬉笑，从不知忧愁。待会儿叫她来拜识你。”没多久，丫头准备好饭菜，只见鸡鸭肥嫩，老妇人殷勤地劝他多吃一些，吃完了饭，丫头来收拾餐具。老妇人说：“去叫宁姑来。”丫头答应着走了。好一会儿，听见门外隐隐约约传来一阵笑声。老妇人又喊道：“婴宁，你的姨表兄在这里。”门外仍然嗤嗤地笑个不停。丫头把她推进屋里，她还用手遮着嘴巴，笑得无法抑制。老妇人瞪了她一眼说：“有客人在，这样嘻嘻哈哈的，像个什么样子？”婴宁强忍着笑站在那里，王子服向她作了个揖。老妇人说：“这是你阿姨的儿子，姓王。一家人还互相不认识，可真笑死人了。”王子服问：“表妹今年多大了？”老妇人没有听清楚，王子服又说了一遍。婴宁又笑得好久抬不起头来。老妇人对王子服说：“我说缺少教育，这就可以看到了。已经十六岁了，还傻乎乎的像个小孩子。”王子服说：“她比甥儿小一岁。”老妇人说：“姨甥已经十七岁了，莫不是庚午年出生，属马的吗？”王子服点头说是。老妇人又问：“姨甥媳妇是谁呢？”王子服回答说：“还没有。”老妇人说：“像姨甥这样的才貌，怎么十七岁还没有娶亲呢？婴宁也还没有婆家，你们倒是极好的一对；可惜是内亲，有些嫌忌。”王子服没有说话，只是目不转睛地看着婴宁，顾不得看别的。丫头小声地对婴宁说：“你看他目光灼灼的，贼腔还没改！”婴宁又大笑起来，对丫头说：“去看看碧桃花开了没有。”就急忙站起来，用衣袖遮着嘴巴，迈着小步出去了。到了门外，才放声大笑起来。老妇人也站起来，叫丫头铺好被褥，给王子服安置休息的地方。又说：“姨甥来一趟不容易，应该留下来多住三五天，迟些日子再送你回去。要是嫌屋里寂寞沉闷，屋后有个小园，可以到那里散散心；还有书可以读。”

第二天，王子服来到屋后，果然有个半亩地的小园，细嫩的绿草像铺着的一层毡子，杨柳的花絮飘落在草地上；有三间草房，被花木环绕着。他穿过花丛慢慢地散步，忽然听见树上发出索索的声音，抬头一看，原来是婴宁在上面。她看见王子服走过来，狂笑不止，差点儿要掉下来。王子服说：“不要这样，要摔下来了！”婴宁一边下来，一边笑着，笑得简直无法抑制。刚要落地时，失手掉了下来，笑声才停住。王子服连忙扶住她，又偷偷地捏了一下她的手腕。婴宁又笑起来，倚着树干笑得走不动，过了很久才停下来。王子服等她笑声停住了，就拿出衣袖里的梅花给她看。婴宁接过花说：“已经枯萎了。怎么还留着？”王子服说：“这是元宵节时妹妹遗下的，所以我把它保存着。”婴宁问：“保存它有什么意思？”王子服回答说：“用它来表示永远相爱啊。自从元宵节相遇以后，我苦苦相思，以致得了重病，自以为一定活不了啦！没想到还能够看到你的容貌，万望你能够怜悯我。”婴宁说：“这是小事情。我们是姨表亲戚，有什么舍不得的？等你要回去的时候，一定叫老仆人来，把园子里的花折一大捆背着给你送去。”王子服说：“妹妹傻了吗？”婴宁反问道：“怎么傻啦？”王子服说：“我不是爱花，而是爱那拿着花朵的人啊。”婴宁说：“我们有亲戚之情，你爱我那还用说吗？”王子服说：“我所说的爱，不是亲戚之间的爱，而是夫妻的爱。”婴宁问：“这有什么不同呢？”王子服说：“夫妻的爱，是到了夜里就同床共枕啊。”婴宁低着头想了很久，说：“我不习惯和陌生人一起睡觉。”话还没说完，丫头已蹑手蹑脚来到跟前，王子服惊惶不安地溜走了。

过了一会儿，两人在老妇人的房子里会面了。老妇人问婴宁："你到哪去了？"婴宁回答说，在园子里和表哥说话。老妇人说："饭熟已经很久了，怎么有那么多话，啰啰嗦嗦地说个没完？"婴宁说："表哥想和我一块儿睡觉。"话音未落，王子服已窘得满脸通红，急忙瞪了婴宁一眼，婴宁微微一笑，没有再说下去。幸亏老妇人没有听见，还絮絮叨叨地追问着，王子服赶紧用其他话掩饰过去。然后，他又小声地责备婴宁。婴宁问他："刚才这句话不应该说吗？"王子服说："这是背着别人说的话。"婴宁说："背着别人可以，怎么能够背着老母亲呢。况且睡觉也是常事，有什么好隐瞒的？"王子服恼恨她太傻，可又没办法让她明白。

刚吃完饭，家里的人牵着两头驴子来找王子服了。原来，母亲在家等了王子服很久，也不见他回来，就开始怀疑了；村子里都几乎找遍了，还是毫无踪迹。于是就去问吴生。吴生想起以前对他说过的话，就教他们到西南山的村子里去寻找。家人一共找了好几个村子，才来到这里。王子服一出门，刚好遇上了他们，便进去告诉老妇人，并且请求带婴宁一块儿回去。老妇人高兴地说："我有这个心愿，已经不是一朝一夕了。只是我这把老骨头，不能出远门；现在幸得姨甥带妹子去，让她认识阿姨，实在太好了！"说完就呼唤婴宁。婴宁笑着来到跟前。老妇人说："有什么高兴的事，总是笑个不停？你要能不笑，就是一个完美的人了。"于是很生气地瞪着她。然后又对她说："大哥要你一起去，你可以去整理打扮一下。"又招待王家的人用了酒饭,才把他们送出门。临别,她嘱咐婴宁说:“你阿姨家田地家产很丰裕,养得起吃闲饭的人。你到了那里,暂时就不要回来了,学一点诗书礼仪,也好侍奉公婆。就麻烦阿姨替你找一个好女婿。”两个人听完以后就启程了。走到山坳,回过头来,还依稀看见老妇人倚着门向北眺望呢。

到了家里,母亲看到这美丽的女子,很惊奇地问她是谁。王子服回答说是姨妈的女儿。母亲说:“前些日子吴生和你说的话,是骗你的。我没有姐姐,怎么会有姨甥呢?”于是转过头去问婴宁,婴宁说:“我不是这个妈妈生的。爸爸姓秦,他去世的时候,我还在襁褓里,当时的事已经记不清楚了。”母亲说:“我有一个姐姐嫁给姓秦的,倒千真万确;可是她很早就死了,哪能又活着呢?”于是详细地询问那老妇人容貌如何,是否有痣等等,婴宁所说的情况都跟其姊姊完全符合。母亲这就更加怀疑了:“没错啊。可是她已经死了多年,怎么还会活着?”

正在疑虑的时候,吴生来了。婴宁就躲进内屋去。吴生问清了原故,也疑惑不解,过了很久,忽然问道:“这女子名叫婴宁吗?”王子服点头说是。吴生连叫怪事。大家问他是怎么知道的,吴生说:“秦家姑母去世以后,姑丈独自生活,被狐狸迷住,得了痨瘵症死了。那狐狸生了个女儿,名叫婴宁。当时包在襁褓里睡在床上,家人都看见过。姑丈去世后,狐狸还常常来;后来请求张天师画了一道符贴在墙壁上,狐狸就带着女儿走了。恐怕就是这个婴宁吧!”大家都很疑惑,互相猜测。只听见内屋传来吃吃的声音,全是婴宁的笑声。母亲说:“这孩子也太憨了。”吴生请求当面见见她。母亲走进内屋,婴宁还在大笑不止,顾不得打招呼。母亲催促她出去，她才极力忍住笑，又面向墙壁好一会才出来。刚行了一个礼，转身就跑回内屋，放声大笑。满屋子的妇女，都被她惹得笑起来。

吴生建议让他到山里去探查一下那怪异的事，顺便作媒提亲。他找到那个村庄的所在地，房屋全都不见了，只有零零落落的山花。吴生回忆姑母埋葬的地方，好像就在不远处；但坟已湮没，无法辨认，只好惊叹着转回去。母亲怀疑婴宁是鬼，就进去把吴生的话告诉她，婴宁却没有一点害怕的样子；母亲又可怜她无家可归，安慰她，她也毫不感到悲哀，只是一味憨笑罢了。大家都无法猜透这件事。

母亲就叫她和小女儿一块儿住。天刚蒙蒙亮，她就过来问候。做起针线活，非常精巧，没有人能比得上。只是很爱笑，怎么禁也禁不住；不过她笑的时候很好看，就算是狂笑也不会损害她那娇媚的姿容。人们都很喜欢她。邻居的少女和少妇，争着来讨好她，和她交朋友。母亲选择了吉日良辰准备为他们举办婚礼，但始终害怕婴宁是个鬼物。暗中在太阳光里窥看她，她的身影和普通人的毫无不同。到了结婚那天，让她穿上盛装行新婚媳妇的礼节；婴宁却笑得直不起身来，无法行礼，只好作罢。王子服觉得她太痴傻，怕她泄漏了夫妻间的房中秘事；可是婴宁守口如瓶，一句也没有向别人透露过。每逢母亲愁闷生气的时候，婴宁来到跟前，笑一笑，母亲就马上解除烦恼了。丫头出了小的过错，害怕挨打，就求婴宁到母亲那里和她说话，然后犯了过错的丫头再去自首认错，常常可以免去责罚。

婴宁爱花成癖，向所有的亲戚朋友物色好花；又偷偷典当了金钗，购买良种。几个月的工夫，台阶前、篱笆旁、厕所边，没有一处不种满了花卉。庭院后面有一棵木香，原就紧靠着西边邻居的家。婴宁时常爬上去攀摘，用来插戴、玩赏。母亲每次遇见，总是责备她。她却始终改不了。一天，西邻家的儿子看见婴宁，就两眼直盯着她，神魂颠倒。婴宁不但没有回避，反而笑了起来。西邻的儿子以为婴宁对他有意，心里越发淫荡。婴宁指指墙脚，笑着爬下树来。西邻的儿子以为是向他指示约会的地方，高兴极了。等天一黑，就来到那墙脚下，婴宁果然在那里。他跑上去奸淫她，不料下体像是受到锥刺，一直痛到心里，不由得大叫一声，倒在地上。仔细一看，并不是婴宁，而是一根躺倒在墙边的枯木，所交接的原来是枯木上被雨水淋出来的烂窟窿。他父亲听到号叫声，急忙跑出来查问，他只是呻吟着不肯说。等到妻子来了，才把实情告诉她。点着灯火照照那个窟窿，只见里面有一只大蝎子，像小螃蟹那么大。他父亲劈碎了木头，把蝎子捉出来杀死了。把儿子背回家里，半夜儿子就死了。这家邻居就跟王子服打官司，告发婴宁妖邪怪异。县官一向敬慕王子服的才学，早就知道他是个忠厚老实的书生，认为西邻的老头儿是诬告，就要加以责打。王子服为他请求赦免，县官就把邻居赶出衙门，算是无罪释放了。母亲对婴宁说："你疯疯癫癫到这种程度，我早就知道过分的高兴隐伏着忧愁啊。多亏县官神明，才没有受到牵累；要是遇到一个糊涂县官，一定把你抓到公堂上对质，那时我儿子还有什么面目去见亲戚乡邻呢？"婴宁听了，神情严肃起来，发誓不再笑了。母亲说："人没有不笑的，只是要看时候。"可是婴宁从此竟不再笑了，即使故意逗她，她也始终不笑；不过她一天到晚也未曾流露过忧愁。

一天晚上，婴宁忽然对着王子服流下了眼泪。王子服觉得很奇怪。婴宁哽咽着说："以前因为和你相处的日子短，说出来恐怕让你惊怪。现在看到婆婆和你都很疼爱我，没有丝毫见外之心，我想，照直告诉你们，也许没有妨碍吧？我本来是狐母生的。母亲临走时，把我托交给鬼母，相依为命十多年，才有今天。我又没有兄弟，所能依靠的只有你一个人。老母亲孤寂地长眠在山边，没有人可怜她，把她的尸骨与父亲合葬，九泉之下老是悲伤怨恨。你要是不怕麻烦和花钱，让地下的人消除这个怨恨哀痛，也许能使养了女儿的人感到女儿也有用，不再忍心把她淹死或丢弃。"王子服答应了，可是担心坟墓已被荒草淹没，寻找不到。婴宁只是说不必担心。夫妻俩选定个日子，用车子装着棺材前往。婴宁在荒野的烟雾下、杂乱的灌木丛中，指出了坟墓的所在，果然掘到了老妇人的尸体，只见皮肤仍然完好。婴宁抚着尸体很悲哀地痛哭了一场。然后把尸体抬进棺材里运回去，找到秦氏的坟墓，合葬在一起。这天夜里，王子服梦见老妇人来道谢，醒来后就向婴宁说了。婴宁说："我夜里见到了她，她嘱咐我不要惊动你呢。"王子服埋怨婴宁不把老妇人挽留住。婴宁说："她是鬼，生人多的地方，阳气旺盛，怎么能久住呢？"王子服问起小荣的情况，婴宁说："她也是狐狸，最聪明狡黠。狐母把她留下来照顾我，她经常弄一些食物来喂我，所以很感激她的恩德，心里一直挂念着她。昨晚问了鬼母，说是已经出嫁了。"从此以后，每年到了寒食节，夫妻俩就一同到秦氏墓地上，扫墓拜祭，年年不缺。婴宁在第二年生了个儿子。

这孩子在怀抱里就不怕陌生人，见人就笑，也很有他母亲那种风度。

异史氏说："看她没完没了地憨笑，好像是完全没有心肝的人。可是墙脚下的恶作剧，其聪明机智谁能比得上啊。至于表述对鬼母的凄切怀念，更反笑为哭。我的婴宁恐怕是用笑来隐藏自己的。我听人说山里有一种草，名叫'笑矣乎'，闻一下就会笑得无法抑制。在房子里种上它，那么合欢和忘忧这两种花草，就都不美了；至于解语花，就更嫌它矫揉造作，故弄姿态了。"

义 鼠

小鼠被蛇吞食，另一小鼠见后不是逃命，而是“瞪目如椒，似甚恨怒”。小鼠当然不是大蛇的对手，但是眼见大蛇残害同类而不奋起抗争，怒气难消。于是趁大蛇进洞之时，从背后狠狠地咬它一口。蛇出即去，蛇入复来，终于逼使大蛇不得不吐出死鼠，拖着被咬烂的尾巴，怏怏爬回。小鼠的复仇意志和以弱胜强的经验，对读者不无启发。

二鼠出，其一为蛇所吞；其一瞪目如椒，似甚恨怒，然遥望不敢前。蛇果腹，蜿蜒入穴。方将过半，鼠奔来，力嚼其尾。蛇怒，退身出。鼠故便捷，欻然遁去①。蛇追不及而返。及入穴，鼠又来，嚼如前状。蛇入则来，蛇出则往，如是者久。蛇出，吐死鼠于地上。鼠来嗅之，啾啾如悼息，衔之而去。

【注释】

① 欻(xū)然：忽然。这里形容老鼠逃得极快。

【翻译】

有两只小老鼠，刚从洞里钻了出来，就遇到了大蛇。一只被蛇一口吞了下去，另一只瞪着一对又黑又圆的小眼睛，好像充满着仇恨和愤怒，但它只是远远地望着蛇，不敢冲上前去。大蛇吃饱肚子，身体一弯一曲地游进洞穴。蛇身刚进去一半，那只小老鼠突然冲过来，狠命地咬住蛇的尾巴。蛇发了怒，立即往后退了出来。老鼠本来就跑得快，见蛇回过头，嗖地跑得不见踪影。蛇追不上它，又转过身往洞里游。等它进入洞穴，小老鼠又跑过来，跟前次一样，使劲地咬蛇的尾巴。就这样，蛇入就来，蛇出就跑，反复了好多次。最后一次，蛇出洞时将那只死老鼠吐在地上。咬蛇的小老鼠跑过来，用鼻子闻闻死去的同伴，啾、啾、啾地鸣叫，好像在悼念、叹息，然后把死老鼠衔着走了。

翩 翩

这是一篇《桃花源记》式的小说。但它不是幻想宁静的小康社会，而是虚构能够医治精神创伤的仙境。罗子浮被社会上邪恶之徒“诱去作狭邪游”而陷于绝境，仙女们并没有因为他浑身腥臭而厌恶他，相反，向他伸出热诚的手，把他接到仙洞，用溪水治好他的满身毒疮，并使他得到了一个温暖的家。这则故事的创作意图何在？看透世间黑暗的蒲松龄似乎已在思考：人与人之间应有一种相助相亲的合理关系。

罗子浮，邠人。父母俱早世。八九岁，依叔大业。业为国子左厢①，富有金缯而无子②，爱子浮若己出。十四岁，为匪人诱去作狭邪游。会有金陵娼，侨寓郡中，生悦而惑之。娼返金陵，生窃从遁去。居娼家半年，床头金尽，大为姊妹行齿冷。然犹未遽绝之。无何，广创溃臭，沾染床席，逐而出。丐于市。市人见辄遥避。自恐死异域，乞食西行；日三四十里，渐至邠界。又念败絮脓秽，无颜入里门，尚趑趄近邑间③。

【注释】

① 国子左厢：指国子监的教官。国子监，封建时代的最高学府。② 金缯：泛指财产。缯，丝织品的总称。③ 趑趄（zī jū）：进退不决，犹豫不前。

日既暮，欲趋山寺宿。遇一女子，容貌若仙。近问："何适?"生以实告。女曰："我出家人，居有山洞，可以下榻，颇不畏虎狼。"生喜，从去。入深山中，见一洞府，入则门横溪水，石梁驾之。又数武，有石室二，光明彻照，无须灯烛。命生解悬鹑①，浴于溪流。曰："濯之，创当愈。"又开幛拂褥促寝，曰："请即眠，当为郎作袴。"乃取大叶类芭蕉，剪缀作衣。生卧视之。制无几时，折叠床头，曰："晓取著之。"乃与对榻寝。

【注释】

① 悬鹑：鹑鸟尾秃，衣服上的补丁与鹑鸟尾部有点近似，故称破旧褴褛的衣服为"鹑衣"、"悬鹑"。

生浴后，觉创疡无苦。既醒，摸之，则痂厚结矣。诘旦，将兴，心疑蕉叶不可著。取而审视，则绿锦滑绝。少间，具餐。女取山叶呼作饼，食之，果饼；又剪作鸡、鱼，烹之皆如真者。室隅一罂，贮佳酝，辄复取饮；少减，则以溪水灌益之。数日，创痂尽脱，就女求宿。女曰：“轻薄儿！甫能安身，便生妄想！”生云：“聊以报德。”遂同卧处，大相欢爱。

一日，有少妇笑入，曰：“翩翩小鬼头快活死！薛姑子好梦几时做得①？”女迎笑曰：“花城娘子，贵趾久弗涉，今日西南风紧，吹送来也！小哥子抱得未？”曰：“又一小婢子。”女笑曰：“花娘子瓦窑哉②！那弗将来？”曰：“方呜之，睡却矣。”于是坐以款饮。又顾生曰：“小郎君焚好香也。”生视之，年廿有三四，绰有余妍③。心好之。剥果误落案下，俯假拾果，阴捻翘凤；花城他顾而笑，若不知者。生方恍然神夺，顿觉袍裤无温；自顾所服，悉成秋叶。几骇绝。危坐移时，渐变如故。窃幸二女之弗见也。

【注释】

①“薛姑子”句:“薛”当作“苏”,因字形相近而误。此句出于唐代蒋防所写《霍小玉传》。该篇写到鲍十一娘为李益找到一个理想的对象时,她对李益所说的第一句话就是:“苏姑子作好梦也未?”联系其上下文来看,“好梦”是找到理想对象的预兆;至于“苏姑子”的意义,现已无从查考。在本篇中,即以“做得好梦”隐喻找到理想对象;所以,这句其实是问翩翩:你什么时候找到这位理想对象的?② 瓦窑:《诗经·斯干》中有“乃生女子……载弄之瓦”之句,后来就称生女儿为“弄瓦”,又进而称多生女儿的妇人为“瓦窑”。其实,《斯干》中的“瓦”是指纺锤,那两句诗的意思是:生下女孩子来,让她玩弄纺锤。③ 余妍:残存的美丽。古人认为女子到了二十三四岁,已经不是她最美丽的时候

了；她在这时所有的，已经是一种残存的美。

少顷，酬酢间，又以指搔纤掌。花城坦然笑谑，殊不觉知。突突怔忡间，衣已化叶，移时始复变。由是惭颜息虑，不敢妄想。花城笑曰：“而家小郎子，大不端好！若弗是醋葫芦娘子，恐跳迹入云霄去。”女亦哂曰：“薄幸儿，便直得寒冻杀！”相与鼓掌。花城离席曰：“小婢醒，恐啼肠断矣。”女亦起曰：“贪引他家男儿，不忆得小江城啼绝矣。”

花城既去，惧贻诮责；女卒晤对如平时。居无何，秋老风寒，霜零木脱，女乃收落叶，蓄旨御冬。顾生肃缩，乃持襆掇拾洞口白云，为絮复衣；著之，温暖如襦，且轻松常如新绵。

逾年，生一子，极惠美[1]。日在洞中弄儿为乐。然每念故里，乞与同归。女曰：“妾不能从；不然，君自去。”因循二三年，儿渐长，遂与花城订为姻好。生每以叔老为念。女曰：“阿叔腊故大高，幸复强健，无劳悬耿。待保儿婚后，去住由君。”女在洞中，辄取叶写书教儿读，儿过目即了。女曰：“此儿福相，放教入尘寰，无忧至台阁[2]。”未几，儿年十四。花城亲诣送女。女华妆至，容光照人。夫妻大悦，举家宴集。翩翩扣钗而歌曰：“我有佳儿，不羡贵官。我有佳妇，不羡绮纨。今夕聚首，皆当喜欢。为君行酒，劝君加餐。”

【注释】

① 惠：通“慧”，聪明。② 台阁：尚书的别称。这里泛指高官。

既而花城去，与儿夫妇对室居。新妇孝，依依膝下，宛如所生。生又言归。女曰：“子有俗骨，终非仙品；儿亦富贵中人，可携去，我不误儿生平。”新妇思别其母，花城已至。儿女恋恋，涕各满眶。两母慰之曰：“暂去，可复来。”翩翩乃剪叶为驴，令三人跨之以归。

大业已老归林下，意侄已死，忽携佳孙美妇归，喜如获宝。入门，各视所衣，悉蕉叶；破之，絮蒸蒸腾去。乃并易之。后生思翩翩，偕儿往探之，则黄叶满径，洞口云迷，零涕而返。

异史氏曰：“翩翩、花城，殆仙者耶？餐叶衣云，何其怪也！然帏幄诽谑①，狎寝生雏，亦复何殊于人世？山中十五载，虽无‘人民城郭’之异②；而云迷洞口，无迹可寻，睹其景况，真刘、阮返棹时矣。”③

【注释】

① 帏幄诽谑：在床帐里开玩笑。指上文所记罗子浮“就女求宿”时两人的对话。② “虽无”句：相传汉代丁令威出家学道，后来化为仙鹤，返归故乡，作歌道：“有鸟有鸟丁令威，去家千年今始归。城郭如故人民非，何不学仙冢累

累。”“人民城郭”即出自此歌。这句是说，虽然没有“城郭如故人民非”的变异。③ 刘、阮返棹：据《神仙传》记载，东汉刘晨、阮肇入天台山采药，遇仙女留住，半年后回乡，已相隔十世了。后来他们再寻入山之境，却已迷不可往。

【翻译】

罗子浮，山西邠州人。父母都早已去世。八九岁就跟着叔父罗大业过活。罗大业在国子监当教官，财产很多，却没有儿子。他爱子浮如同亲生儿子一般。罗子浮十四岁那年，被坏人引诱去逛妓院。恰巧有个金陵来的妓女，侨居在邠州城里，罗子浮爱上了她，被她迷惑得神魂颠倒。这个妓女返回金陵，他也瞒着家里偷偷跟着去了。在妓院里住了半年，身边的钱花得精光，遭到妓女们的耻笑，不过暂时也还没有撵他走。时隔不久，他生的杨梅疮溃烂发臭，脓血把床铺都弄脏了，终于被赶了出来。在街头要饭，路人见到他都远远地躲开。罗子浮怕死在异乡，便一边讨饭一边往西走；每天走三四十里，慢慢来到邠州地界。又想到破衣败絮，脓血污秽，实在没脸回家，所以就在县城附近徘徊。

太阳下山了，罗子浮想去山间的寺庙投宿，遇到一个女郎，容貌漂亮得像仙女，走近跟前问他说：“你要到什么地方呀？”罗子浮如实告诉了她。女郎说：“我是出家人，住在山洞里，那里可以安睡，不用怕虎豹豺狼。”罗子浮喜出望外，就跟着她去了。来到深山中，看见有个洞府，进去以后，门边横着一条小溪，溪上架着石桥。再往前走几步，有两间石屋，屋内到处光明，夜晚也不用点灯照明。女郎叫他脱下破破烂烂的衣裳，到小溪里洗澡，说："好好洗一洗，你身上的疮就会痊愈。"他洗完澡，女郎又为他撩起床帐，撣拂被褥，催促他睡觉，说："请快点睡吧！我要给你做裤子。"说着就摘了一片像芭蕉似的大叶子，剪剪裁裁，缝制衣服。他躺在床上看着，不一会儿，女郎就做成叠好，放在床头，说："明天早晨起来穿上吧！"然后就躺在对面床上睡下。

罗子浮洗澡后，感到身上的烂疮不痛了。醒来一摸，结了一层厚痂。第二天早晨，正想起床，心里怀疑芭蕉叶衣能不能穿。拿起来仔细一看，想不到都是绿色锦缎，非常光滑。过了一会儿，早饭做好了。女郎拿了些山上的树叶来，说这是饼，罗子浮一吃，果真是饼；又把树叶剪成鸡和鱼，经过煎煮，味道竟与真的鸡和鱼没有不同。墙角有一个瓮，贮存着美酒，常常倒出来喝；瓮里的酒减少一些了，就把溪水灌进去，使它增加。几天后，罗子浮的疮痂全脱落了，就到女郎那里去，要求和她同睡。女郎说："你这个轻薄家伙，刚有一个安身之处，就痴心妄想！"罗子浮说："这不过是略微报答你的恩德！"于是就睡在一起，彼此都很喜欢，相互热爱。

一天，有个少妇笑盈盈地走了进来，说："翩翩，你这个小鬼头快活死啦，薛姑子是什么时候做成好梦的呀！"女郎迎出来笑着说："花城娘子，你的贵脚很久没踏进来了，今天西南风紧，把你吹来啦！小哥子抱得了没有？"花城说："又是一个小丫头。"女郎笑着说："你花娘子成了瓦窑啦！干吗不把小丫头抱来呀？"花城说："刚哄着拍着的，让她睡着了。"于是坐了下来，款待花城饮酒。花城看着罗子浮说:“你这小郎君,算是烧了好香啦!”罗子浮细看花城,年纪约有二十三四,还非常漂亮,心里顿生爱慕之意。他剥果子时,失手掉落桌下,就假装蹲下去拾果子,偷偷地捏了一下花城的小脚。花城看着别处在笑,好像不知道这回事。罗子浮正神魂颠倒,刹那间只觉得袍裤失去了温暖,一身冰凉,低头一看,身上所穿的,全都变成了枯黄的树叶。他几乎惊呆了,端端正正地坐了一会儿,才又逐渐复成原先的样子。他心里暗自庆幸两个女子没有看见刚才的变异。

过了一会,罗子浮在相互敬酒时,又用手指在花城细嫩的手掌上搔了一下。花城仍坦然自若地谈笑,好像一点也没有觉察。罗子浮心怦怦地乱跳。正在此时,衣裳又化为枯叶,过了好久才复原。这两次变幻,使罗子浮满面羞愧,打消了原来的念头,再也不敢妄想了。花城笑道:“你家小郎君,大大不老实呀! 若不是有个醋葫芦娘子,恐怕要蹦到天上去了!”女郎也笑道:“这样没良心的浪荡儿,只配让他活活冻死!”说完两人鼓掌大笑。后来,花城起身告辞说:“我的小丫头大概睡醒啦,恐怕哭断肠子了。”女郎也站起来,说:“贪图勾引别人家的男子,哪里还想得起小江城醒来要哭死了!”

花城走了以后,罗子浮深怕受到讥诮和谴责,可女郎毫不在意,对待他和往常一样。转眼到了深秋,风冷霜寒,木叶凋零。女郎就收拾些落叶,储藏食物,准备过冬。她看见罗子浮瑟瑟缩缩的样子,就拿了一幅包袱布,到洞口拾掇白云,作为棉絮做棉衣。罗子浮穿上觉得温暖柔软,而且总像新棉那样轻软蓬松。

第二年，翩翩生了个儿子，很聪明，也很秀美。罗子浮终日在洞里逗弄儿子取乐。可是他仍然常常思念故乡，请求女郎一块儿回去。女郎说："我不能跟你回去；不然的话，你就自己回去。"拖延了两三年，儿子渐渐长大了，就和花城的女儿订了婚。罗子浮总是挂念家里年迈的叔叔，女郎说："叔公虽然年事已高，好在身体还很硬朗，用不着牵肠挂肚。等保儿完婚以后，是去是留随你的便。"女郎在洞中，总是把书默写在树叶上教儿子读，儿子看一遍就懂得了。女郎说："这孩子有福相，如把他放回人世间，不愁做不到尚书。"过了些年，儿子十四岁了，花城亲自把女儿送过来。江城姑娘穿上华丽的衣服，容貌美丽，光彩照人。罗子浮夫妇非常高兴，全家举行宴会。翩翩敲着金钗唱道："我有好儿男，不羡做大官。我有好儿媳，不羡穿绸缎。今晚聚一堂，合家都喜欢。为君敬喜酒，劝君多加餐。"

宴罢，花城走了。他们与儿子夫妇住在房门相对的两间屋子里。新娘子很孝顺，依恋膝下，如同亲生女儿。罗子浮又重提回家的事。翩翩说："你生着一身凡夫俗子的骨头，终究做不成仙人；儿子也是富贵乡中的人物，你带了去吧！我不耽误儿子的前程。"临走，新娘子想要和母亲告别，而花城也已来了。小儿女都恋恋不舍，热泪盈眶。两位母亲安慰他们道："你们暂且回去，以后还可以再来。"翩翩就用树叶剪成驴子，让三人骑着回家。

这时罗大业已告老还乡，以为侄子早已死了，现在忽然看到侄子带着英俊的孙子和漂亮的孙媳妇回来，高兴得如获至宝。三人进了家门，看看自己的衣服，全是芭蕉叶子；一折开，棉絮像朵朵白云向天空飘去。他们都换了人间的衣服。后来罗子浮想念翩翩，带着儿子去探望，只见黄叶满地，云雾弥漫，洞口再也找不到了，只得伤心落泪而归。

异史氏说："翩翩、花城，大概是神仙吧？吃树叶，穿白云，何等奇怪！但在帐子里开玩笑，男女交合，生儿育女，又和人间有什么不同呢？在山里住了十五年，虽然不像丁令威似的产生'城郭如故人民非'的感慨，可是再找翩翩的住处时，却已云迷洞口，无迹可寻，看到那种景况，真像是刘晨、阮肇返归天台的时候呀！"

罗刹国

这篇是蒲松龄“愤世疾俗”的代表作品。他对“花面逢迎，世情如鬼”的丑恶现实没有具体描写，而是将自己观察现实所得到的深刻感受化为罗刹国的幻境。所谓罗刹国，即鬼蜮世界。在那个国度里，用人取士只重形貌，不重文笔。而且美丑颠倒，丑者显贵，美者卑贱。因此，面目越狰狞丑恶，地位越高权越大。占据统治地位的宰相长得特别古怪：双耳背生，睫毛覆目如帘，鼻子比常人多了一孔。暗示掌握国家统治权的人是个耳不聪、目不明、不辨香臭的家伙。马骏长得俊美，竟被视为怪物，见之者莫不恐惧逃走。当然，若要取得高官厚禄，也并非毫无办法，不过必须以煤涂面，丑化自己。马骏因之感慨说：“嘻！游戏犹可，何能易面目图荣显?”这些描写似乎是海外奇谈，其实全是作者的骂世之言。本篇原题为《罗刹海市》，故事后半所写的“海市”，因篇幅所限，本书予以删节。故易其题为《罗刹国》。后半截所写的“海市”，显然是作者心目中的“理想国”。拿它和“罗刹国”作一对比：“海市”的龙君住在“玳瑁为梁，鲂鳞作瓦”的宫殿里，把人才看成国宝，礼贤下士，马骏献赋一篇，即受重用，还被招为驸马。他的得宠，正是有才学而又热衷功名的封建文人所追求的目标。“海市”云云，意即可望而不可即，是作者怀才不遇、抒发感慨的牢骚话。

马骏，字龙媒，贾人子。美丰姿。少倜傥，喜歌舞。辄从梨园子弟①，以锦帕缠头，美如好女，因复有“俊人”之号。十四岁，入郡庠，即知名。父衰老，罢贾而居。谓生曰：“数卷书，饥不可煮，寒不可衣。吾儿可仍继父贾。”马由是稍稍权子母②。

【注释】

① 梨园子弟：指戏曲艺人。梨园，原是唐玄宗训练歌舞伎人的地方，后来作为戏场或戏班的代称。② 权子母：权衡子母，意即将本求利，做买卖。子，指利润；母，指本钱。

从人浮海，为飓风引去，数昼夜，至一都会。其人皆奇丑；见马至，以为妖，群哗而走。马初见其状，大惧；迨知国人之骇己也，遂反以此欺国人。遇饮食者，则奔而往；人惊遁，则啜其余。

久之，入山村。其间形貌亦有似人者，然褴褛如丐。马息树下，村人不敢前，但遥望之。久之，觉马非噬人者，始稍稍近就之。马笑与语。其言虽异，亦半可

解。马遂自陈所自。村人喜，遍告邻里，客非能搏噬者。然奇丑者望望即去，终不敢前。其来者，口鼻位置，尚皆与中国同。共罗浆酒奉马。马问其相骇之故。答曰："尝闻祖父言：西去二万六千里，有中国，其人民形象率诡异。但耳食之，今始信。"问其何贫。曰："我国所重，不在文章，而在形貌。其美之极者，为上卿①；次任民社②；下焉者，亦邀贵人宠，故得鼎烹以养妻子。若我辈初生时，父母皆以为不祥，往往置弃之；其不忍遽弃者，皆为宗嗣耳。"问："此名何国?"曰："大罗刹国。都城在北去三十里。"马请导往一观。于是鸡鸣而兴，引与俱去。

【注释】

① 上卿：古代官位有卿、大夫、士的分别，卿又分上、中、下三等，上卿职位最高。后文"下大夫"，就是大夫里最低的一级。② 民社：原是"人民"和"社稷"的合称，这里的"任民社"指为地方官。

天明，始达都。都以黑石为墙，色如墨。楼阁近百尺。然少瓦，覆以红石；拾其残块磨甲上，无异丹砂。时值朝退，朝中有冠盖出①，村人指曰："此相国也。"②视之，双耳皆背生，鼻三孔，睫毛覆目如帘。又数骑出，曰："此大夫也。"以次各指其官职，率狰狞怪异；然位渐卑，丑亦渐杀。无何，马归，街衢人望见之，噪奔跌蹶，如逢怪物。村人百口解说，市人始敢遥立。

【注释】

① 冠盖:冠,礼帽;盖,车盖。冠盖本指官员的服饰和车辆,后也借指官员。② 相国:原为秦汉时官名,位在丞相之上,后来泛指宰相。

既归,国中无大小,咸知村有异人,于是播绅大夫[①],争欲一广见闻,遂令村人要马[②]。然每至一家,阍人辄阖户,丈夫女子窃窃自门隙中窥语;终一日,无敢延见者。村人曰:“此间一执戟郎[③],曾为先王出使异国,所阅人多,或不以子为惧。”造郎门。郎果喜,揖为上宾。视其貌,如八九十岁人。目睛突出,须卷如猬。曰:“仆少奉王命,出使最多;独未尝至中华。今一百二十余岁,又得睹上国人物,此不可不上闻于天子。然臣卧林下,十余年不践朝阶,早旦,为君一行。”乃具饮馔,修主客礼。酒数行,出女乐十余人,更番歌舞。貌类如夜叉,皆以白锦缠头,拖朱衣及地。扮唱不知何词,腔拍恢诡。主人顾而乐之。问:“中国亦有此乐乎?”曰:“有。”主人请拟其声,遂击桌为度一曲。主人喜曰:“异哉!声如凤鸣龙啸,得未曾闻。”

【注释】

① 播绅:古代官员朝见皇帝时,把象笏插在大带里。

因此"搢绅"就成为官的代词。后来也指绅士。搢,插;绅,大带。② 要:同"邀"。③ 执戟郎:古代负责警卫宫门的官。

翼日，趋朝，荐诸国王。王忻然下诏。有二三大臣，言其怪状，恐惊圣体。王乃止。即出告马，深为扼腕。居久之，与主人饮而醉，把剑起舞，以煤涂面作张飞。主人以为美，曰："请客以张飞见宰相，宰相必乐用之，厚禄不难致。"马曰："嘻！游戏犹可，何能易面目图荣显?"主人固强之，马乃诺。主人设筵，邀当路者饮，令马绘面以待。未几，客至，呼马出见客。客讶曰："异哉！何前媸而今妍也!"遂与共饮，甚欢。马婆娑歌"弋阳曲"①，一座无不倾倒。

【注释】

① 弋(yì)阳曲:是明、清两代民间流行的弋阳腔,起源于江西弋阳一带,其音高亢激越。自明末直至清代,文人一般以昆腔为雅乐,弋阳腔为俗曲。

明日，交章荐马。王喜，召以旌节。既见，问中国治安之道，马委曲上陈，大蒙嘉叹，赐宴离宫。酒酣，王曰："闻卿善雅乐，可使寡人得而闻之乎?"马即起舞，亦效白锦缠头，作靡靡之音。王大悦，即日拜下大夫。时与私宴，恩宠殊异。久而官僚百执事①，颇觉其面目之假；所至，辄见人耳语，不甚与款洽。马至是孤立，惘然不自安。遂上疏乞休致，不许；又告休沐，乃给三月假。于是乘传载金宝，复归山村。村人膝行以迎。马以金赀分给旧所与交好者，欢声雷动。

【注释】

① 百执事：负责各种职务的官员。

【翻译】

马骏，字龙媒，是商人的儿子。他生得姿容俊美。从少年时起，就豪迈洒脱，喜欢唱歌跳舞，经常跟着戏曲艺人用锦帕缠头，漂亮得像个美女，因此又有“俊人”的外号。他十四岁考中了府学里的秀才，就颇有名气。他父亲因为年老体衰，歇了买卖，闲居在家。对马骏说：“那几本书，饿了不能当米煮，冷了不能当衣穿。我看你不如继承我的事业，出去做买卖。”马骏听从父亲的劝告，从此也就渐渐做起生意来了。

有一回，他跟别人一起漂洋过海去经商，船被大台风刮走了，漂了几天几夜，到了一座大都城。那里的人都长得奇丑无比。看到马骏来，竟以为是个妖怪，大家吓得连喊带叫逃散了。马骏初次看到他们那副丑模样非常害怕；等到知道这里的人害怕自己，便反而以此去吓唬他们。遇见吃饭饮酒的，他就跑过去，把那些人吓跑了，便吃他们剩下的食物。

过了很久以后，他走进一个山村。村里人的形状相貌，也有生得像个人样的，但是穿得破破烂烂，如同乞丐。马骏坐在树下休息，村里人不敢靠近他，只是躲得远远地张望。时间长了,他们觉得马骏不像是吃人的怪物,才渐渐地接近他。马骏满脸笑容,亲切地和他们交谈。语言虽然不同,大约可以听懂一半。马骏就把自己的来历告诉他们。村里人很高兴,立即告诉邻近所有的人,说这个生客不是抓人吃人的。但是那些长得特别丑陋的村民,只在远处望一眼就赶紧跑掉,始终不敢走到跟前。那些敢于走近的人,其五官位置都还长得和中国人一样。他们共同摆酒招待马骏。马骏问他们为什么害怕自己。那些人说:"曾经听老爷爷说过,由这里往西去二万六千里,有个中国,那里人的形象大都是奇形怪状的。但这些都是听来的,今天看到了你,才相信了。"问他们为什么这样穷,他们说:"我国所注重的,不在于文章好坏,而在于容貌美丑。相貌最美的,可以做朝廷大官;次一等的,作地方官;再差些的也可博得贵人的宠爱,因而也能得到美食来养活妻子儿女。像我们这样的人,刚一生下来,就被父母看成不吉利,往往被扔掉;其中有些人之所以不被父母忍心遗弃,也只是为了传宗接代罢了。"马骏又问他们:"这个国家叫什么名字?"回答说:"叫做大罗刹国,都城就在北边三十里的地方。"马骏就请他们领自己去参观一下。

于是,第二天鸡一叫就起床,村人就引着马骏一起前去。直到天亮,才到达都城。都城是用黑色石头砌的城墙,颜色如墨一样。城内的楼阁高约百尺,可是很少用瓦,都是用红石覆盖楼顶。马骏捡起一点碎片在指甲上磨一磨,和朱砂没有什么两样。这时正赶上百官退朝,从朝廷中出来一个坐车的官员,村人指着说:"这是当朝的宰相。"一看,两个耳朵都是倒过来生的,鼻子有三个孔,睫毛遮住双眼，像帘子一样。接着又有几个官骑马出来，村人说："这些都是大夫。"然后逐个介绍他们的官职，相貌大都长得狰狞怪异；可是随着官职的降低，丑陋的程度也随着减弱。不久，马骏往回走，街上行人望见他，都惊叫奔跑，边跌边逃，好像碰见了妖怪似的。村人向他们百般解释，市里的人才敢站立在老远的地方。

马骏回到山村以后，全国无论大小，都知道这村子里来了异人，于是满朝的官员都争着要开开眼界，就吩咐村人邀约马骏。可是马骏每到一家，守门人一见总是关上大门，男男女女只敢从门缝里偷偷张望和小声议论；整整一天，没有哪一家敢开门请他进去。村人说："这里有一位执戟郎，曾经为老国王多次出使外国，他见过各色各样的人物，也许不怕你。"于是就去拜访那位执戟郎，执戟郎果然很高兴，很礼貌地把他待为上宾。看执戟郎的相貌，像是八九十岁的老人，眼球突出，胡须像刺猬毛似的往上卷着。他说："我年轻时，奉国王的命令，出使外国，次数最多，但唯独没有到过中华。现在我已经一百二十多岁了，又能亲眼看到你这位上国的人物，这件事不可不奏明国王。但是我已退居林下，十几年没有踏上朝廷的台阶了。明天早晨，我要为你走一趟。"于是就安排酒宴，主人和宾客按照应有的礼节相互行礼入席。敬过几遍酒，出来十几名歌女，轮番唱歌跳舞。她们的面貌大都像夜叉，全用白绸缠头，朱红的长衣直拖到地面。不知扮演的什么人物，也不明唱的什么歌词，只觉得腔调节拍都非常奇怪。主人看着她们，感到很高兴，就问马骏："你们中国也有这种以歌女演唱的音乐吗？"马骏说："有的。"执戟郎请他模仿一段听听，他就敲着桌子唱了一曲。主人很高兴地说："真新奇呀！歌声如同凤鸣龙啸，我从来没有听到过。"

第二天，他上朝去，把马骏推荐给国王。国王欣然下令，要召见马骏。有两三个大臣，说马骏长得古怪难看，恐怕吓坏圣体。国王终于打消了接见的念头。执戟郎就出来，把经过告诉了马骏，深表惋惜和不平。马骏在执戟郎那儿住了好多天。有一次，和主人一起喝酒，喝醉了，就用煤灰涂脸，扮成张飞的模样，握剑起舞。主人认为这模样很漂亮，就说："请你扮成张飞的模样去见宰相，宰相一定乐意重用你，要高官要厚禄都不难办到。"马骏"嘻"地笑了一声，说："随便玩玩还可以，怎能改换面目去谋求荣华富贵呢？"主人一定要马骏这样做，他只好答应了。于是主人摆酒设宴，邀请一些当权的大官来喝酒，要他涂黑脸面等着。没多久，客人来了，主人招呼马骏出来见客。客人们惊讶地说："真是怪事，怎么前些天那么丑陋，今天却这样美呢？"就跟马骏一起喝酒，十分高兴。马骏婆娑起舞，用弋阳腔唱了一段曲子，满座客人无不赞美钦佩。

第二天，那些客人纷纷上奏章，向国王推荐马骏。国王很高兴，用隆重的礼节召见他。一见面，就仔细询问中国治国安邦的办法，马骏深入浅出地向国王做了介绍，大受国王的赏识和夸奖，立即在行宫里摆酒赐宴。喝到半醉，国王说："听说爱卿精通雅乐，能唱一段让寡人听听吗？"马骏马上离座跳起舞来，也学他们那样用白绸缠头，吟唱靡靡之音。国王快活极了，当时就封他做下大夫。以后，时常参加国王的私人宴会，国王对他的恩赐、宠爱远远超过别人。但是，时间长了，文武百官逐渐感到马骏的面目是假的。他不论走到哪里，总是见到人们在交头接耳议论他，对他相当冷淡。这时，马骏感到孤立，心里很不安。于是上书要求辞职，国王不允许；他又请求短期休假，国王同意给他三个月假期。他就乘坐驿站的马车，载着金银珠宝，又回到了山村。村里人跪在地下，用膝盖向前挪移来迎接他，他把金银财宝分给早先结交的好友，村里欢声雷动。

公孙九娘

本篇写人鬼通婚的爱情故事，但并不沉湎于缠绵的情爱之中，而是以于七一案为背景，从侧面控诉封建统治阶级的野蛮凶残。才貌出众的公孙九娘，由于无辜的株连而惨遭杀戮。即使在九泉之下，这屈死的冤魂仍然执著地追求人间的生活，但内心深处的悲愤又难以忘却。新婚之夜她吟诗向丈夫追述往事，把她复杂而深沉的感情强烈地表现出来。她憧憬和向往着幸福生活，却连骸骨之托也未能如愿。这深深的怨怼，曲折地传达出千百个被害者含冤莫白、弃骨异乡的满腔悲愤。整篇小说笼罩着浓重的悲剧情绪和凄怆气氛，蕴含着射向戕害人民的统治者的锋芒。

于七一案①，连坐被诛者，栖霞、莱阳两县最多。一日俘数百人，尽戮于演武场中。碧血满地②，白骨撑天。上官慈悲，捐给棺木，济城工肆，材木一空。以故伏刑东鬼，多葬南郊。

【注释】

① 于七一案：1648年（清顺治五年），山东栖霞县人于七，领导农民起义，曾以锯齿山为根据地，占据了好几县。1662年，起义军主力被困，于七突围而出，不知所终。当时因此案牵连被杀的人很多。② 碧血：传说周朝苌弘冤枉被杀，死后三年，血化为碧玉。见《庄子·外物篇》。后人因称含冤而死者的血为碧血。

甲寅间[①]，有莱阳生至稷下[②]，有亲友二三人，亦在诛数，因市楮帛[③]，酹奠榛墟[④]。就税舍于下院之僧。明日，入城营干，日暮未归。忽一少年，造室来访。见生不在，脱帽登床，著履仰卧。仆人问其谁何，合眸不对。既而生归，则暮色朦胧，不甚可辨。自诣床下问之。瞠目曰："我候汝主人，絮絮逼问，我岂暴客耶！"生笑曰："主人在此。"少年急起著冠，揖而坐，极道寒暄。听其音，似曾相识。急呼灯至，则同邑朱生，亦死于于七之难者。大骇却走。朱曳之云："仆与君文字交，何寡于情？我虽鬼，故人之念，耿耿不去心。今有所渎，愿无以异物遂猜薄之。"生乃坐，请所命。曰："令女甥寡居无偶，仆欲得主中馈。屡通媒约，辄以无尊长之命为辞。幸无惜齿牙余惠[⑤]。"先是，生有甥女，早失恃[⑥]，遗生鞠养，十五始归其家。俘至济南，闻父被刑，惊恸而绝。生曰："渠自有父，何我之求？"朱曰："其父为犹子启榇去，今不在此。"问："女甥向依阿谁？"曰："与邻媪同居。"生虑生人不能作鬼媒。朱曰："如蒙金诺，还屈玉趾。"遂起握生手。生固辞，问："何之?"曰："第行。"勉从与去。

【注释】

① 甲寅:康熙十三年,即 1674 年。② 稷(jì)下:战国时地名,在齐国都城临淄(今属山东淄博)城西。后人也称济南为稷下。下文的稷门,也指稷下。③ 楮(chǔ)帛:烧给鬼神的金银纸箔之类。楮,纸。④ 酹(lèi)奠:以酒浇地祭祀。榛(zhēn)墟:荆棘丛生的废墟。⑤ 齿牙余惠:指顺便帮人说几句好话。⑥ 失恃:死了母亲。语出《诗经》。

北行里许，有大村落，约数十百家。至一第宅，朱叩扉，即有媪出。豁开二扉，问朱何为。曰："烦达娘子：阿舅至。"媪旋反，须臾复出，邀生入。顾朱曰："两椽茅舍子大隘，劳公子门外少坐候。"生从之入。见半亩荒庭，列小室二。甥女迎门啜泣，生亦泣。室中灯火荧然。女貌秀洁如生时。凝眸含涕，遍问妗姑。生曰："具各无恙，但荆人物故矣。"女又呜咽曰："儿少受舅妗抚育，尚无寸报，不图先葬沟渎，殊为恨恨。旧年伯伯家大哥迁父去，置儿不一念；数百里外，伶仃如秋燕。舅不以沉魂可弃，又蒙赐金帛，儿已得之矣。"生乃以朱言告，女俯首无语。媪曰："公子曩托杨姥三五返。老身谓是大好；小娘子不肯自草草，得舅为政，方此意慊得。"

言次，一十七八女郎，从一青衣，遽掩入；瞥见生，转身欲遁。女牵其裾曰：“勿须尔！是阿舅，非他人。”生揖之。女郎亦敛衽。甥曰：“九娘，栖霞公孙氏。阿爹故家子，今亦‘穷波斯’①，落落不称意。旦晚与儿还往。”生睨之，笑弯秋月，羞晕朝霞，实天人也。曰：“可知是大家，蜗庐人那如此娟好。”甥笑曰：“且是女学士，诗词俱大高。昨儿稍得指教。”九娘微哂曰：“小婢无端败坏人，教阿舅齿冷也。”甥又笑曰：“舅断弦未续②，若个小娘子，颇能快意否?”九娘笑奔出，曰：“婢子颠疯作也!”遂去。言虽近戏，而生殊爱好之。甥似微察，乃曰：“九娘才貌无双，舅倘不以粪壤致猜，儿当请诸其母。”生大悦。然虑人鬼难匹。女曰：“无伤，彼与舅有夙分。”生乃出。女送之，曰：“五日后，月明人静，当遣人往相迓。”

【注释】

① 穷波斯：波斯，即现在的伊朗。古代波斯商人来中国出售珍珠、玛瑙、珊瑚等珍宝，波斯就成了富人的代称。“穷波斯”是指从前富有而现在已经破落了。② 断弦未续：丧妻还没有再娶。古人以琴瑟象征夫妻，故称丧妻为断弦，再娶为续弦。

生至户外，不见朱。翘首西望，月衔半规，昏黄中犹认旧径。见南向一第，朱坐门石上，起逆曰：“相待已久。寒舍即劳垂顾。”遂携手入，殷殷展谢。出金爵

一、晋珠百枚[①]，曰："他无长物，聊代禽仪。"既而曰："家有浊醪，但幽室之物，不足款嘉宾，奈何!"生扐谢而退[②]。朱送至中途，始别。

【注释】

① 晋珠：古代晋地（山西）有霍山，出产珠玉。② 扐（huī）：谦逊。

生归，僧仆集问。生隐之曰："言鬼者妄也，适赴友人饮耳。"

后五日，果见朱来，整履摇箑，意甚忻适。至户庭，望尘即拜。少间，笑曰："君嘉礼既成，庆在今夕，便烦枉步。"生曰："以无回音，尚未致聘，何遽成礼?"朱曰："仆已代致之矣。"生深感荷，从与俱去。直达卧所，则甥女华妆迎笑。生问："何时于归[①]?"朱云："三日矣。"生乃出所赠珠，为甥助妆[②]。女三辞乃受。谓生曰："儿以舅意白公孙老夫人，夫人作大欢喜。但言：老耄无他骨肉，不欲九娘远嫁，期今夜舅往赘诸其家。伊家无男子，便可同郎往也。"朱乃导去。村将尽，一第门开，二人登其堂。俄白："老夫人至。"有二青衣扶妪升阶。生欲展拜，夫人云："老朽龙钟，不能为礼，当即脱边幅[③]。"乃指画青衣，置酒高会。朱乃唤家人，另出肴俎，列置生前；亦别设一壶，为客行觞。筵中进馔，无异人世，然主人自举，殊不劝进。既而席罢，朱归。青衣导生去。入室，则九娘华烛凝待。邂逅含情，极尽欢昵。初，九娘母子，原解赴都。至郡，母不堪困苦死，九娘亦自刭。枕上追述往事，哽咽不成眠。乃口占两绝云：“昔日罗裳化作尘，空将业果恨前身④。十年露冷枫林月，此夜初逢画阁春⑤。”“白杨风雨绕孤坟，谁想阳台更作云⑥？忽启缕金箱里看，血腥犹染旧罗裙⑦。”天将明，即促曰：“君宜且去，勿惊厮仆。”自此昼来宵往，嬖惑殊甚⑧。

【注释】

① 于归：指出嫁。语出《诗经·东山》等篇。② 助妆：女子出嫁，亲友们要赠送首饰衣物之类的礼品，叫做助妆，也叫添箱。③ 脱边幅：边幅，本指布帛的整齐，后用以比喻人的举止、仪表。这里指礼节。脱边幅，意即不拘礼节。④ 业果：佛教名词，善业和恶业的报应。⑤ 画阁春：比喻新婚之喜。⑥ 阳台：据宋玉《高唐赋序》说，楚王游高唐，梦见和巫山神女欢会。神女自称“朝为行云，暮为行雨，朝朝暮暮，阳台之下”。故后人用“云雨”、“阳台”等借指男女合欢之事。更：却。谁想阳台更作云，是说不料还能和男子欢会。⑦ 血腥犹染旧罗裙：指九娘在十年前被迫自杀，所以她的旧罗裙上还染有血腥。⑧ 嬖（bì）惑：宠幸，爱恋。

一夕，问九娘：“此村何名？”曰：“莱霞里。里中多两处新鬼，因以为名。”生闻之欷歔。女悲曰：“千里柔魂，蓬游无底，母子零孤，言之怆恻。幸念一夕恩义，收儿骨归葬墓侧，使百世得所依栖，死且不朽。”生诺之。女曰："人鬼路殊，君亦不宜久滞。"乃以罗袜赠生，挥泪促别。生凄然而出，忉怛若丧。心怅怅不忍归，因过叩朱氏之门。朱白足出逆；甥亦起，云鬟鬅松，惊来省问。生怊怅移时，始述九娘语。女曰："妗氏不言，儿亦夙夜图之。此非人世，久居诚非所宜。"于是相对汍澜。生亦含涕而别。叩寓归寝，展转申旦。欲觅九娘之墓，则忘问志表。及夜复往，则千坟累累，竟迷村路，叹恨而返。展视罗袜，着风寸断，腐如灰烬，遂治装东旋。

半载不能自释，复如稷门，冀有所遇。及抵南郊，日势已晚，息驾庭树，趋诣丛葬所。但见坟兆万接，迷目榛荒，鬼火狐鸣，骇人心目。惊悼归舍。失意遨游，返辔遂东。行里许，遥见女郎，独行丘墓间，神情意致，怪似九娘。挥鞭就视，果九娘。下骑欲语，女竟走，若不相识。再逼近之，色作努，举袖自障。顿呼"九娘"，则湮然灭矣。

异史氏曰："香草沉罗①，血满胸臆；东山佩玦②，泪渍泥沙：古有孝子忠臣，至死不谅于君父者。公孙九娘岂以负骸骨之托，而怨怼不释于中耶？脾鬲间物，不能掬以相示，冤乎哉！"

【注释】

① 香草沉罗：指战国时楚国诗人屈原被楚怀王放逐，自投汨罗江而死的事。屈原的《离骚》常以香草比喻忠贞的人，这里就用以比喻屈原。罗，指汨罗江，在湖南省。

② 东山佩玦：春秋时，晋献公因宠幸骊姬，憎厌太子申生，命他讨伐东山皋落氏。临行时给他金玦佩带，表示不要他回来了。玦，一种有缺口的玉环，古代用以象征决绝。

【翻译】

于七造反那一起案件，受牵连而被杀害的人，栖霞、莱阳两个县最多。一天之中就抓了几百人，都押到济南的演武场地杀了。真是碧血满地，白骨撑天。上级官府大发慈悲，给死者捐助棺材，以致济南城里棺材铺的材木都被抢购一空。所以处在东部的栖霞、莱阳这两县被害者的尸骨，大多数埋葬在济南的南郊。

甲寅年间，莱阳县有个书生来到稷下这个地方，他有两三个亲友，也在被株连杀害者之列，因此他就买了一些纸钱，在杂树丛生的荒野里祭奠一番。又就近向小寺院里的和尚租了间房子住下来。第二天，他进城办事，傍晚还没有回来。忽然有个年轻人来登门拜访。见莱阳生不在，年轻人就摘下帽子上了床，鞋子也不脱就仰面躺着。仆人问他是谁，他闭着眼睛不理睬。不久，莱阳生回来了，却已暮色朦胧，看不太清楚。于是亲自走到床前问那年轻人。年轻人瞪着眼睛说："我在等候你的主人。你絮絮叨叨的不断追问，难道我是强盗吗！"莱阳生笑着说："你找的主人就在你面前。"年轻人急忙爬起来，戴上帽子，作了个揖就坐下来，然后很热情地问寒问暖。莱阳生听到他的口音，觉得似曾相识。急忙叫仆人拿灯来，一看，原来是同县的朱生，也是在于七惨案中被害的。莱阳生大吃一惊，转身就跑。朱生拉着他说："我和你是文字之交，你怎么这样寡情薄义？我虽然是鬼，可是对老朋友的思念之情，却一直没有忘怀。现在我有事要麻烦你，希望不要因为我成了鬼物就猜疑我、鄙视我。”莱阳生这才坐下来，问他有什么吩咐。朱生说：“你的外甥女一直独自生活，还没有丈夫，我想娶她过来主持家务。多次请媒人去说亲，她总是以没有长辈做主为推辞的理由。希望你替我说说好话，不要连这点忙都舍不得帮。”原来在这之前，莱阳生有个外甥女，很早就死了母亲，只好送到莱阳生家里抚养，十五岁时才回到自己家里去。受那次案件株连，她也被抓到济南，听到父亲被处极刑，惊恐悲痛过度而死。莱阳生说：“她自己有父亲，怎么要来求我？”朱生说：“她父亲的尸骨被侄子迁走了，如今不在这里。”莱阳生又问：“我外甥女一向依靠谁照应？”朱生说：“和邻居的老妇人住在一起。”莱阳生担心活着的人不能给鬼作媒，朱生说：“如果承蒙你同意，还得劳驾你走一趟。”说完就站起来，拉着莱阳生的手准备出去。莱阳生一边再三推辞，一边问：“你拉我到哪儿去？”朱生说：“只管跟我走吧。”莱阳生勉强跟着他去了。

向北走了里把路，看见有个大村子，约有近百户人家。来到一座房屋前，朱生上前敲门，就有一个老妇人走出来。她拉开两扇门，问朱生来干什么。朱生说：“麻烦你告诉娘子，说她舅舅来了。”老妇人马上转身向里走，一会儿又出来，请莱阳生进去。又对朱生说：“我家这小茅屋太狭窄了，麻烦你在门外稍坐片刻。”莱阳生就跟着老妇人进了门，只见一个半亩地大小的荒凉院子，盖着两间小房。外甥女在房门口迎接，还抽抽噎噎地哭泣着。莱阳生见了，也不禁流下了眼泪。房间里闪着微弱的灯光。外甥女的容貌像生前一样清秀洁净。她两眼含泪，凝视着舅舅，一一打听舅母和姑姑的情况。莱阳生说："她们大都平安无事，只是你舅母已经去世了。"外甥女一听，又呜呜咽咽地哭起来，说："我从小受到舅舅、舅母的抚养，这恩情还丝毫没有报答，没想到我却先葬身在荒郊野地，实在令人抱恨。去年，伯伯家的大哥把父亲的骸骨迁走了，却一点儿也不想到我，把我撇在这里。几百里外，孤苦伶仃，好像一只秋天的燕子。舅舅却没有嫌弃我这个沉埋的冤魂，又蒙你赏赠给我金钱，我已经收到了。"莱阳生就把朱生的话告诉她，她低下头没有说话。老妇人插话说："朱公子以前托杨姥姥来说亲，来回跑了三五趟。我说这门亲事非常好；但她不肯自己草草决定，现在得到舅舅做主，她心里才会满意。"

说话间，一个十七八岁的女子，后面跟着一个丫头，突然推门进来；她一眼瞥见莱阳生，转身就要逃避。外甥女拉着她的衣襟说："不必躲！这是我舅舅，不是外人。"莱阳生向她作了个揖，那女子也还了礼。外甥女向舅舅介绍说："她叫九娘，是栖霞县人，复姓公孙。她父亲原是有钱人家的后代，现在也贫穷潦倒了。九娘孤孤单单的很不如意，经常和我来往。"莱阳生偷偷瞅了一下九娘，只见她笑起来眉毛恰似一弯秋月，羞答答的脸颊如同一抹朝霞，简直像天仙一样美丽。于是说："可见是大家闺秀，小户人家的女儿哪有这么秀美。"外甥女笑着说："她还是个女学士呢，诗词都作得很好。昨天我还稍微得到了她的一点指教。"九娘微微一笑，说："小丫头无缘无故戏弄人，教舅舅笑话了。"外甥女又笑着说："舅舅你失去了妻子还没有再娶，像这样的小娘子，是否很能使你满意？”九娘笑着跑出去，嘴里说：“这丫头可真发疯了！”于是就走了。外甥女的话虽然近似开玩笑，可是莱阳生却真的很喜爱她。外甥女似乎有些觉察到了，就说：“九娘才貌双全，没人能比得上，舅舅要是不因为她是阴间的人而有所猜忌，我就替你向她母亲求婚。”莱阳生十分高兴。可是又担心人和鬼难成为夫妻。外甥女说：“没关系，她和舅舅早就注定有这段缘分。”莱阳生这才告别出来。外甥女送他到门口，说：“五天以后，月明人静时，我会派人来接你。”

莱阳生走到大门外，不见了朱生。抬头向西一望，只见半圆的月亮挂在天边，昏黄的月色下还能认出旧路。又看见一座朝南而开的房子，朱生正坐在门口的石头上。朱生见莱阳生走过来，忙站起身迎上去说：“等你已经很久了。这是我的家，请到里面坐坐吧。”于是拉着莱阳生的手进屋里，非常诚恳地行礼拜谢。又拿出一个金酒杯、一百颗晋珠，说：“没有别的东西，姑且用它作为聘礼吧。”接着又说：“家里还有点薄酒，只是阴间的东西，不足以用来款待贵宾，怎么办？”莱阳生很谦逊地表示感谢，然后告辞而去。朱生把他送到半路才分别。

莱阳生回到寺院，和尚和仆人都围上来问他。莱阳生把刚才发生的事隐瞒起来，说：“朱生讲他是鬼，那是瞎说。我刚才是到这位朋友那里喝酒去了。”

过了五天，果然看见朱生来了，鞋帽穿戴得很整齐，手里摇着一把扇子，神态显得十分愉快。才走进院子，他就跪在地上给莱阳生磕头。一会儿，他笑着对莱阳生说：“你的婚事已经筹办好了，良辰吉日就定在今晚，现在就请你前去完婚。”莱阳生说：“因为没有得到回音，所以还没有送去聘礼，怎么突然就要举行婚礼？”朱生告诉他：“我已经替你把聘礼送过去了。”莱阳生心里非常感激，就跟着他一起去。一直来到朱生的住处，只见外甥女已经穿着华丽的衣服，笑容满面地迎上前来。莱阳生问：“你是什么时候成亲的？”朱生代她回答说：“已经三天了。”莱阳生便拿出朱生所赠的珠子，替外甥女添妆。外甥女再三推辞才收下来。她对莱阳生说：“我把舅舅的意思告诉了公孙老夫人，老夫人听了很高兴，只是说她年纪大了，又没有儿女，不想让九娘嫁到远处去，希望今天晚上舅舅入赘到她家里做女婿。她家没有男子，你就和朱郎一块儿去吧！”朱生于是领着莱阳生走了。快要走到村子尽头，有一座房子的门敞开着，两人就一直走上了厅堂。一会儿，有人来说：“老夫人来了。”接着有两个丫头搀扶着老夫人走上台阶。莱阳生正要跪下磕头，老夫人说：“我老态龙钟，行动不便，不能还礼，就不要拘什么礼节吧。”于是吩咐丫头摆上酒菜欢庆一番。朱生也叫家人另外端几道菜肴，摆在莱阳生面前；又另外预备了一把酒壶，给客人斟酒。酒席间捧上来的菜肴，和人间的没有什么不同。但主人总是自己举杯饮酒，一点儿也不劝客人多喝几杯。酒席散了以后，朱生便告辞回去。丫头引着莱阳生离开厅堂。进了洞房，只见九娘已经坐在花烛旁边静静地等待着。这对情侣在不期而遇时，已彼此含情，这时更尽情地快乐亲昵。当初，九娘母女本来是要押送往京都的。到了济南府，母亲就受不住折磨，含恨死去，九娘也抹脖子自杀了。在枕席上，九娘追述起这些惨痛的往事，不由得抽抽噎噎地哭起来，怎么也睡不着。于是随口吟出两首七言绝句：

昔日罗裳化作尘，空将业果恨前身。
十年露冷枫林月，此夜初逢画阁春。

白杨风雨绕孤坟，谁想阳台更作云？
忽启缕金箱里看，血腥犹染旧罗裙。

天快亮的时候，九娘就催促莱阳生说："你应该暂且回去，不要使你仆人因你不回去而吃惊。"从此，莱阳生昼来夜往，对九娘十分宠爱迷恋。

一天晚上，莱阳生问九娘："这村子叫什么名字？"九娘回答说："叫莱霞里。因为村子里大多是莱阳、栖霞两县的新鬼，所以用它作为村名。"莱阳生听了，也为之悲叹。九娘伤心地说："我这个远离家乡的柔弱鬼魂，像飞蓬一样随风飘荡，没有归宿；母女俩孤苦伶仃。说起来实在令人心酸。希望你思念夫妻恩爱的情义，把我的骸骨收拾好，运回家乡葬在祖坟旁边，让我长久有个依托安身的地方，死了也不至于磨灭。"莱阳生答应了她的要求。九娘又说："人和鬼到底不是一条路上的，你也不宜在这里滞留得太久。"于是拿出一双罗袜送给莱阳生作为纪念，挥泪催他离开。莱阳生凄凉地走出来，哀伤得如同丧失了亲人。心里感到很怅惘，不忍心马上回去。因此就去敲朱生家的大门。朱生光着脚出来迎接；外甥女也起了床，头发蓬松，她很惊讶地过来探问。莱阳生难过了好一会儿，才把九娘的话述说了一番。外甥女说："就是舅母不说，我也日夜在为你考虑这件事。这里不是人间，长久居住确实是不合适的。”于是相对垂泪。莱阳生也就含着眼泪离开了。回去敲开寺院的大门，进屋躺下，却翻来覆去睡不着，一直折腾到天亮。他想去寻找九娘的坟墓，却又忘了问明坟墓的标志。到了晚上又去找九娘，只见到处是坟墓，一个挨一个，终于迷失了去莱霞里的道路，他只好又叹息又懊恨地返回了住处。拿出罗袜来看，罗袜却随风而化，成了寸寸碎片，朽烂得像灰烬一样。万般无奈，只好整顿行装，东行回家。

整整过了半年，他心里总丢不开这件事，于是又来到稷门，希望能再遇见九娘。等他到达南郊的时候，天色已晚，就把马拴在院子的一棵树下，快步走到乱葬岗，只见上万的坟墓一个接一个，灌木丛生，满目荒凉，鬼火闪烁，狐声哀鸣，令人胆战心惊。莱阳生又恐惧又悲伤地回到了住处。他无心到处游玩，勒转马头就向东而去。大约走了一里路，远远看见有一个女子，孤零零地在乱坟之间行走着，看那神态风韵都很像九娘。他催马赶上去一看，果然是九娘。莱阳生连忙跳下马，想跟她说话，那女子竟然走开了，好像根本不认识他。再往前逼近几步，她脸上现出了发怒的神色，举起衣袖把脸遮住了。莱阳生立刻喊了一声“九娘”，而她却一下子无影无踪了。

异史氏说：“香草一样高洁的屈原自投汨罗江，热血充满了胸膛；佩着金玦的申生出征皋落氏，泪水浸透了泥沙：古代有些忠臣孝子，到死也不能被君王、父亲谅解。公孙九娘难道是因为莱阳生辜负了迁葬骸骨的委托，所以不能消除其内心的怨恨吗？胸膛里的这颗心，不能捧出来给人看看，真是冤枉啊！”

促 织

明代宣宗皇帝喜爱观斗促织，确有其事。况钟当时任苏州知府，撰有进贡促织的表文，明末著名诗人吴伟业也写过《宣宗御用戗金蟋蟀盆歌》。可见这篇小说是有历史根据的，但不是实录。围绕一头促织，作者写了一篇奇文。各级封建官府奉天子进贡促织之命，乘机敲诈勒索，是必有之事，不奇；老实的成名交不出促织，屁股被打得脓血流离，是必有之事，也不奇。说它是奇文，主要在当成名陷于绝境之时，竟然意外地得到一只矫健善斗的促织，由此而产生一系列惊心动魄的情节。最后被献进皇宫，不仅战胜了全天下所贡的全部"名将"，斗赢了威风凛凛的大公鸡，而且"每闻琴瑟之声，则应节而舞"，终于博得了皇宫中一片欢笑声。然而，当皇帝贵妃、达官贵人围盆喧笑，欣赏促织振翅博击之时，又有谁知道这善斗善舞的小促织乃是成子所幻化，是被他们逼得精神失常而扮演了这惨绝人寰的悲剧呢！当作者最后点明博得皇帝开怀大笑的小促织原来是病危在床的成子幻化而成时，读者不难得出这样的结论：封建统治者的欢乐完全是建立在广大人民的苦难之上的。从而激发起人们对封建专制制度的愤恨感情。

宣德间①，宫中尚促织之戏，岁征民间。此物故非西产；有华阴令欲媚上官，以一头进，试使斗而才，因责常供。令以责之里正②。市中游侠儿，得佳者笼养之，昂其直，居为奇货。里胥猾黠③，假此科敛丁口，每责一头，辄倾数家之产。

【注释】

① 宣德：明宣宗朱瞻基的年号（1426—1435）。② 里正：古时以若干户为一里，设里正（明朝称里长）一人，负责替官府征收捐税、摊派徭役等事。约相当于后来的保长。③ 里胥：古时的乡吏，也泛指衙役。

邑有成名者，操童子业①，久不售。为人迂讷，遂为猾胥报充里正役，百计营谋不能脱。不终岁，薄产累尽。会征促织，成不敢敛户口，而又无所赔偿，忧闷欲死。妻曰："死何裨益？不如自行搜觅，冀有万一之得。"成然之。早出暮归，提竹筒铜丝笼，于败堵丛草处，探石发穴，靡计不施，迄无济；即捕得三两头，又劣弱不中于款。宰严限追比②；旬余，杖至百，两股间脓血流离，并虫亦不能行捉矣。转侧床头，惟思自尽。

【注释】

① 操童子业：明清时，凡是未考中秀才的读书人，不论年龄大小，均称童生。童子业，指童生为应考而读四书五经，学做八股文之类的课业。② 严限：严格规定限期。追比：规定限期后，到期查验，如果不能完成，就打板子以示警戒。查验是有限期性的，每超过一个限期，就传去打一顿，叫“追比”。

时村中来一驼背巫，能以神卜。成妻具赀诣问。见红女白婆，填塞门户。入其舍，则密室垂帘，帘外设香几。问者爇香于鼎，再拜。巫从傍望空代祝，唇吻翕辟，不知何词。各各竦立以听。少间，帘内掷一纸出，即道人意中事，无毫发爽。成妻纳钱案上，焚拜如前人。食顷，帘动，片纸抛落。拾视之，非字而画：中绘殿阁，类兰若；后小山下，怪石乱卧，针针丛棘，青麻头伏焉①；旁一蟆，若将跳舞。展玩不可晓。然睹促织，隐中胸怀。折藏之，归以示成。成反复自念，得无教我猎虫所耶？细瞻景状，与村东大佛阁真逼似。乃强起扶杖，执图诣寺后。有古陵蔚起；循陵而走，见蹲石鳞鳞，俨然类画。遂于蒿莱中，侧听徐行，似寻针芥；而心目耳力俱穷，绝无踪响。冥搜未已，一癞头蟆猝然跃去。成益愕，急逐趁之。蟆入草间。蹑迹披求，见有虫伏棘根；遽扑之，入石穴中。掭以尖草，不出；以筒水灌之，始出。状极俊健。逐而得之。审视，巨身修尾，青项金翅。大喜，笼归。举家庆贺，虽连城拱璧不啻也[2]。上于盆而养之，蟹白栗黄，备极护爱，留待限期，以塞官责。

【注释】

① 青麻头：和下文的“蟹壳青”、“蝴蝶”、“螳螂”、“油利挞”、“青丝额”等，都是根据蟋蟀的不同形体而起的名称，它们都被认为是上品蟋蟀。② 连城拱璧：据《史记》载，赵惠文王时，得和氏璧，秦昭王听到了，派人送信给赵王，愿以十五座城换此璧，故称连城璧。拱璧，双手合抱的大璧。

成有子九岁，窥父不在，窃发盆。虫跃掷径出，迅不可捉。及扑入手，已股落腹裂，斯须就毙。儿惧，啼告母。母闻之，面色灰死，大骂曰：“业根！死期至矣！而翁归，自与汝覆算耳！”儿涕而出。未几，成归，闻妻言，如被冰雪。怒索儿，儿渺然不知所往；既得其尸于井。因而化怒为悲，抢呼欲绝。夫妻向隅，茅舍无烟，相对默然，不复聊赖。

日将暮，取儿藁葬。近抚之，气息惙然。喜置榻上，半夜复苏。夫妻心稍慰。但儿神气痴木，奄奄思睡。成顾蟋蟀笼虚，则气断声吞，亦不复以儿为念。自昏达曙，目不交睫。

东曦既驾[1]，僵卧长愁。忽闻门外虫鸣，惊起觇视，虫宛然尚在。喜而捕之。一鸣辄跃去，行且速。覆之以掌，虚若无物；手裁举[2]，则又超忽而跃。急趁之。折过墙隅，迷其所往。徘徊四顾，见虫伏壁上。审谛之，短小，黑赤色，顿非前物。成以其小，劣之。惟傍徨瞻顾，寻所逐者。壁上小虫，忽跃落衿袖间。视之，形若土狗，梅花翅，方首长胫，意似良。喜而收之。将献公堂，惴惴恐不当意，思试之斗以觇之。村中少年好事者，驯养一虫，自名“蟹壳青”，日与子弟角，无不胜。欲居之以为利；而高其直，亦无售者。径造庐访成。视成所蓄，掩口胡卢而笑③。因出己虫，纳比笼中，成视之，庞然修伟，自增惭怍，不敢与较。少年固强之。顾念蓄劣物终无所用，不如拚博一笑。因合纳斗盆。小虫伏不动，蠢若木鸡④。少年又大笑。试以猪鬣毛，撩拨虫须，仍不动。少年又笑。屡撩之，虫暴怒，直奔，遂相腾击，振奋作声。俄见小虫跃起，张尾伸须，直龁敌领。少年大骇，解令休止。虫翘然矜鸣，似报主知。成大喜。

【注释】

① 东曦(xī)既驾：神话传说，太阳神每天早上乘着六条龙驾驭的车子从东方出来。② 裁：通“才”，刚刚。③ 胡卢：掩口而笑的样子。④ 木鸡：形容外形的呆蠢。《庄子·达生》篇载，养斗鸡的人，必须把鸡训练得具有呆蠢的形象，仿佛是木雕的一样，这样才能够不动声色，不恃意气，战胜别的斗鸡。

方共瞻玩，一鸡瞥来，径进以啄。成骇立愕呼。幸啄不中，虫跃去尺有咫；鸡健进，逐逼之，虫已在爪下矣。成仓猝莫知所救，顿足失色。旋见鸡伸颈摆扑；临视，则虫集冠上，力叮不释。成益惊喜，掇置笼中。

翼日进宰，宰见其小，怒呵成。成述其异。宰不信。试与他虫斗，虫尽靡；又试之鸡，果如成言。乃赏成，献诸抚军。抚军大悦，以金笼进上，细疏其能。既入宫中，举天下所贡蝴蝶、螳螂、油利挞、青丝额，一切异状，遍试之，无出其右者。每闻琴瑟之声，则应节而舞。益奇之。上大嘉悦，诏赐抚臣名马衣缎。抚军不忘所自，无何，宰以“卓异”闻①。宰悦，免成役。又嘱学使，俾入邑庠。

【注释】

① 卓异：是明清时考核地方官吏政绩的评语。好的评语如“卓异”、“称职”，不好的评语如“浮躁”、“才力不及”等。朝廷据此进行奖惩。

后岁余，成子精神复旧。自言身化促织，轻捷善斗，今始苏耳。抚军亦厚赉成。不数岁，田百顷，楼阁万椽，牛羊蹄躈各千计。一出门，裘马过世家焉。

异史氏曰：“天子偶用一物，未必不过此已忘；而奉行者即为定例。加以官贪吏虐，民日贴妇卖儿，更无休止。故天子一跬步，皆关民命，不可忽也。独是成氏子以蠹贫，以促织富，裘马扬扬。当其为里正、受扑责

时，岂意其至此哉！天将以酬长厚者，遂使抚臣、令尹，并受促织恩荫①。闻之：一人飞升，仙及鸡犬②。信夫！"

【注释】

① 恩荫：原指子孙凭借父祖的地位和功劳而得到恩赐的功名、官爵。这里说抚臣、县官都受了促织的恩荫，是一种讽刺和嘲笑。② "一人飞升"两句：神话传说，汉淮南王刘安炼就丹药，得道升天，家里的鸡狗吃了剩余的药，也都成仙飞上天。

【翻译】

明朝宣德年间，皇宫里时兴斗蟋蟀，每年都向民间征收蟋蟀。这种小虫本来不是陕西的特产，可是有一个华阴县官想要巴结上司，特意进贡一头蟋蟀，让它试斗一下，还相当厉害。因此，朝廷就责令华阴县每年都必须进贡。县官责成里正征收。于是市镇上那些游手好闲之徒，得到好的蟋蟀就用笼子养起来，抬高它的价格，当成牟利的奇货，乡里的差役狡猾奸诈，便借着这个名目按人口摊派费用，每要求进贡一只蟋蟀，总要有好几户人倾家荡产。

华阴县有个叫成名的人，读书想考秀才，老是没考上。他为人迂腐，口齿迟钝，所以被狡猾的差役上报充当里正这个差使，他想尽办法也摆脱不了。不到一年，微薄的家产因接连赔偿而赔得精光。偏偏又碰上征收蟋蟀，成名不敢按人口摊派费用，自己又无钱可垫，忧愁烦闷，急得要上吊。妻子说："寻死有什么用处？倒不如自己去捉捉看，也许碰巧能有点收获。”成名觉得这话说得在理。从此就起早贪黑，提着竹筒和铜丝笼子，在破墙和丛草中，见石缝就掏，见土洞就挖，什么办法都用上了，终究一无所获。即使逮到两三头，又低劣瘦弱，不合进贡规格。县官限时限刻，严紧追逼。十几天工夫，他就挨了上百下板子。两条大腿被打得脓血淋漓，连蟋蟀也不能去捉了。躺在床上翻来覆去，只想自杀。

这时候，村里来了一个驼背的巫婆，说是能够请神算命。成名的妻子就拿了钱去求她占卦。到那里一看，只见巫婆门口挤满了人，既有满头白发的老太婆，也有穿红衫的小姑娘。她挤进屋内，看见密室的门上挂着帘子，帘外摆着烧香的小桌。求卦的人烧上一炷香，插在香炉里，跪在地上磕头。巫婆坐在一旁向着天空替他们祈祷，嘴唇一张一合，不知念叨些什么。大家都恭恭敬敬地站在那里听着。一会儿，从帘子里扔出一张纸，上面写的都是问卦的人心里想问的事情，没有丝毫差错。成名的妻子把钱放在香桌上，也像前面的人一样烧香跪拜。约一顿饭工夫，帘子一动，也扔出来一张纸。捡起来一看，纸上没有字，只是一幅画：当中画着一座大殿，好像是寺庙，后面小山下乱堆着许多奇形怪状的石头，还长着一丛丛荆棘，一只青麻头蟋蟀就躲藏在那里，旁边有一只癞蛤蟆，像要跳起来的样子。她仔细察看研究，也看不明白。但是看到蟋蟀，暗合自己的心意，就把纸折起藏好，回家给成名看。成名翻来覆去看了半天，心想：这莫非是指点我捉蟋蟀的地方不成？又仔细看了看景物的形状，和村东的大佛寺十分相似。于是，他忍痛起床，拄了拐杖，拿着图纸，来到大佛寺后面。

那里有一座隆起的古坟，顺着古坟走，见蹲在地上的石头，一块挨一块，像鱼鳞似的，简直和图画中的景物一模一样。于是在杂草丛中侧耳细听，慢慢地往前搜索，像在寻找小针那样。可是寻得心竭力衰，眼花耳鸣，根本没有蟋蟀的影子和声音。他还是不停地向幽深处搜寻。忽然一只癞蛤蟆跳出来逃走了。成名越发感到惊讶，急忙追赶。蛤蟆钻进草丛里。他拨开草丛，追随蛤蟆的踪迹往前寻找，只见一头蟋蟀趴在荆棘根底处。他急忙伸手去扑，蟋蟀钻进石洞里。他用细草去拨，拨不出来。把竹筒里的水灌进去，蟋蟀才跳了出来。姿态极为雄健俊美。他追上去把它抓住了。仔细一看，个头大，尾巴长，颈背脊青，羽翅金黄，成名高兴万分，忙把蟋蟀装进笼里带回家中。全家欢庆祝贺，即使得了价值连城的大美玉也没这么高兴。成名把它养在盆子里，用蟹肉和栗子仁作饲料，爱护到了极点，只等限期一到，就送官府交差。

成名有个九岁的儿子，看父亲不在家，就偷偷地揭开盆子盖看蟋蟀。不料那蟋蟀一下子蹦了出来，跳得很快，小孩怎么也捉不着。等到扑到手，蟋蟀已经腿断肚子破，挣扎几下就死了。孩子吓坏了，哭着去告诉母亲。母亲一听，吓得脸色灰白，大骂道："你这个祸种！死到临头啦！你爹回来，看他跟你怎样算账！"孩子哭着跑出去了。不久，成名回来了，听妻子一说，好像冰雪从头顶上浇下来。他怒气冲冲地去找儿子，到处都不见踪影，不知跑到什么地方去了。一会儿在井里捞到孩子的尸体。因而变愤怒为悲痛，呼天抢地，哭得死去活来。夫妻俩对墙发呆，草屋里不见炊烟，相对无话，再也没有生活的依托。

天快黑了,成名拿草席包裹儿子去埋葬。到尸体跟前一摸,还有一丝微弱的气息。他一阵惊喜,忙把孩子抱到床上,等到半夜,孩子重又苏醒过来。夫妻二人心里稍微有些安慰。但是孩子的眼神痴呆,迷迷糊糊地只想睡觉。成名回头看到蟋蟀笼子空了,又感到非常绝望,气得说不出话,也就无心再顾孩子的死活了。从黄昏到天亮,愁得一夜没合上眼。

太阳已经高照,成名还直挺挺地躺在床上发愁。忽然听到门外传来蟋蟀的叫声,他吃惊地爬起来窥探,那头蟋蟀仿佛还活着。他很高兴,连忙去捕捉,那蟋蟀一叫就跳走了,跳得非常快。用巴掌盖住它,觉得手心空无一物。但是手刚刚抬起来,它又一下子跳得老远。他急忙追上去,拐过墙角,却不知去向了。他走来走去,四处探望,看见蟋蟀趴在墙壁上。仔细一看,个儿短小,全身黑里透红,转眼已不是刚才看见的那一头了。成名因为它个头小,觉得不中用,依旧四处徘徊,东找西看,寻找刚才追逐的那一头。不料墙上的小蟋蟀忽然一跳,落在他的衣襟袖子间。仔细一看,样子像个蝼蛄,梅花翅膀,方头长腿,神态好像不错,便高兴地把它收进笼子。即将奉献县衙,又提心吊胆,惟恐不中上司的心意,就想让它斗一斗,试试看到底行不行。村里有个喜欢多事的青年养了一头蟋蟀,给它起名叫"蟹壳青",天天和一些年轻人蓄养的蟋蟀相斗,每战必胜。他以为奇货可居,想依它牟取暴利。因为要价很高,卖不出去。他听说成名捉了一只蟋蟀,便直接上门来找成名。看到成名所养的蟋蟀,便捂着嘴直笑,就把自己的"蟹壳青"放进笼子里,成名见他的蟋蟀身长体壮,更增加了几分惭愧，不敢跟他较量。这青年坚持要比一比。成名转念一想，养这种低劣的孬种，终究没什么用处，不如让它斗一斗，博得一笑算了。因而把两只蟋蟀一起放进斗盆里。小蟋蟀蹲在一旁一动也不动，呆若木鸡，年轻人又大笑。试着用猪鬃毛撩拨它的触须，依然不动，年轻人又一阵大笑。几经撩拨，小蟋蟀勃然大怒，直向大蟋蟀扑去，于是两头蟋蟀相互跳跃搏击，精神抖擞地鸣叫着。一会儿，只见小蟋蟀突然跃起，张开尾巴，竖起触须，一口咬住大蟋蟀的脖子不放，年轻人大吃一惊，急忙使两只蟋蟀停止了搏斗。这时小蟋蟀翘起翅膀，得意地鸣叫，好像在向主人报捷似的。成名看了高兴万分。

正当一起玩赏时，突然闯来一只大公鸡，径直把嘴伸进斗盆里啄蟋蟀。成名吓得呆立一边大声惊叫，幸好没啄中，蟋蟀跳出一尺多远。公鸡凶猛地赶过去，追逼蟋蟀，蟋蟀已落在公鸡的爪下了。成名惊慌失措，不知怎样救出蟋蟀，急得直跺脚，脸色发白，眨眼间见公鸡伸着脖子，摇动着头，翅膀直扑挞。低头一看，原来蟋蟀叮在鸡冠上，死命地咬住不放。成名心里更是又惊又喜，双手捧起蟋蟀放进笼子里。

第二天呈献给县官。县官看它太小，气呼呼地把成名大声训斥了一顿。成名陈述了小蟋蟀的奇异本领，县官不信。就试着和别的蟋蟀斗，果然所向无敌；又试着去斗大公鸡，果真和成名说的一样。于是才奖赏了成名，把小蟋蟀献给巡抚。巡抚非常高兴，就用金笼子装着，进贡给皇上。并在奏章中详述它的本领。进到皇宫以后，将天下进贡的蝴蝶、螳螂、油利挞、青丝额等一切奇形怪状的蟋蟀，全都拿来和小蟋蟀比斗,没有一只能占它的上风。每当小蟋蟀听到琴瑟的乐声,就应着节拍翩翩起舞。人们更感到它的神奇。皇帝格外高兴,大加赞赏,颁发诏书,赐给巡抚大臣名马和锦缎。巡抚没有忘记好运气的来由,过了不久,那个县官就以政绩"卓异"得到升官的推荐。县官兴高采烈,免除了成名的里正职务,又嘱咐学使,让他当了秀才。

一年多以后,成名的儿子精神复原了。对人说自己曾经变成了一只蟋蟀,轻巧敏捷,善于搏斗,现在才苏醒过来。巡抚也给成名以重赏。没过几年,他家里的田地就上了百顷,楼阁亭台数不清,牛羊成群,少说也有几百头。一出门,身穿名贵皮衣,骑着豪华骏马,派头胜过官僚世家。

异史氏说:"皇帝偶然需要一种东西,也许过后就忘了;但是那些奉命操办的官吏,却立即制订必须按时供给的定例。加上官吏的贪婪暴虐,逼得百姓典妻卖儿,即使这样,也难以应付官吏无休无止的征敛。所以皇帝每迈出半步,都关系到老百姓的命运,万万不可疏忽。唯独成名这个人,因受官吏的催逼勒索而穷困,却由于献了蟋蟀而致富,皮衣骏马,得意扬扬。当他做里正遭受斥责和挨打时,哪会想到自己有这一天呢!老天爷对老实厚道的人总是给予好报酬,于是使巡抚、县官,一并受到蟋蟀的恩泽。曾听人说过:'一人得道升天,家里的鸡狗也都跟着成仙。'果真是这样啊!"

雨 钱

狐仙倾慕滨州秀才高雅，主动上门交友。想不到这位秀才原来是个利欲熏心之徒，竟然向狐仙开口请求以非法手段弄钱。正直的狐仙本可以断然拒绝，但为了教育这位秀才，他仍然满口答应。于是略施小技，演出了一场“雨钱”的幻剧。秀才狂喜不已，自以为从此成了暴发户，迫不及待地入室取用，谁知“满室阿堵物，皆为乌有，惟母钱十余枚，寥寥尚在”。秀才见此，不但没有觉醒，反而怨恨狐仙骗他。这才激起狐仙的嘲笑：“与君文字交，不谋与君作贼。”这则小故事不仅深刻暴露了秀才的灵魂，而且赞美了狐仙的交友原则，至今仍有现实意义。

滨州一秀才，读书斋中。有款门者，启视，则皤然一翁，形貌甚古。延之入，请问姓氏。翁自言：“养真，姓胡，实乃狐仙。慕君高雅，愿共晨夕。”秀才故旷达，亦不为怪。遂与评驳今古。翁殊博洽，镂花雕缋①，粲于牙齿；时抽经义，则名理湛深，尤觉非意所及。秀才惊服，留之甚久。

【注释】

① 镂花雕缋(huì):形容语言富有文采。

一日，密祈翁曰：“君爱我良厚。顾我贫若此，君但一举手，金钱宜可立致。何不小周给?”翁嘿然，似不以为可。少间，笑曰：“此大易事。但须得十数钱作母。”秀才如其请。翁乃与共入密室中，禹步作咒①。俄顷，钱有数十百万，从梁间锵锵而下，势如骤雨。转瞬没膝；拔足而立，又没踝。广丈之舍，约深三四尺已来。乃顾语秀才：“颇厌君意否?”曰：“足矣。”翁一挥，钱即画然而止。乃相与扃户出。

【注释】

① 禹步:相传大禹治水，跋山涉水，得了足病，走路颠颠簸簸，故名。后来巫师道士作法时多效之。这里就指作法时的步态。

秀才窃喜，自谓暴富。顷之，入室取用，则满室阿堵物①，皆为乌有，惟母钱十余枚，寥寥尚在。秀才失望，盛气向翁，颇怼其诳。翁怒曰：“我本与君文字交，不谋与君作贼！便如秀才意，只合寻梁上君交好得②，老夫不能承命！”遂拂衣去。

【注释】

① 阿堵物:《世说新语》载,王衍口不言“钱”字。他妻子想试试他,在他卧床周围放满了钱。王衍起床后出不来,就叫婢女把钱搬开,说:“举却阿堵物。”后人便叫钱为“阿堵物”。阿堵,意即“这个”。② 梁上君:据《后汉书》载,有个小偷夜入陈寔家,躲在屋梁上。陈寔装作没看见,只是把子孙叫来,教训他们要自勉,不要学梁上君子。后人便称小偷为梁上君子。

【翻译】

滨州有一个秀才,坐在书房里读书。忽听有人敲门,开门一看,原来是个须发雪白的老头。形体相貌很有古人的风度。秀才请他进屋,请教他的姓名。老头自称:“我姓胡,名叫养真,实际是个狐仙。因为爱慕你品行高雅,愿意与你交为朋友,共度晨夕。”秀才一向是个开通达观的人,也不感到奇怪,就与他评古论今谈起学问来。老头的学识很渊博,想象力很丰富,谈论起来滔滔不绝,很有文采,而且充满幽默感;有时引经据典,道理说得精辟而深刻,更是秀才所意想不到的。秀才又惊讶又佩服,留他住了很长时间。

一天,秀才暗自向老头请求说:“你爱我的感情很深厚,只是我这样穷,你只要一举手,变点小法术,金钱理当可以马上弄到手。为什么不稍稍周济我一下呢?”老头沉默了半晌,好像不想答应秀才的话。过了一会儿,才笑着说:“这是很容易的事情。但是必须有十几个铜钱作母钱。”秀才遵照他的要求，拿出十几个铜钱。老头就同他一起走进密室，迈着歪歪颠颠的步子，念着咒语。霎时间，有几千万铜钱，从屋梁上哗啦哗啦地落了下来，那势头像是下暴雨，一转眼堆积的铜钱就没过膝盖；拔出脚来站在钱堆上，又没过了脚踝。几丈见方的房屋，大约积了三四尺厚的铜钱。于是老头回头对秀才说：“比较满意了吗？”秀才说：“够了。”老头一挥手，钱雨就一下子停住了。于是一起锁好门出来。

秀才暗自高兴，自以为成了大富翁。过了一会，他进屋取钱用。可是，满屋的铜钱，全都化为乌有。只有做本的十几个铜钱，还稀稀拉拉地留在那里。秀才大失所望，怒气冲冲地瞪着老头，对老头的欺骗非常怒恨。老头生气地说：“我原来跟你做交谈学问的朋友，没打算和你去做贼！如要称你的心，你只该寻找盗贼交朋友，老夫可不能遵照你的意思去做！”说完一甩袖子走了。

小猎犬

此篇奇在以大化小，以小见妙。卫中堂苦于蚊蚤臭虫的骚扰，彻夜难眠，遂发生小鹰小犬扑杀蚊虫的奇事。小武士的指挥，王者的受献，使扑杀蚊虫之举，成了一次有组织的围剿害人虫的行动。这种写法很容易使人联想到惩办贪官的《王者》篇。不同的是，这里的王者不仅警告贪官，而且对各种害人虫来一次无情的扫荡。最后遗下小猎犬，继续追捕残敌，必令蚊虫无噍类而后已。似幻似真，读之令人兴味无穷。

山右卫中堂为诸生时①，厌冗扰，徙斋僧院。苦室中蜰虫蚊蚤甚多，竟夜不成寝。食后，偃息在床。忽一小武士，首插雉尾，身高两寸许；骑马大如蜡②；臂上青鞲，有鹰如蝇；自外而入，盘旋室中，行且驶。公方凝注，忽又一人入，装亦如前。腰束小弓矢，牵猎犬如巨蚁。又俄顷，步者、骑者，纷纷来以数百辈，鹰亦数百臂，犬亦数百头。有蚊蝇飞起，纵鹰腾击，尽扑杀之。猎犬登床缘壁，搜噬虱蚤，凡罅隙之所伏藏，嗅之无不出者，顷刻之间，决杀殆尽。

【注释】

① 卫中堂：唐代在中书省设政事堂，以宰相领其事，后来就称宰相为中堂。明清时，内阁大学士实际上是宰相，故也称中堂。这里指卫周祚，他是山西曲沃人，清初曾任保和殿大学士等职。② 蜡（zhà）：山东称蝗虫为“蚂蜡”，蜡，即“蚂蜡”的略称。

公伪睡睨之。鹰集犬窜于其身。既而一黄衣人，着平天冠[①]，如王者，登别榻，系驷苇篾间。从骑皆下，献飞献走，纷集盈侧，亦不知作何语。无何，王者登小辇，卫士仓皇，各命鞍马；万蹄攒奔，纷如撒菽，烟飞雾腾，斯须散尽。

【注释】

① 平天冠：泛指帝王戴的帽子。

公历历在目，骇诧不知所由。蹑履外窥，渺无迹响。返身周视，都无所见；惟壁砖上遗一细犬。公急捉之，且驯。置砚匣中，反复瞻玩。毛极细茸，项上有小环。饲以饭颗，一嗅辄弃去。跃登床榻，寻衣缝，啮杀虮虱。旋复来伏卧。

逾宿，公疑其已往；视之，则盘伏如故。公卧，则登床箦，遇虫辄啖毙，蚊蝇无敢落者。公爱之，甚于拱璧。

一日，昼寝，犬潜伏身畔。公醒转侧，压于腰底。公觉有物，固疑是犬，急起视之，已匾而死，如纸剪成者然。然自是壁虫无噍类矣[1]。

【注释】

① 无噍(jiào)类：连一个活着的也没有。噍，嚼吃；噍类，本指活人，意谓活着而能吃东西的人，后也用于其他动物。

【翻译】

山西曲沃卫中堂作秀才时，嫌家里事多扰乱，就搬到寺庙里去住。可是那里的蚊子、臭虫和跳蚤特别多，咬得他整夜睡不着觉。有一天，他吃完饭，躺在床上休息，忽然看见一个小武士，头上插着野鸡翎，身高只有两寸左右；骑着一匹和蚱蜢一样大小的战马；胳膊上戴有青色臂套，驾着一只像苍蝇那么大的猎鹰；从门外进来，在屋子里绕圈儿走，走了一会又跑了一阵。他正在聚精会神地看着，忽然又进来一个人，装束和前一个人一样。腰里挎着小弓箭，牵着一只小猎犬，看上去像只大蚂蚁。又过了一会儿，步行的，骑马的，纷纷攘攘，来了好几百人，小猎鹰也有几百只，小猎犬同样有几百头。只要蚊子苍蝇飞动，小武士们就放出猎鹰，腾空搏击，全都把它们捕杀掉。猎犬也跳到床上、爬上墙壁，搜索痛咬虱子和跳虱。凡是潜藏在缝隙里边的，只要闻一闻，没有不爬出来的。一眨眼，那些害虫几乎全被赶尽杀绝了。

卫公假装睡着了，斜眼静观这场有趣的围猎。战斗刚结束，小猎鹰纷纷落在他身上，小猎犬也在他身上跑来跑去。一会儿有个身穿黄袍的人，头上戴着平天冠，好像是个国王，走进来登上另一张卧床，把马拴在苇席中间。随从的骑兵也都跳下马，于是武士们把捕获的蚊蝇虱蚤都献了上来，纷纷聚集在国王身边，围得水泄不通，也不知说了些什么话。过了一会，国王登上一辆小车，卫士们急忙各自备鞍驾马；只见万蹄奔驰，马蹄声响似撒豆一样，马队过处烟飞雾腾，转眼间已全部撤离了。

这一切，卫公看得清清楚楚，感到非常惊讶，不知这些小人小马是从哪里来的。于是穿上鞋，悄悄地跑到门外去偷看，却早已无影无踪，毫无动静。再返身入屋，四处察看，也没有发现什么特别的东西。只有墙壁的砖头上留下一只小猎犬。卫公急忙捉住它，这小猎犬比较温顺。把它放在砚台盒里，一遍又一遍地观赏着。它身上的茸毛纤细柔软，脖子上有一个小环。喂它饭粒，它闻一闻就走开了，纵身跳到床上，在衣缝里搜寻，咬杀虱子和虱子所下的卵，一会儿，重又跑回来趴在砚盒里休息。

过了一夜，卫公疑心它已经跑掉了，起床一看，还和原先一样蜷曲着身子趴在那里。此后，每当卫公睡觉的时候，它就跳上床席，遇到害虫就咬杀，蚊子、苍蝇吓得都不敢在上面停留。卫公对它的爱惜，胜过价值连城的璧玉。

一天，卫公睡午觉，小猎犬暗自伏在他的身旁。他醒来一翻身，把小猎犬压在腰下。他忽然觉得身下有什么东西，本来就疑心是小猎犬。急忙坐起来一看，小猎犬已被压扁死掉了。样子好像用纸剪成的一样。可是从此以后，再没有害虫来骚扰他了。

狼

狼的样子像狗，但狼性与狗不同，凶残而狡诈。这则故事侧重表现狼狡诈的一面。前狼装睡，后狼钻洞，前狼企图麻痹屠夫来掩护后狼的突然袭击。由于屠夫没有放松警惕，冷静思考，沉着应付，终于战胜了凶残而狡诈的狼。

一屠晚归，担中肉尽，止有剩骨。途中两狼，缀行甚远。屠惧，投以骨。一狼得骨止，一狼仍从；复投之，后狼止而前狼又至；骨已尽，而两狼之并驱如故。屠大窘，恐前后受其敌。顾野有麦场，场主积薪其中，苫蔽成丘。屠乃奔倚其下，弛担持刀。狼不敢前，眈眈相向。少时，一狼径去；其一犬坐于前，久之，目似瞑，意暇甚。屠暴起，以刀劈狼首，又数刀毙之。方欲行，转视积薪后，一狼洞其中，意将隧入以攻其后也。身已半入，止露尻尾。屠自后断其股，亦毙之。乃悟前狼假寐，盖以诱敌。狼亦黠矣！而顷刻两毙，禽兽之变诈几何哉，止增笑耳！

【翻译】

有一个卖肉佬晚上回家，担子里的肉已经卖光了，只剩下几块骨头。路上遇见两只狼,尾随着他走了很远。卖肉佬害怕了,就丢了一块骨头给狼。一只狼得了骨头就停下了;另一只狼仍然紧跟不舍。他再扔一根骨头,后面的狼停下啃骨头,前面的狼却又追上来。担子里的骨头丢光了,而两只狼又像原来那样并排紧跟着不放。卖肉佬十分紧张,害怕被这两只狼前后夹攻。向田野张望,发现有个打麦场,场主人在场里堆着柴垛,上面盖着草帘,像小山丘。卖肉佬快步走过去,靠着这堆柴草,放下担子,手握肉刀防卫。两只狼不敢逼近,瞪眼对视。一会儿,一只狼头也不回地走了;另一只狼却像狗那样在前面蹲坐下来,又过了好一阵,这只狼好像闭上了眼睛,神情很悠闲。卖肉佬猛地跳起来,用刀直劈狼头,又砍了几刀,把狼杀死了。刚想走,转身看到柴草堆后,先前走开的那只狼正往柴草堆里钻,想要打一条通道钻过去,从身后攻击他。它已经钻进了半截身子,只露着屁股和尾巴。卖肉佬从后面砍断它的后腿,也杀死了它。卖肉佬这才恍然大悟:前面那只狼假装睡觉,原来是借此诱惑对手。狼也够狡猾的!可是转眼之间,两只狼都送了命,说明禽兽的机变狡诈毕竟有限得很,只不过给人增添笑料罢了。

梦　狼

蒲松龄善于写梦，他往往借助梦境的描写来表现对客观世界的认识、对现实人生的思考。本篇写的就是一个可怕的噩梦，但谁能说它仅仅是一个梦境！人们在这里看到的分明是一个虎吼狼嗥的黑暗社会。“黜陟之权，在上台不在百姓。上台喜，便是好官；爱百姓，何术能令上台喜也?”白甲这个做官的秘诀，道出了封建官吏制度的腐败。要升官，就要善于巴结逢迎、贿买上司；就要恣肆贪赃枉法、压榨百姓。上司喜谄、纵容，下属必然如狼似虎，百姓就唯有充当“庖厨”的原料而已。这种血淋淋的刀俎与鱼肉的关系，怎能不逼百姓铤而走险！蓄怨已久的“诸寇”对殃民媚上的白甲严加惩处，无疑是对当权者敲响的警钟。

白翁，直隶人。长子甲，筮仕南服①，三年无耗。适有瓜葛丁姓造谒，翁款之。丁素走无常。谈次，翁辄问以冥事，丁对语涉幻；翁不深信，但微哂之。

【注释】

① 筮(shì)仕：古人做官前先占吉凶，后来便称初做官为筮仕。

别后数日，翁方卧，见丁又来，邀与同游。从之去，入一城阙。移时，丁指一门曰："此间君家甥也。"时翁有姊子为晋令，讶曰："乌在此?"丁曰："倘不信，入便知之。"翁入，果见甥，蝉冠豸绣坐堂上①，戟幢行列，无人可通。丁曳之出，曰："公子衙署，去此不远，亦愿见之否?"翁诺。少间，至一第，丁曰："入之。"窥其门，见一巨狼当道，大惧不敢进。丁又曰："入之。"又入一门，见堂上、堂下，坐者、卧者，皆狼也。又视墀中，白骨如山，益惧。丁乃以身翼翁而进。公子甲方自内出，见父及丁良喜。少坐，唤侍者治肴蔌。忽一巨狼，衔死人入。翁战惕而起曰："此胡为者?"甲曰："聊充庖厨。"翁急止之。心怔忡不宁，辞欲出，而群狼阻道。进退方无所主，忽见诸狼纷然嗥避，或窜床下，或伏几底。错愕不解其故。俄有两金甲猛士努目入，出黑索索甲。甲扑地化为虎，牙齿巉巉。一人出利剑，欲枭其首。一人曰："且勿，且勿，此明年四月间事，不如姑敲齿去。"乃出巨锤锤齿，齿零落堕地。虎大吼，声震山岳。翁大惧，忽醒，乃知其梦。

【注释】

① 蝉冠：汉代侍从官员所戴的冠，以貂尾蝉纹为饰，

称为蝉冠，后世也用来泛称贵官的帽子。豸绣：御史的官服。

心异之。遣人招丁，丁辞不至。翁志其梦，使次子诣甲，函戒哀切。既至，见兄门齿尽脱；骇而问之，则醉中坠马所折。考其时，则父梦之日也。益骇。出父书。甲读之变色，为间曰："此幻梦之适符耳，何足怪。"时方赂当路者，得首荐①，故不以妖梦为意。弟居数日，见其蠹役满堂，纳贿关说者，中夜不绝，流涕谏止之。甲曰："弟日居衡茅，故不知仕途之关窍耳。黜陟之权，在上台不在百姓。上台喜，便是好官；爱百姓，何术能令上台喜也？"弟知不可劝止，遂归。告父。翁闻之大哭。无可如何，惟捐家济贫，日祷于神，但求逆子之报，不累妻孥。

【注释】

① 首荐：明清的官吏，经一定年限，由地方高级官员保举，调到京里升任京官。首荐，就是保举的第一名。

次年，报甲以荐举作吏部，贺者盈门；翁惟欷歔，伏枕托疾不出。未几，闻子归途遇寇，主仆殒命。翁乃起，谓人曰："鬼神之怒，止及其身，祐我家者不可谓不厚也。"因焚香而报谢之。慰藉翁者，咸以为道路讹传，惟翁则深信不疑，刻日为之营兆——而甲固未死。

先是，四月间，甲解任，甫离境，即遭寇，甲倾装以献之。诸寇曰：“我等来，为一邑之民泄冤愤耳，宁耑为此哉！”遂决其首。又问家人：“有司大成者谁是？”——司故甲之腹心，助桀为虐者——家人共指之。贼亦杀之。更有蠹役四人——甲聚敛臣也，将携入都——并搜决讫，始分赀入囊，骛驰而去。甲魂伏道旁，见一宰官过，问：“杀者何人？”前驱者曰：“某县白知县也。”宰官曰：“此白某之子，不宜使老后见此凶惨，宜续其头。”即有一人掇头置腔上，曰：“邪人不宜使正，以肩承领可也。”遂去。移时复苏。妻子往收其尸，见有余息，载之以行；从容灌之，亦受饮。但寄旅邸，贫不能归。半年许，翁始得确耗，遣次子致之而归。甲虽复生，而目能自顾其背，不复齿人数矣。翁姊子有政声，是年行取为御史①，悉符所梦。

【注释】

① 行取：由中央行文调取外任的州县官到京考选后补授科道（御史、给事中一类的谏官）或部属一类官职，称为行取。

异史氏曰：“窃叹天下之官虎而吏狼者，比比也——即官不为虎，而吏且将为狼，况有猛于虎者耶①！夫人患不能自顾其后耳；苏而使之自顾，鬼神之教微耳哉！”

【注释】

① 猛于虎：比老虎更凶恶。语出《礼记·檀弓》。

邹平李进士匡九，居官颇廉明。常有富民为人罗织，门役吓之曰："官索汝二百金，宜速办；不然，败矣！"富民惧，诺备半数。役摇手不可。富民苦哀之。役曰："我无不极力，但恐不允耳。待听鞫时，汝目睹我为若白之，其允与否，亦可明我意之无他也。"少间，公按是事。役知李戒烟，近问："饮烟否？"李摇其首。役即趋下曰："适言其数，官摇首不许，汝见之耶？"富民信之，惧，许如数。役知李嗜茶，近问："饮茶否？"李颔之。役托烹茶，趋下曰："谐矣！适首肯，汝见之耶？"既而审结，富民某获免，役即收其苞苴①，且索谢金。呜呼！官自以为廉，而骂其贪者载道焉，此又纵狼而不自知者矣。世之如此类者更多，可为居官者备一鉴也。

【注释】

① 苞苴（jū）：本指包裹。这里指贿赂的财物。

【翻译】

白翁是河北人。他的大儿子白甲初次出仕，在南方做官，一去三年，杳无音信。这时，恰好有个姓丁的远亲来登门拜访，白翁便设宴款待他。据说，这位丁某常常到阴间地府当差。闲谈间，白翁问起阴间地府的事，丁某的答话近乎荒诞虚幻；白翁不大相信，只报以微笑。

分别几天以后，白翁刚上床躺下，看见丁某又来了，他邀请白翁一块儿去游玩。白翁跟着他去，进了一座城楼。再走一会儿，丁某指着一个大门说："你家的外甥住在这里。”当时白翁有个姐姐的儿子在山西当县令，一听这话，白翁便吃惊地问：“我外甥怎么会在这里？”丁某说：“你要是不信，进去一看就明白了。”白翁进了门，果然看见自己的外甥端坐在大堂上，头戴有蝉纹的帽子，身穿绣着獬豸的官服。门戟和旌旗排列在两旁。但没有人可以替他们上去通报。丁某就拉着白翁走出门外，说：“你儿子的衙门，离这里不远，你是否也愿意去见见他？”白翁答应了。走了不大一会儿，来到一座府第门前，丁某说：“进去吧。”白翁探头往门里一看，有一只大狼挡在通道上，他非常害怕，不敢往里走。丁某又说：“进去吧。”又进了一道门，看见堂上、堂下，坐着的、躺着的，都是狼。再看殿堂前的空地上，白骨堆积如山，白翁更加害怕了。丁某就用身体遮护着他继续往里走。这时，白翁的儿子白甲正好从里面出来，看见父亲和丁某，非常高兴。略坐了一会儿，白甲就呼唤仆从去准备酒菜。忽然有一只大狼，叼着一个死人进来。白翁不禁打了个寒颤，恐慌地站起来问：“这是干什么？”白甲说：“姑且用来做几个菜吧。”白翁急忙制止。他心头发悸，惶恐不安，正想告辞而去，一群狼却挡住了去路。正在进退两难、六神无主的时候，忽然看见群狼乱纷纷嗥叫着四散躲避，有的逃窜到床底，有的匿伏在桌下。白翁很惊异，不明白这是什么缘故。一会儿，有两个身穿黄金铠甲的猛士横眉怒目地闯进来，拿出铁索往白甲颈上套去。白甲扑倒在地上，变成一只老虎，尖尖的牙齿显得很锋利。其中一个猛士拔出利剑，想砍下老虎的脑袋。另一个猛士说：“先别砍，先别砍，这是明年四月间的事，不如暂时把它的牙齿敲掉。”于是拿出一把大锤敲凿它的牙齿，牙齿就零零落落地掉在地上。老虎痛得大声咆哮,声音震动山谷。白翁非常害怕,猛然惊醒了,才知道是做了一场恶梦。

白翁心里感到很诧异,就派人去请丁某,丁某却推托有事,没有来。白翁挂虑着这个梦,就把它记下来,派二儿子带着信到白甲那里去,信上对他多方劝戒,写得既凄恻又恳切。弟弟来到白甲的衙门,看见哥哥的门牙全掉了;他很吃惊地问是怎么回事,白甲说是醉酒以后跌下马来摔掉的。查对一下出事的时间,正是父亲做梦的那一天。弟弟更加吃惊,就把父亲的信拿出来。白甲读完信,脸色大变,沉吟了一会儿却说:“这不过是幻梦的巧合罢了,有什么值得奇怪的。”那时,白甲贿赂当权的长官,作为被举荐官员中的第一名,报送上去了,所以不把这个怪梦放在心上。弟弟住了几天,看见满堂都是贪得无厌的衙役,行贿赂的、通关节的,到了深夜还络绎不绝,就流着眼泪劝告他。白甲说:“弟弟你天天住在乡间简陋的茅屋里,不知道官场上的诀窍。罢官和升官的大权,掌握在上司,不在老百姓。上司喜欢的,就是好官;爱护百姓,怎么能博得上司的欢心呢?”弟弟知道无法劝止,只好回家。到了家里,把这一切告诉了父亲。白翁听了以后大哭一场。没有别的办法,只好把家里的财物捐献出来周济穷人,每天向神灵祈祷,只求逆子的报应不要牵累他的妻子儿女。

第二年,喜报传来,说白甲被举荐到吏部当官,来贺喜的人挤满了门庭;白翁却只是暗自叹息,假托有病卧床,不出来会客。过了不久,就听说儿子在归来的路上遇到了强盗,主仆都丧了命。白翁这才起床,对人说:“鬼神的谴责,仅仅降及大儿子本人,对我家的保祐不能说不宽厚啊。”于是烧香来答谢鬼神。那些来安慰白翁的人,都认为这只是道听途说,未必可靠,只有白翁深信不疑,定下时日,为白甲营造坟墓——但实际上白甲确没有死。原来在这之前的四月间,白甲离任上调,刚离开县境,就遇到了强盗,白甲忙把随身携带的所有财物都献出来以求活命。那些强盗说:"我们这次来,是为全县的百姓申冤雪恨,哪里是专为你的钱财来的!"于是砍掉了他的脑袋。然后又问白甲的家人:"有个名叫司大成的,哪一个是他?"——原来司大成是白甲的心腹,是助纣为虐的帮凶——家人一齐把他指出来。强盗也一刀杀了他。还有四个贪婪的衙役——为白甲搜刮百姓钱财的狗腿子,白甲要带他们一同入京——也一齐搜出来处决了,然后才分了财物,装入布袋,上马飞驰而去。白甲的魂魄伏在路旁,只见有一个官员路过,问:"被杀的是什么人?"走在前面的随从回答说:"是某县的白知县。"那位官员说:"这是白某的儿子,不要让他这么大年纪还看见如此凶惨的景象,应该把死者的头重新安上去。"随即有一个人捡起白甲的脑袋替他安上去,一边摆弄一边说:"对待邪恶的人,不应该给他接正,让他用肩膀托着下巴就行了。"然后他们就走了。过了不久,白甲苏醒了。他的妻子和儿子去收拾他的尸体,见他还有一丝气息,就用车把他载走;慢慢地给他灌点汤水,他也能喝下去。可是他们只能寄居在旅店里,因为穷得连回家的路费也没有了。大约过了半年,白翁才得到确切的消息,就打发二儿子去把他接回家。白甲虽然死而复生,可是脑袋歪在一边,眼睛能够看见自己的脊背,人们都不再把他当人看待了。白翁姐姐的儿子为官清正,声誉很好,这一年调到京都,通过考选后被授为御史,这些都和白翁所梦见的情况相符。

异史氏说:“我私下哀叹,天下当官的凶如虎、为吏的恶似狼,这种情况到处都是——即使当官的不是虎,为吏的也常常是狼,何况还有比老虎更凶猛的呢!人们的祸患往往在于不能自顾其后;而白甲复活以后却让他能够自顾,鬼神的劝戒是多么精深奥妙啊!”

邹平有个进士名叫李匡九,做官颇廉洁贤明。曾经有个富人,被人罗织一些罪名而送官究治。开堂之前,门役吓唬他说:“当官的向你索取二百两银子,你要赶快回去措办;不然的话,官司就要打输了!”富人害怕了,答应给一半。门役摇摇手,表示不行。富人苦苦哀求他。门役说:“我没有不尽力帮忙的,只怕当官的不允许罢了。等到听审时,你可以亲眼看着我为你说情,看看当官的是不是允许,也可以让你明白我没有别的意思。”过了一会儿,李匡九升堂审理这个案子。门役知道李匡九早已戒烟,却走到他跟前低声问:“你要吸烟吗?”李匡九摇摇头。门役马上跑下来对富人说:“我刚才把你说的那个数目告诉他,他摇头不答应,你看见了吧?”富人相信了,心里很害怕,答应如数送二百两。门役知道李匡九很喜欢喝茶,又走到他跟前小声地问:“你要喝茶吗?”李匡九点点头。门役假托去泡茶,快步走下来对富人说:“给你说妥了!刚才他点头,你看见了吧?”接着就审理结案,富人获得了无罪释放,门役就收下了他用作贿赂的钱,还向他索取谢金。唉!当官的自以为廉洁,但是骂他贪赃的人却很多,这又是纵狼行凶而自己却不知道的了。世上这类事情更多,可以为当官的人备下一面镜子。

司文郎

这篇小说假托漂泊的游魂，虚构嗅文以鼻的盲僧，辛辣地嘲讽了那些眼鼻皆盲的主考官。“黜佳士而进凡庸”，已成了科举制度的流弊。昏聩低能的主考官，其录取标准当然是以他们自己为尺度的，这又怎能谈得上真正为国家选拔栋梁之才！说不定他们因为嫉妒人才，而故意录用那些比他们还卑陋无能的人呢。那些眼鼻并盲的“帘中人”之所以能身居要职，分明是执掌科场大权的贵官的“杰作”。“暂令聋僮署篆”，正透露了个中消息。不过，作者把一切都归之于命数、罪孽，并把扭转文运的希望寄托于德行的修养，寄托于德才之士“拔充清要”，反映了他无可奈何的心理，在一定程度上削弱了作品主题的积极意义。

平阳王平子，赴试北闱，赁居报国寺。寺中有余杭生先在，王以比屋居①，投刺焉。生不之答。朝夕遇之，多无状。王怒其狂悖，交往遂绝。

【注释】

① 比屋居：房子紧挨着的邻居。

一日，有少年游寺中，白服裙帽，望之傀然。近与接谈，言语谐妙。心爱敬之。展问邦族，云："登州宋姓。"因命苍头设座，相对噱谈。余杭生适过，共起逊坐。生居然上座，更不㧑挹。卒然问宋："尔亦入闱者耶?"答曰："非也。驽骀之才，无志腾骧久矣①。"又问："何省?"宋告之。生曰："竟不进取，足知高明。山左、右并无一字通者。"宋曰："北人固少通者，而不通者未必是小生；南人固多通者，然通者亦未必是足下。"言已，鼓掌；王和之，因而哄堂。生惭忿，轩眉攘腕而大言曰："敢当前命题，一校文艺乎?"宋他顾而哂曰："有何不敢！"便趋寓所，出经授王。王随手一翻，指曰："'阙党童子将命。'"②生起，求笔札。宋曳之曰："口占可也。我破已成③：'于宾客往来之地，而见一无所知之人焉。'"王捧腹大笑。生怒曰："全不能文，徒事嫚骂，何以为人!"王力为排难，请另命佳题。又翻曰："'殷有三仁焉。'"④宋立应曰："三子者不同道，其趋一也。夫一者何也？曰：仁也。君子亦仁而已矣，何必同?"生遂不作，起曰："其为人也小有才。"遂去。

【注释】

① 腾骧(xiāng)：原指马奔驰跳跃，这里比喻人飞黄腾

达。② 阙党童子将命：语出《论语·宪问》。阙党，即阙里，孔子的住处。将命，奉命奔走传达。据朱熹《论语集注》："将命，谓传宾主之言。这句话是说，阙里的一个童子在宾主之间传达信息。所以下文的破题一语双关，既解释本题，又借以讥讽余杭生。③ 破：破题，是八股文的固定程式，在文章的起首二句点破题意，故谓之破题。④ 殷有三仁焉：语出《论语·微子》。说的是商朝将覆亡时，大臣微子跑掉了，箕子披发装疯为奴，比干力谏纣王被剖心而死。所以下文说"三子者不同道"。

王以此益重宋。邀入寓室，款言移晷①，尽出所作质宋。宋流览绝疾，逾刻已尽百首。曰："君亦沉深于此道者；然命笔时，无求必得之念，而尚有冀幸得之心，即此，已落下乘。"遂取阅过者一一诠说。王大悦，师事之。使庖人以蔗糖作水角。宋啖而甘之，曰："生平未解此味，烦异日更一作也。"由此相得甚欢。宋三五日辄一至，王必为之设水角焉。余杭生时一遇之，虽不甚倾谈，而傲睨之气顿减。

【注释】

① 款言移晷（guǐ）：款言，亲切地交谈；移晷，日影移动，表示过了很长时间。

一日，以窗艺示宋①。宋见诸友圈赞已浓，目一过，推置案头，不作一语。生疑其未阅，复请之。答已览竟。生又疑其不解。宋曰："有何难解？但不佳耳！"生曰："一览丹黄，何知不佳？"宋便诵其文，如夙读者，且诵且訾。生踽蹐汗流，不言而去。移时，宋去，生入，坚请王作。王拒之。生强搜得，见文多圈点，笑曰："此大似水角子！"王故朴讷，觍然而已。次日，宋至，王具以告。宋怒曰："我谓'南人不复反矣'②，伧楚何敢乃尔！必当有以报之！"王力陈轻薄之戒以劝之，宋深感佩。

【注释】

① 窗艺：指平时习作的八股文。② 南人不复反矣：诸葛亮征南夷，捉住其首领孟获，七擒七纵。最后一次，孟获说了这句话，表示心悦诚服。

既而场后，以文示宋，宋颇相许。偶与涉历殿阁，见一瞽僧坐廊下，设药卖医。宋讶曰："此奇人也！最能知文，不可不一请教。"因命归寓取文。遇余杭生，遂与俱来。王呼师而参之。僧疑其问医者，便诘症候。王具白请教之意。僧笑曰："是谁多口？无目何以论文？"王请以耳代目。僧曰："三作两千余言，谁耐久听！不如焚之，我视以鼻可也。"王从之。每焚一作，僧嗅而颔之曰："君初法大家，虽未逼真，亦近似矣。我适受之以脾。"问："可中否？"曰："亦中得。"余杭生未深信，先以古大家文烧试之。僧再嗅曰："妙哉！此文我心受之矣，非归、胡何解办此[①]！”生骇，始焚己作。僧曰：“适领一艺，未窥全豹，何忽另易一人来也？”生托言：“朋友之作，止彼一首；此乃小生作也。”僧嗅其余灰，咳逆数声，曰：“勿再投矣！格格而不能下，强受之以鬲；再焚，则作恶矣。”生惭而退。

【注释】

① 归、胡：指明代的归有光、胡友信，他们所写的八股文在当时都很受推崇。

数日榜放，生竟领荐；王下第。宋与王走告僧。僧叹曰：“仆虽盲于目，而不盲于鼻；帘中人并鼻盲矣[①]。”俄余杭生至，意气发舒，曰：“盲和尚，汝亦啖人水角耶？今竟何如？”僧曰：“我所论者文耳，不谋与君论命。君试寻诸试官之文，各取一首焚之，我便知孰为尔师。”生与王并搜之，止得八九人。生曰：“如有舛错，以何为罚？”僧愤曰：“剜我盲瞳去！”生焚之，每一首，都言非是；至第六篇，忽向壁大呕，下气如雷。众皆粲然。僧拭目向生曰：“此真汝师也！初不知而骤嗅之，刺于鼻，棘于腹，膀胱所不能容，直自下部出矣！”生大怒，去，曰：“明日自见，勿悔！勿悔！”越二三日，竟不至；视之，已移去矣——乃知即某门生也。

【注释】

① 帘中人：指考官。科举考试，为防舞弊，考官必须

住在闱内，不许到堂帘以外去，所以叫“帘中人”。

宋慰王曰：“凡吾辈读书人，不当尤人，但当克己：不尤人则德益弘，能克己则学益进。当前踧落，固是数之不偶；平心而论，文亦未便登峰，其由此砥砺，天下自有不盲之人。”王肃然起敬。又闻次年再行乡试，遂不归，止而受教。宋曰：“都中薪桂米珠①，勿忧资斧。舍后有窖镪，可以发用。”即示之处。王谢曰：“昔窦、范贫而能廉②，今某幸能自给，敢自污乎？”王一日醉眠，仆及庖人窃发之。王忽觉，闻舍后有声；窃出，则金堆地上。情见事露，并相慑伏。方呵责间，见有金爵，类多镌款，审视，皆大父字讳——盖王祖曾为南部郎③，入都寓此，暴病而卒，金其所遗也。王乃喜，秤得金八百余两。明日告宋，且示之爵，欲与瓜分，固辞乃已。以百金往赠瞽僧，僧已去。

【注释】

① 薪桂米珠：柴像桂枝，米如珍珠，比喻物价昂贵。② 窦、范贫而能廉：窦仪，北宋初曾任工部尚书，传说他贫苦时，有金精戏诱他，他不为所动。范仲淹，北宋时曾任参知政事，据说他少时读书于僧寺，发现地窖里藏有白银，他虽贫，但认为这是非分之财，仍把它掩埋起来。③ 南部郎：明成祖迁都北京后，南京还保留着原来的一套政府官职。南部郎，指在南京部里的郎中、员外郎一类的官。

积数月，敦习益苦。及试，宋曰："此战不捷，始真是命矣！"俄以犯规被黜。王尚无言；宋大哭，不能止。王反慰解之。宋曰："仆为造物所忌，困顿至于终身，今又累及良友。其命也夫！其命也夫！"王曰："万事固有数在。如先生乃无志进取，非命也。"宋拭泪曰："久欲有言，恐相惊怪：某非生人，乃飘泊之游魂也。少负才名，不得志于场屋。佯狂至都，冀得知我者，传诸著作。甲申之年①，竟罹于难，岁岁飘蓬。幸相知爱，故极力为'他山'之攻②，生平未酬之愿，实欲借良朋一快之耳。今文字之厄若此③，谁复能漠然哉！"王亦感泣。问："何淹滞？"曰："去年上帝有命，委宣圣及阎罗王核查劫鬼④，上者备诸曹任用，余者即俾转轮⑤。贱名已录，所未投到者，欲一见飞黄之快耳，今请别矣。"王问："所考何职？"曰："梓潼府中缺一司文郎⑥，暂令聋僮署篆⑦，文运所以颠倒⑧。万一幸得此秩，当使圣教昌明⑨。"

【注释】

① 甲申之年：明崇祯十七年，即1644，是年李自成攻进北京，明亡。② "他山"之攻：语出《诗经·鹤鸣》："他山之石，可以攻玉。"攻玉，就是使玉成器。这里宋生把自己比做他山之石，把王平子比做被攻的玉，意谓自己要帮助王平子，使他成功。③ 文字：指文章。厄：灾难。因为文章好的人都不得志，文章坏的人却高高在上，这对文章本身来说也是一场灾难，所以说"文字之厄"。④ 宣圣：指孔子。宣圣是封建帝王给孔子的封号。⑤ 转轮：佛家迷信说法，

认为众生都可轮回转世。⑥ 梓潼府中缺一司文郎：梓潼府，道教传说，梓潼帝君张亚子，主持文昌府及人间的功名禄位；司文郎，掌握文教的官。⑦ 聋僮：指天聋神。传说梓潼帝君属下有天聋、地哑两神。署篆：掌官印，即代理其职务。⑧ 运：命运、运数。当时一般认为，一切都在于运数；“文字之厄若此”，也就是文章的运数颠倒错乱。⑨ 圣教：指孔子的教导，即孔子的学说。按照当时观念，既然“文字之厄若此”，文章好的人都不得志，那么，真正能理解和维护孔子学说的人自然都埋没在下，孔子的学说也就不能发扬光大，“圣教”也不能“昌明”。

明日，忻忻而至，曰：“愿遂矣！宣圣命作‘性道论’，视之色喜，谓可司文。阎罗稽簿，欲以‘口孽’见弃。宣圣争之，乃得就。某伏谢已。又呼近案下，嘱云：‘今以怜才，拔充清要；宜洗心供职，勿蹈前愆。’此可知冥中重德行更甚于文学也。君必修行未至，但积善勿懈可耳。”王曰：“果尔，余杭其德行何在?”曰：“不知。要冥司赏罚，皆无少爽。即前日瞽僧，亦一鬼也，是前朝名家。以生前抛弃字纸过多，罚作瞽。彼自欲医人疾苦，以赎前愆，故托游廛肆耳。”王命置酒。宋曰：“无须；终岁之扰，尽此一刻，再为我设水角足矣。”王悲怆不食。坐令自啖，顷刻，已过三盛。捧腹曰：“此餐可饱三日，吾以志君德耳。向所食，都在舍后，已成菌矣。藏作药饵，可益儿慧。”王问后会，曰：“既有官责，当引嫌也。”又问：“梓潼祠中，一相酹祝，可能达否?”曰：“此都无益。九天甚远，但洁身力行，自有地司牒报，则某必与知之。”言已，作别而没。王视舍后，果生紫菌，采而藏之。旁有新土坟起，则水角宛然在焉。

王归，弥自刻厉。一夜，梦宋舆盖而至，曰：“君向以小忿，误杀一婢，削去禄籍；今笃行已折除矣。然命薄不足任仕进也。”是年，捷于乡；明年，春闱又捷①。遂不复仕。生二子，其一绝钝，啖以菌，遂大慧。后以故诣金陵，遇余杭生于旅次，极道契阔，深自降抑，然鬓毛斑矣。

【注释】

① 春闱：指会试。明清时会试规定在春天举行，故称。当时的科举考试，乡试（省一级的考试）录取的为举人，会试（全国性的考试，只有举人才能应考）录取的为进士。

异史氏曰：“余杭生公然自诩，意其为文，未必尽无可观；而骄诈之意态颜色，遂使人顷刻不可复忍。天下之厌弃已久，故鬼神皆玩弄之。脱能增修厥德，则帘内之‘刺鼻棘心’者，遇之正易，何所遭之仅也。”

【翻译】

山西平阳府的王平子，到京城参加乡试，在报国寺租了间房子住下来。在他之前,寺里已住着浙江余杭县的一个书生。王平子因为他住在隔壁,就把自己的名帖送过去。余杭生竟没有答礼。早晚相遇时,也常常没有礼貌。王平子恼恨他狂傲乖戾,就不再和他交往。

一天,有个少年来寺里游玩,穿着白衣裙,戴着白帽子,看上去器宇轩昂。王平子走过去和他交谈,见他言辞诙谐奇妙,心里很敬爱他。问他的姓氏和家乡,回答说:"家住山东登州府,姓宋。"于是王平子就叫仆人摆上座位,两人面对面地谈笑起来。恰好余杭生经过这里,两人就一齐站起来让座。余杭生竟不谦让,大模大样地坐在上首。他又突然询问宋生:"你也是来参加乡试的吗?"宋生回答说:"不是。我这个才学平庸的人,早已无心求取功名了。"余杭生又问:"你是哪个省的?"宋生告诉了他。余杭生说:"你不打算进取,足见你很高明。山东、山西人写文章,没有一个字是通的。"宋生说:"北方人文章通的固然很少,但不通的未必是我;南方人文章通的固然很多,可是通的也未必是你。"说完,就拍起手来;王平子也跟着拍掌应和,于是哄堂大笑。余杭生又羞又怒,竖起眉毛,捋起衣袖,大声嚷着说:"你敢当场出题,较量一下文章吗?"宋生眼睛看着别处,微微发笑,说:"有什么不敢的!"就快步走到屋里,拿出一本《论语》递给王平子。王平子随手一翻,指着书上说:"'阙党童子将命。'"余杭生站起来,要寻找纸砚笔墨。宋生拉住他说:"口念就可以了。我的破题已经做好:'在宾客来来往往的地方,见到一个毫无知识、不懂礼节的人。'"王平子听了,捧腹大笑。余杭生怒气冲冲地说:"你根本不会作文章,只会谩骂,算得什么人呢!"王平子极力为他们调解，请求让他另选一个好题目。于是又翻开书本说："'殷有三仁焉。'"宋生立即应声而说："三个人的做法虽然不同，但他们的目标却是一致的。所谓'一致'是什么呢？回答说：是一个'仁'字。君子只要做到'仁'也就行了，做法又何必相同？"余杭生于是不再作文，站起来说："这个人稍微有点才学。"说完就走了。

王平子因此更加敬重宋生。就邀请他到自己的卧室，又畅谈了很长时间，还把自己的文章全部拿出来请宋生指教。宋生看得很快，才过了一会儿就已经看完了一百篇。然后说："看来你对作文章还是深有研究的；但在下笔时，不仅没有务求必中的念头，而且还存有侥幸而得的心理，光是这一点，就已经落入下乘了。"于是拿起已经看过的文章，一篇一篇加以解说。王平子很高兴，把他当做自己的老师来看待。叫厨师做蔗糖水饺招待他。宋生吃了水饺，觉得很好吃，说："我有生以来从未尝过这种美味，请改天再给我做一次。"从此两人相处得很快乐。宋生每隔三五天就来一次，王平子每次都为他煮水饺。余杭生有时也遇到他们，虽然不怎么交谈，但那种傲视一切的神气已大大减少了。

一天，余杭生也把自己的习作拿给宋生看。宋生看见文章已被许多朋友的圈点、赞语涂抹得密密麻麻，用眼睛扫了一遍，就推放在桌子上，一句话也没说。余杭生怀疑他没有看，又请他看看。宋生回答说已经看完了。余杭生又怀疑他看不懂。宋生说："这有什么难懂的？只是写得不好罢了！"余杭生说："才看了一下别人的批点，怎么就知道不好呢？"宋生就背诵他的文章，好像以前读过一样，还一边背诵一边指摘。余杭生听得坐立不安，汗流浃背，一声不吱，悄悄地离开了。过了一会儿，宋生也走了，这时余杭生又走进屋来，执意要看王平子的文章。王平子拒绝了他。他就硬把文章搜出来，看见文章上有很多圈点，就讥笑说："这很像是水饺呢！"王平子本来就很朴实，口齿也较笨拙，受到讥笑，就只有面红耳赤。第二天，宋生来了，王平子把昨天的事详细地告诉他。宋生很生气地说："我以为南方人已经心悦诚服了。没想到这个卑贱的楚人，竟敢这样无礼！一定要想办法惩治他！"王平子极力劝阻他，说不应该用轻薄的行为去对待人，宋生听了，深为钦佩。

乡试结束以后，王平子把自己应试的文章拿给宋生看，宋生很赞许。一天，两人偶然去游览寺院，看见一个瞎和尚坐在廊檐下，摆着药摊子卖药行医。宋生惊讶地说："这是一个奇人！他最懂得文章的好坏，不可不向他请教一下。"于是叫王平子回住处把文章拿来。路上正巧碰见了余杭生，就和他一起来了。王平子称瞎和尚为老师，向他行了礼。和尚误以为他是求医的，就询问他的症候。王平子详细地向他说明了请教文章的意思。和尚笑着说："是谁多嘴？我眼睛瞎了，怎能评论文章？"王平子请他用耳朵来代替眼睛。和尚说："三篇文章有两千多字，谁有耐性听这么长时间！不如烧了它，我用鼻子来'看'就行了。"王平子就照他的话来办。每烧一篇，和尚闻一闻就点点头说："你刚学习这些卓有成就的名家的文章，虽然没有达到十分逼真的程度，但也近似了。我刚才是用脾领受的。"王平子问道："可以考中吗？"回答说："也可以中。"余杭生不大相信，就先烧一篇古代大名家的文章来试一试他。和尚又闻一闻说："妙啊！这篇文章我是以心领受的，除了归有光、胡友信这样的大名家，谁能够写到这样精妙！"余杭生十分惊奇，这才烧自己的文章。和尚说："刚才领受了一篇文章，还没有了解全貌，怎么忽然换了另一个人的？"余杭生找个托词说："刚才是朋友的作品，只有那么一篇；这一次才是我写的。"和尚闻了闻那篇文章的余灰，呛得连声咳嗽，气往上逆，说："不要再烧了！格格不入，闻不下去，我是勉强用横膈膜领受的；如果再烧，我就要恶心了。"余杭生满面羞愧地退了出去。

几天以后，乡试发榜，余杭生竟然考中了；王平子却名落孙山。宋生和王平子一块儿去告诉和尚。和尚叹了一口气说："我虽然眼睛瞎了，但鼻子还没有瞎；主考官却连鼻子都瞎了。"一会儿，余杭生来了，他洋洋得意地说："瞎和尚，你也吃了人家的水饺吗？现在到底怎么样？"和尚说："我所论的是文章罢了，没有打算和你论命运。你去试试，把那些考官的文章找来，每个考官的烧它一篇，我就知道谁是你的宗师。"余杭生和王平子一块儿去搜寻，只找到八九个试官的文章。余杭生说："你要是猜错了，用什么作惩罚？"和尚气愤地说："把我的瞎眼珠挖去！"余杭生就开始烧文章，每烧一篇，都说不是。烧到第六篇，和尚忽然冲着墙壁大呕大吐，同时放了一连串雷鸣般的响屁。大家都哈哈大笑。和尚擦着眼睛对余杭生说："这位肯定是你的宗师了！开始我不知道而猛然闻了一下，那股气味先呛鼻子，后刺肚子，连膀胱也不能容受，一直从肛门出去了！"余杭生勃然大怒，转身就走，还威吓说："明天再来见你，别后悔！别后悔！"过了两三天，余杭生竟然没有来；到他的住处一看，人已经搬走了——这才知道他就是那位考官的门生。

宋生于是安慰王平子说："大凡我们这些读书人，不应该怨恨别人，只应该约束自己：不怨恨别人，品德就会更加光大；能约束自己，学问就会更加长进。眼前不得意，固然是命运不好；但平心而论，你的文章也不算尽善尽美，如果因此而磨砺自己，天下总还会有不瞎眼的人。"王平子听了，肃然起敬。又听说第二年还要举行乡试，就决定不回家，留在京城，接受宋生的指教。宋生说："京城里薪桂米珠，物价昂贵，但你不用忧虑盘缠。你住的房子后面埋着一窖金银，可以挖出来用。"就把埋银子的地方指给王平子看。王平子辞谢说："从前窦仪和范仲淹都很贫穷，但能够廉洁自守，不贪不义之财；现在我幸而还能够维持生计，怎么敢贪财玷污自己呢？"一天，王平子喝醉以后正在睡觉，仆人和厨师偷偷地挖开银窖。王平子忽然惊醒过来，听见房后有声音；悄悄地走出去，一看，地上已堆满了银子。仆人和厨师见事情败露，吓得一齐跪在地上。王平子正在责骂他们的时候，忽然看见有些金酒杯，上面大都刻着字，拿起来仔细一看，全是祖父的名讳——原来王平子的祖父曾经在南京六部当过官，进北京时借住在这个寺院里，后来突然得急病去世了，这些银子都是他遗留下来的。王平子这才高兴起来，称了一下，银子足有八百多两。第二天，王平子把这件事告诉了宋生，并且把金酒杯给他看，要和他平分这八百多两银子，宋生坚决不要，王平子这才作罢。又拿出一百两银子去送给瞎和尚，但和尚已经离开了。

此后的几个月，王平子学习更加刻苦。到了应试的时候，宋生对他说："这一仗要是打不赢，那就真是命了！"但王平子很快就因不慎犯规而被取消了考试的资格。王平子还没说什么；宋生却放声大哭，哭个不住。王平子反倒来安慰他。宋生说："我被老天爷所嫉恨，在考场上屡遭挫折以致潦倒一生，现在又连累到好朋友。真是命中注定啊！真是命中注定啊！"王平子说："一切事物固然都有它预定的命数存在，不过像先生你却是无意于功名，并不是命中注定的。"宋生擦着眼泪说："有句话，很早以前就想告诉你，怕你听了害怕、怪讶，一直没敢说：我并不是活着的人，而是漂泊游荡的鬼魂。年少时就有才名，但在考场上却一直不能得志。遂由于愤世嫉俗而装出一副狂态，来到了京城希望能遇到一个理解我的人，以便把我的著作传授给他。不料甲申那一年，竟然遇难而死，我的游魂年年像蓬草一样四处飘零。幸而与你相知相爱，所以极力帮助你；我的愿望终身未能实现，实在想借你的中举为自己吐一口气。但现在文章的厄难竟然到这程度，谁又能够无动于衷呢！"王平子听了，也感动得流下了眼泪。他问宋生："你为什么一直留滞在这里？"宋生说："去年上帝下令，委派文宣王孔子和阎罗王一起考查遭受劫难而死的鬼魂，品学优秀的准备派到各部门任用，剩下的就让他们转生阳世。我的姓名已报上去了，之所以还没有去报到应考，是想分享一下你飞黄腾达时的快乐罢了。现在事已至此，请让我告辞吧。"王平子问："你所考的是什么官职？"宋生说："梓潼府里缺一名司文郎，暂时叫聋童代理职务，所以文章的运数也就颠倒错乱到这样。万一我有幸得到这个官职，一定要扭转这种局面，使圣教发扬光大。"

第二天，宋生很高兴地来了，说："我的愿望实现了！孔子叫我作一篇《性道论》，看完之后露出很高兴的神色，说我可以掌管文章的事。阎罗王查看了功过簿，说我犯有说话尖刻、轻薄的过错，想要撤换我。孔子为我力争，这才获得成功。我叩头拜谢之后，孔子又叫我走到桌子前，嘱咐我说：'现在因为爱惜你的才学，才提拔你担任清高显要的官职；你应该悔过自新，好好任职，不要再犯以前的错误。'由此可以知道，阴间重视品德操行更胜过重视文章学问。你一定是德行的修养还未够，只要坚持不懈地积善就可以了。"王平子说："如果真是这样，那么余杭生的德行在哪里？"宋生说："这我不知道。总之，阴间的奖赏和惩罚，都没有一点儿差错。就是前些日子遇到的那个瞎和尚，也是一个鬼魂，是前朝的一个名家。因为生前扔掉的字纸太多，就罚他作为瞎子。他自己想给人家医治疾苦，以赎回前世的罪过，所以寄身街市，来往于铺户之间。"王平子叫人摆酒，要为宋生饯行。宋生说："不必了；成年打扰你，此时就要结束，再给我准备一顿水饺就够了。"水饺做好后，王平子悲伤得吃不下去，坐在一旁叫他自己吃。片刻之间，宋生已经吃了三大碗。他捧着肚子说："这一顿可以饱三天，我不过是要借此记住你的恩德罢了。以前所吃的水饺，都在房后，已经成为菌了。把它藏起来当做药物，让小孩子吃了可以增长智慧。"王平子问他以后相会的日期，宋生说："既有官员的职责在身，就应当避免嫌疑。"王平子又问："在梓潼庙里，用酒向你祭奠祝祷，你是否能够得到？"宋生说："这都没有益处。九重天离这里很远，只要洁身自好，身体力行，自然会有地府的主管官员呈报上来，那么我就一定会知道的。”说完，就向王平子告别，迅即不见了。王平子到房后一看，果然长出了紫色的菌，就把它摘下来收藏好。旁边有一个新垒的土堆，宋生刚吃的水饺还样子很逼真地埋在里面。

王平子回去以后，更加自我勉励，刻苦用功。一天晚上，他梦见宋生乘着带有伞盖的车子来见他，对他说：“你以前因为一点小的忿恨，误杀了一个丫头，所以被取消了功名簿上的名字；现在你忠诚厚道的行为，已经把你的过错抵消了。但是你的命薄，还是不能够做官。”这一年，王平子在乡试中告捷，考中了举人；第二年春天会试，又中了进士。听了宋生的话，就没有去做官。他生了两个儿子，其中一个非常蠢笨，吃了紫菌以后，就变得十分聪明。后来王平子有事到南京，在旅馆遇到了余杭生。余杭生热情地向他诉说久别的情怀，显得非常谦逊，但两鬓已经斑白了。

异史氏说：“余杭生公然自我炫耀，料想他的文章，未必完全没有可观的地方；但那副骄傲欺人的神态和脸色，终究叫人一会儿也不能忍受。老天爷和人们对他的厌弃已经很久了，所以鬼神都戏弄他。如果能够增强他那品德的修养，那么考场里令人‘呛鼻刺心’的主考官，是很容易遇到的，怎么他所遇到的就只有一次呢。”

丑　狐

穆生并不爱丑狐，他爱的只是钱财。一旦“赂遗渐少”，他就要驱赶甚至加害丑狐。这样一个贪婪而负心的人，遭到丑狐的惩罚真是咎由自取。后来他们相遇于途，丑狐仍“以素巾裹五六金，遥掷生，反身径去”，多么富有人情味。相比之下，丑狐并不丑，真正丑恶的是穆生。“利之所在，丧身辱行而不惜者”，应以穆生为戒！

穆生，长沙人。家清贫，冬无絮衣。一夕枯坐，有女子入，衣服炫丽而颜色黑丑。笑曰：“得毋寒乎?”生惊问之。曰：“我狐仙也。怜君枯寂，聊与共温冷榻耳。”生惧其狐，而厌其丑，大号。女以元宝置几上，曰：“若相谐好，以此相赠。”生悦而从之。床无裀褥，女代以袍。将晓，起而嘱曰：“所赠，可急市软帛作卧具；余者絮衣作馔，足矣。倘得永好，勿忧贫也。”遂去。生告妻，妻亦喜，即市帛为之缝纫。女夜至，见卧具一新，喜曰：“君家娘子劬劳哉！”留金以酬之。从此至无虚夕。每去，必有所遗。年余，屋庐修洁，内外皆衣文锦绣，居然素封①。

【注释】

① 素封：原指古代那些虽然没有官爵封邑但同样殷实富有的人家。这里指较为富裕的家庭，犹如称“家道小康”。

女赂遗渐少，生由此心厌之，聘术士至，画符于门。女来，啮折而弃之。入指生曰：“背德负心，至君已极！然此奈何我！若相厌薄，我自去耳。但情义既绝，受于我者，须要偿也!”忿然而去。生惧，告术士。术士作坛，陈设未已，忽颠地下，血流满颊；视之，割去一耳。众大惧，奔散；术士亦掩耳窜去。室中掷石如盆，门窗釜甑，无复全者。生伏床下，蓄缩汗耸。俄见女抱一物入，猫首猧尾，置床前，嗾之曰：“嘻嘻！可嚼奸人足。”物即龁履，齿利于刃。生大惧，将屈藏之，四肢不能动。物嚼指，爽脆有声。生痛极，哀祝。女曰：“所有金珠，尽出勿隐。”生应之。女曰：“呵呵!”物乃止。生不能起，但告以处。女自往搜括，珠钿衣服之外，止得二百余金。女少之，又曰：“嘻嘻！”物复嚼。生哀鸣求恕。女限十日，偿金六百。生诺之，女乃抱物去。久之，家人渐聚，从床下曳生出，足血淋漓，丧其二指。视室中，财物尽空，惟当年破被存焉。遂以覆生，令卧。又惧十日复来，乃货婢鬻衣，以足其数。至期，女果至；急付之，无言而去。自此遂绝。

生足创，医药半年始愈，而家清贫如初矣。

狐适近村于氏。于业农，家不中赀；三年间，援例纳粟[1]，夏屋连蔓，所衣华服，半生家物。生见之，亦不敢问。偶适野，遇女于途，长跪道左。女无言，但以素巾裹五六金，遥掷生，反身径去。后于氏早卒，女犹时至其家，家中金帛辄亡去。于子睹其来，拜参之，遥祝曰："父即去世，儿辈皆若子，纵不抚恤，何忍坐令贫也？"女去，遂不复至。

【注释】

① 援例纳粟：援例，引用成例。纳粟，明清两代，富家子弟捐纳财货给官府，准入国子监肄业，称为监生，可不经过府州县学考试而直接参加乡试。

异史氏曰："邪物之来，杀之亦壮；而既受其德，即鬼物不可负也。既贵而杀赵孟[1]，则贤豪非之矣。夫人非其心之所好，即万钟何动焉。观其见金色喜，其亦利之所在，丧身辱行而不惜者欤？伤哉贪人，卒取残败！"

【注释】

① 既贵而杀赵孟：赵孟，即赵盾，春秋时晋国贵族。晋灵公是靠着他才得以当上国君的，但即位以后，为了拒绝赵孟的谏诤，曾策划杀死赵孟（但未成功）。这里是用来比喻穆生的忘恩负义。

【翻译】

穆生是长沙人，家境十分贫寒，冬天连棉衣也穿不上。一天晚上，他正无聊地闷坐在家里，忽然有个女子走进来，只见她衣着十分华丽，容貌却又黑又丑。她笑着问："你冷吗?"穆生吃惊地问她是谁。她回答说："我是个狐仙。可怜你一个人太寂寞，暂且和你一起把冷床暖一下吧。"穆生既害怕她是狐狸，又厌恶她长得丑陋，就大叫起来。狐女掏出一个元宝放在桌上，说："你要是跟我相好，就把元宝送给你。"穆生一见元宝，眉开眼笑地答应了。床上没有被褥，狐女就脱下自己的衣服来代替。睡到天快亮的时候，她起来嘱咐穆生说："我送给你的钱，可马上买些软的绸缎做被褥，剩下的去做件棉衣，再买些粮食，足够用的了。如果能和我永远相好，你今后就不用为贫困担忧了。"说完她就走了。穆生把这件事告诉了妻子，妻子也很高兴，马上买绸缎来缝制。夜里，狐女又来了，看见床上崭新的被褥，高兴地说："你家娘子太辛苦了!"于是留下些银子来酬谢她。从此，狐女每夜都来。临走时，总要留下些金银。过了一年多，穆生家修建得房屋整齐、庭院洁净，一家人都穿上漂亮的衣裳，居然成了个土财主。

后来，狐女送的东西渐渐少了，穆生因此心里厌恶她，就聘请了一个术士，在门上画了一道驱妖符。狐女来了一看，把这道符咬下来丢掉。进屋去指着穆生说："忘恩负义，你算到了极点了！但这道符又能把我怎么样！要是你嫌弃我，我自然会走。只是既然情断义绝了，你以前从我手里得到的一切必须全部还给我!"说完气愤地走了。穆生很害怕，急忙告诉了那个术士。术士就搭起法坛，准备驱狐，还没有布置好，忽然摔倒在地，血流满面。过去一看，术士的一只耳朵被割去了。大家吓得要死，连忙四散奔逃；术士也捂着耳朵鼠窜而去。接着，有许多盆子大小的石头被掷进了屋里，门窗炊具全被砸烂了。穆生吓得躲在床下，缩作一团，浑身直冒冷汗。不一会儿，只见狐女抱着一只猫头狗尾的怪物进来，把它放在床前，驱使它说："嘻嘻！去咬那坏人的脚！"那怪物就上前咬穆生的鞋子，牙齿比刀还要锋利。穆生吓坏了，想把脚缩回来，无奈四肢动弹不得。怪物咬着他的脚趾头，发出清脆的响声。穆生疼痛难忍，哀叫求饶。狐女说："所有金银珠宝，必须全部交出来，不许隐瞒。"穆生赶紧答应。狐女叫了一声："呵呵！"怪物就不咬了。穆生痛得站不起来，只能把藏东西的地方告诉狐女。狐女亲自去搜寻，除了珠宝、首饰、衣服之外，只得二百多两银子。狐女觉得太少，又叫道："嘻嘻！"怪物又咬起来。穆生哭着哀求饶恕。狐女限他十天之内，偿还六百两银子。穆生答应了，狐女才抱起怪物离去。过了很长时间，家人渐渐聚拢，把穆生从床下拉出来，只见他脚上鲜血淋漓，已经被咬去了两个脚趾头。再看看屋里，财物一空，只有当年的破被子还在。大家就把破被子盖在他身上，让他躺在床上养伤。又怕十天后狐女再来，他就把婢女、衣服都卖掉，凑足了六百两银子。到了第十天，狐女果然来了。穆生赶紧把钱交给她，她一声不吭地走了。从此，狐女就再也没有来过。穆生脚上的伤，医治了半年才好，但家境一贫如洗，又像当年一样了。

狐女后来嫁给邻村一个姓于的。于某是个农民，家里也不富裕。但是三年之间，他不仅花钱捐了个监生，而且盖起了大屋，一间连着一间。所穿的漂亮衣服，多半是穆生家里原来的东西。穆生见了，也不敢问。一次，穆生偶然到野外去，路上正好碰见了狐女，便跪在路旁。狐女没有说话，只是用一条白手帕包了五六两银子，远远地扔给穆生，扭头就走了。后来于某早早就死了，狐女还常常到他家。每去一次，于某家里的财物就少一些。于某的儿子见她来了，就跪下向她行礼，远远地哀求她说："父亲虽然去世了，但我们都还是你的儿子，你纵然不加抚恤照顾，又怎能忍心看着我们穷下去呢?"狐女于是就走了，从此再也没有来。

异史氏说："邪恶的东西来到跟前，把它杀了也是勇敢的行为；但既然受了它的恩惠，那么，就算它是鬼物也不能负心。富贵以后而杀害恩人，贤士豪杰就都要指责他了。对于一个人，如果不是他心里喜爱的东西，就算是万石粮食又怎能使他动心呢。看他见到银子就喜形于色，不也就是那种只要有好处，即使丧失身体、玷辱品行也毫不顾惜的人吗？可悲啊，贪婪的人，最终只落得个身残名败的结局！"

顾　生

才过了半日时光，才演了七折剧本，那满屋的婴儿已变成了蓬首驼背的老人。白云苍狗，倏忽百年。人生祈求的是什么？是寿如彭祖？是财比石崇？是子孙满堂？是功名利禄？转瞬之间，少者已老，是叹惜，是悲观，还是别有所思？酒宴舞场，虚度一生，顾生的梦幻正是现实的曲折反映，它引起了作者的深思：人生的意义何在？这确实是值得探索的问题。

江南顾生，客稷下，眼暴肿，昼夜呻吟，罔所医药。十余日，痛少减。乃合眼时辄睹巨宅，凡四五进，门皆洞辟；最深处有人往来，但遥睹不可细认。

一日，方凝神注之，忽觉身入宅中，三历门户，绝无人迹。有南北厅事，内以红毡贴地。略窥之，见满屋婴儿，坐者、卧者、膝行者，不可数计。愕疑间，一人自舍后出，见之曰："小王子谓有远客在门，果然。"便邀之。顾不敢入，强之乃入。问："此何所？"曰："九王世子居。世子疟疾新瘥，今日亲宾作贺，先生有缘也。"言未已，有奔至者，督促速行。俄至一处，雕榭朱栏①，一殿北向，凡九楹。历阶而升，则客已满座。见一少年北面坐，知是王子，便伏堂下。满堂尽起。王子曳顾东向坐。酒既行，鼓乐暴作，诸妓升堂，演《华封祝》②。才过三折，逆旅主人及仆唤进午餐，就床头频呼之。耳闻甚真，心恐王子知，遂托更衣而出。

【注释】

① 榭：台上的房屋。②《华封祝》：剧曲名。

仰视日中夕，则见仆立床前，始悟未离旅邸。心欲急反，因遣仆阖扉去。甫交睫，见宫舍依然，急循故道而入。路经前婴儿处，并无婴儿，有数十媪蓬首驼背，坐卧其中。望见顾，出恶声曰："谁家无赖子，来此窥伺！"顾惊惧，不敢置辨①，疾趋后庭，升殿即坐。见王子颔下添髭尺余矣。见顾，笑问："何往？剧本过七折矣。"因以巨觥示罚。移时曲终，又呈出目。顾点《彭祖娶妇》②。妓即以椰瓢行酒，可容五斗许。顾离席辞曰："臣目疾，不敢过醉。"王子曰："君患目，有太医在此，便合诊视。"东座一客，即离坐来，两指启双眦，以玉簪点白膏如脂，嘱合目少睡。王子命侍儿导入复室，令卧；卧片时，觉床帐香软，因而熟眠。居无何，忽闻鸣钲锽聒，即复惊醒。疑是优戏未毕；开目视之，则旅舍中狗舐油铛也。然目疾若失。再闭眼，一无所睹矣。

【注释】

① 辨:通"辩"。②《彭祖娶妇》:剧曲名。传说彭祖是颛顼帝玄孙陆终氏的第三子,姓篯名铿,活了八百岁,经历了三个朝代。

【翻译】

江南有个姓顾的书生,旅居在山东临淄,眼睛突然又红又肿,他日夜不停地呻吟,却没有药能够医治得好。过了十多天,疼痛稍微减轻了一些。但每当他合上眼睛时就看到一座很大的住宅,有四五个前后相连的院落,门都打开着;最深的地方有人来回走动,但远远望去看不清细部。

一天,顾生正在聚精会神地注视着,忽然觉得身体已进入住宅,穿过三个院落,却连一个人影也没有。有南北两个大厅,厅里都铺着红色的地毯。他偷偷一看,只见满屋子都是婴儿,有的坐着、有的躺着、有的用膝盖爬行着,多得无法计算。顾生正在奇怪,一个人从屋后走出来,看见他就说:"我们小王子说门外来了位远方的客人,果然不错。"说完就邀请他进屋。顾生不敢进去,那人硬要他去,他跟着朝里走。顾生一边走一边问:"这是什么地方?"那人回答说:"是九王世子的住宅。世子的疟疾刚刚痊愈,今日亲戚朋友都来庆贺,先生你真有缘分啊。"话音未落,只见一个人跑到跟前,催促他们走快点。一会儿,他们来到一个地方,台上的房屋是雕梁画栋,栏杆被漆成朱红色,一座大殿大门向北,殿前共有九根大柱子。沿着台阶走上去，只见大殿里早已坐满了客人。顾生抬头一望，见一个年轻人坐在北面，知道他是王子，就跪拜在殿堂下。整个殿堂里的人都站了起来。王子把顾生拉起来，让他向东而坐。酒过三巡，鼓乐声突然响起来，舞妓们走上殿堂，演起了《华封祝》。才演了三段，旅馆的主人以及仆役来叫顾生去吃午饭，他们走近床头频频叫唤。顾生听得很真切，又恐怕王子知道了，就借口上厕所而走出了殿堂。

顾生抬头一望，只见太阳挂在半空；又看见仆役站在床前，才明白自己还没有离开过旅馆。他心里想着赶紧回去，就叫仆役关门离开。顾生才闭上眼睛，看见宫殿房屋仍是先前的样子，就急忙沿着旧路走进去。路过上次满屋婴儿的地方，却并没有婴儿，而只有几十个披头散发、驼背弯腰的老太婆，在里面坐着、躺着。她们看见顾生，就恶声恶气地说："谁家的无赖子，来这里偷看！"顾生十分害怕，不敢分辩，急步走向后面的庭院，走上殿堂坐下来。只见王子的下巴已经长出一尺多长的胡子了。王子看见顾生，笑着问："你到哪去了？剧本已经演了七段了。"于是用大杯来罚顾生。不久，《华封祝》演完了，下面又呈上剧目。顾生就点了一出《彭祖娶妇》。舞妓就用椰壳来敬酒，一个椰壳可以装五斗左右。顾生离席辞谢说："我眼睛有病，不敢喝得太多。"王子说："你患了眼病，这里有太医，就让他给诊断治疗。"坐在东边的一位客人，马上离开座位走过来，两个手指撑开顾生的眼皮，用玉簪蘸了些像脂肪一样的白药膏，点在顾生的眼睛里，嘱咐他闭上眼睛稍微睡一会儿。王子就叫侍儿领顾生走进殿堂里的一个房间，让顾生躺下；顾生躺了一会儿，觉得床褥帐子又香又软，因此很快就睡熟了。过了不多久，忽然听到锣声很嘈杂，就又惊醒了。他以为是舞妓演戏还未结束；睁开眼睛一看，原来是旅馆里的狗在舔油锅。不过眼病好像没有了。顾生再合上眼睛，殿堂人物，已经一无所见了。

大 鼠

面对强者，明智的方法并非靠匹夫之勇，一味地去硬拼硬斗，而是先避其锐气，待其懈怠之后一举战胜它。狮猫的策略符合生活中的辩证法。在写法上，以众人对狮猫的反应穿插其中，增强了艺术感染力。

万历间①，宫中有鼠，大与猫等，为害甚剧。遍求民间佳猫捕制之，辄被啖食。适异国来贡狮猫，毛白如雪。抱投鼠屋，阖其扉，潜窥之。

【注释】

① 万历：明神宗年号（1573—1620）。

猫蹲良久，鼠逡巡自穴中出，见猫，怒奔之。猫避登几上，鼠亦登，猫则跃下。如此往复，不啻百次。众咸谓猫怯，以为是无能为者。

既而鼠跳掷渐迟，硕腹似喘，蹲地上少休。猫即疾

下，爪掬顶毛，口龁首领，辗转争持，猫声呜呜，鼠声啾啾。启扉急视，则鼠首已嚼碎矣。

然后知猫之避，非怯也，待其惰也。彼出则归，彼归则复[1]，用此智耳。噫！匹夫按剑，何异鼠乎！

【注释】

① 彼出则归，彼归则复：意思是敌人出击我便退回，敌人退回我又出击。语出《左传·鲁昭公三十年》。

【翻译】

明朝万历年间，皇宫里有一只大老鼠，长得和猫一般大，为害很严重。到处搜寻民间好猫来捕捉它，但那些猫总是被大老鼠吃掉了。正好这时外国进贡来一只狮猫，全身毛色雪白。大家就把这只狮猫抱来，放进大老鼠藏身的屋里，然后关上门，从屋外偷偷地观看。

狮猫蹲在屋里，很久也没动。大老鼠探头探脑地从洞里爬出来，一看见狮猫，就发怒地冲过去。狮猫躲开它，纵身一跳，跳到桌子上。大老鼠也跟着蹿上去，而狮猫却又一跃而下。这样蹿上跳下，不下一百次。大家都说狮猫胆怯，认为它也是个没能耐的家伙。

又过了不久，大老鼠跳蹿得渐渐迟缓了，肥大的肚子一鼓一鼓地似乎在喘气，它蹲在地上准备休息一下再往上跳。说时迟那时快，只见狮猫迅速地从桌上扑下来，利爪抓住大老鼠的头顶毛，嘴巴一口就咬在大老鼠的脖子上。它们翻来覆去地争斗着，只听见狮猫呜呜地吼，大老鼠吱吱地叫。大家急忙推门去看,大老鼠的头已经被狮猫咬碎了。

这时大家才明白,狮猫开始时所以躲避大老鼠,并不是胆怯,而是等待它疲惫松懈。所谓“它出来我就回去,它回去我又出来”,狮猫用的就是这个计谋。唉!那些遇事就手按宝剑,怒气冲冲的莽夫,和这只大老鼠有什么不同呢!

牧 竖

《聊斋志异》有好几个打狼的故事，都写得异乎寻常。这里写两个机智勇敢的小牧童，抓住恶狼的弱点，令其疲于奔命，终于智毙恶狼。可见，重视战术，以己之长攻敌之短，就能战胜敌手。

两牧竖入山至狼穴，穴有小狼二，谋分捉之。各登一树，相去数十步。

少顷，大狼至，入穴失子，意甚仓皇。竖于树上扭小狼蹄耳故令嗥；大狼闻声仰视，怒奔树下，号且爬抓。其一竖又在彼树致小狼鸣急；狼辍声四顾，始望见之，乃舍此趋彼，跑号如前状。前树又鸣，又转奔之。口无停声，足无停趾，数十往复，奔渐迟，声渐弱；既而奄奄僵卧，久之不动。竖下视之，气已绝矣。

今有豪强子，怒目按剑，若将搏噬；为所怒者，乃阖扇去。豪力尽声嘶，更无敌者，岂不畅然自雄？不知此禽兽之威，人故弄之以为戏耳。

【翻译】

有两个牧童走进山里，来到一个狼窝跟前，看见窝里有两只小狼，他们商量好了以后，就一人捉了一只。然后各自爬上一棵树，那两棵树相隔几十步远。

一会儿，大狼回来了，它走进窝里，发现小狼不见了，神态很惊慌。这时，一个牧童在树上扭着小狼的爪子和耳朵，故意弄得它大声嚎叫。大狼听到叫声，抬头看见了小狼，就狂怒地扑到这棵树下，一边嚎叫，一边死命地乱爬乱抓。这时，另一个牧童又在另一棵树上扭得小狼嚎叫得厉害。大狼听见了，就停住嚎叫，四处张望，才看见另一棵树上的小狼，于是丢下这一只，扑到那棵树下，又是狂奔，又是嚎叫，和先前的情状一模一样。前头那棵树上的小狼又啼叫起来了，大狼又转身奔回去。嘴不停地狂嚎乱叫，脚不停地奔跑爬抓，来来回回几十次，奔跑的速度渐渐缓慢下来，嚎叫声也渐渐减弱下来。不久，精疲力尽，直挺挺地栽倒在地上，很久也没有动弹。两个牧童溜下树来一看，那大狼已经断气了。

现在有些霸道的人，动不动就瞪着眼睛，握着宝剑，好像就要和人搏斗、把人吃掉一样；被他所愤恨的人却关门进屋去了。这霸道的人直闹得声嘶力竭，看见再没有一个敌手，怎不得意洋洋，自以为天下无敌呢？哪知道这是禽兽的淫威，人们故意捉弄他当做游戏罢了。

王子安

本篇截取醉梦片断，栩栩如生地刻画了一个被功名利禄折腾得近乎癫狂的名士形象。王子安那变态的举止，貌似可笑，实则可怜而可悲。与家人的清醒相对照，更把王子安的狂态表现得淋漓尽致。他是封建科举制度的牺牲品，是被利锁名缰扭曲了灵魂的旧文人的一个缩影。蒲松龄对王子安的奚落，饱含着哀痛的泪水。“七似”一段惟妙惟肖的描绘，更充满了孤愤之情。

王子安，东昌名士，困于场屋。入闱后，期望甚切。近放榜时，痛饮大醉，归卧内室。忽有人曰：“报马来[①]。”王踉跄起曰：“赏钱十千！”家人因其醉，诳而安之曰：“但请睡，已赏矣。”王乃眠。俄又有入者曰：“汝中进士矣！”王自言：“尚未赴都，何得及第？”其人曰：“汝忘之耶？三场毕矣[②]。”王大喜，起而呼曰：“赏钱十千！”家人又诳之如前。又移时，一人急入曰：“汝殿试翰林，长班在此[③]。”果见二人拜床下，衣冠修洁。王呼赐酒食，家人又给之，暗笑其醉而已。

【注释】

① 报马：给科举考试得中的人家报喜的人叫“报子”，报子多骑马，故称“报马”。下文“报条”，是报子所送上写“捷报某某高中”等字样的纸条。② 三场：指礼部会试的三场考试。乡试中举的举人，要经过三年一次在京城举行的会试，录取后，再复试、殿试，考中的称进士。下文的“殿试翰林”，指进士里的前三名，因前三名都担任翰林院的官。③ 长班：明清时官僚随身侍候的仆人。

久之，王自念不可不出耀乡里。大呼长班，凡数十呼，无应者。家人笑曰：“暂卧候，寻他去。”又久之，长班果复来。王捶床顿足，大骂：“钝奴焉往！”长班怒曰：“措大无赖！向与尔戏耳，而真骂耶？”王怒，骤起扑之，落其帽。王亦倾跌。

妻入，扶之曰：“何醉至此！”王曰：“长班可恶，我故惩之，何醉也？”妻笑曰：“家中止有一媪，昼为汝炊，夜为汝温足耳。何处长班，伺汝穷骨？”子女皆笑。王醉亦稍解，忽如梦醒，始知前此之妄。然犹记长班帽落；寻至门后，得一缨帽如盏大，共疑之。自笑曰：“昔人为鬼揶揄，吾今为狐奚落矣。”

异史氏曰：“秀才入闱，有七似焉：初入时，白足提篮①，似丐。唱名时，官呵隶骂，似囚。其归号舍也②，孔孔伸头，房房露脚，似秋末之冷蜂。其出场也，神情惝恍，天地异色，似出笼之病鸟。迨望报也，草木皆惊，梦想亦幻。时作一得志想，则顷刻而楼阁俱成；作一失志想，则瞬息而骸骨已朽。此际行坐难安，则似被絷之猱。忽然而飞骑传人，报条无我，此时神色猝变，嗒然若死，则似饵毒之蝇，弄之亦不觉也。初失志，心灰意败，大骂司衡无目③，笔墨无灵，势必举案头物而尽炬之；炬之不已，而碎踏之；踏之不已，而投之浊流。从此披发入山，面向石壁，再有以且夫、尝谓之文进我者④，定当操戈逐之。无何，日渐远，气渐平，技又渐痒；遂似破卵之鸠，只得衔木营巢，从新另抱矣⑤。如此情况，当局者痛哭欲死；而自旁观者视之，其可笑孰甚焉。王子安方寸之中，顷刻万绪，想鬼狐窃笑已久，故乘其醉而玩弄之。床头人醒，宁不哑然失笑哉？顾得志之况味，不过须臾；词林诸公，不过经两三须臾耳，子安一朝而尽尝之，则狐之恩与荐师等⑥。”

【注释】

① 白足提篮：清代科举考试，为防止夹带，考生入场时都要脱衣除袜接受检查，故称“白足”，也就是赤脚。篮，考篮，是考生携带入场的必需品。② 号舍：又称号房，试场里编号的隔成一个个的小房间，是考生食宿作文的地方。③ 司衡：指主考官。④ 且夫、尝谓之文：指八股文。“且夫”、“尝谓”均为八股文中的常用词。⑤ 另抱：重新孵卵。⑥ 荐师：乡、会试时，考生经某一阅卷的考官推荐而被录取，就称这个考官为“荐师”。

【翻译】

王子安是东昌府的名士,但在考场上却很不顺利,多次考不中。这一年他参加乡试以后,盼望考中的心情很急切。快放榜时,他开怀痛饮,喝得酩酊大醉,回家后就在卧室里躺下。忽然有人向他禀告:“骑马报喜的人来了。”王子安一听,踉踉跄跄地爬起来说:“赏给他们十贯钱!”家人因为他醉了,为了让他安静下来,就哄骗他说:“你只管睡觉吧,已经给了赏钱啦。”王子安这才又躺下睡觉。一会儿,又有人进来说:“你考中进士了!”王子安自言自语地说:“我还没有进京参加会试,怎么能进士及第呢?”那个人说:“你忘记了吗?三场考试都已经完了。”王子安高兴极了,马上爬起来大叫:“赏给他们十贯钱!”家人又像刚才那样哄骗他。又过了一会儿,一个人急匆匆地走进来说:“你经过殿试,官授翰林,你的跟班听差在这里伺候你。”王子安睁眼一看,果然有两个人拜跪在床下,穿戴得很整洁。于是他又大声叫人给跟班赏赐酒食,家人又照旧诳他,暗中却笑他醉得真厉害。

过了很长时间,王子安心里想,中了进士,做了翰林,不能不出去在乡里夸耀一番。于是就大声呼叫跟班,一连喊了几十声,也没有人答应。家人笑着说:“你先躺下等着,我们找他去。”等了很久,跟班果然又回来了。王子安又是捶床,又是跺脚,大发脾气地骂道:“蠢笨的奴才,你跑到哪里去了?”跟班也怒冲冲地说:“你这穷酸真是无赖!刚才不过是跟你开个玩笑罢了,你就真的装腔作势骂人吗?”王子安一听就火了,猛然跳起来向跟班扑去,一下子就把跟班的帽子打落在地上。王子安也跟着跌倒了。

这时他妻子走进来，扶起他说："怎么醉成这个样子！"王子安说："跟班太可恶了，我才惩罚他，哪里是喝醉了？"妻子笑着说："家里只有一个老太婆，白天给你做饭，晚上给你暖脚罢了。哪里有什么跟班来侍候你这穷骨头？"他的儿女听见都笑了。王子安的醉意这时也略微清醒，忽然像从梦里醒来，才明白刚才这些事都是虚妄不实的。可是他仍然记得跟班的帽子被他打落在地上；于是就寻找起来，找到门后，果然拾到一顶像酒杯那么大的缀着红缨的帽子，大家都感到很奇怪。王子安笑着自我解嘲："过去有人被鬼戏弄，我今天却被狐狸奚落了。"

异史氏说："秀才参加乡试，与七样东西相似。刚进入考场时，光着两只脚，提着篮子，像个乞丐。点名的时候，考官呵斥，差役辱骂，像个囚犯。等考生归入号房以后，个个窗口伸出一个头，间间号房露出两只脚，好像深秋时瑟瑟缩缩的冷蜂。他们走出考场的时候，神情恍惚，天地也变了颜色，好像走出笼子的病鸟。翘首盼望捷报的时候，草木摇动，就使心里惊慌，梦里也是一片幻境。有时一想到考取，那么，顷刻之间亭台楼阁全都建好了；要是一想到落第，那么，转瞬之间连自己的骸骨也已经腐朽了。这时候，坐立不安，就好像一只被拴着的猴子。忽然报马前来给别人报喜，报条上却没有自己的名字，这时神色突变，垂头丧气得如同死了一样，就好像一只吃了毒饵的苍蝇，就是摆弄他，也毫无反应。刚失意的时候，心灰意冷，大骂主考官有眼无珠，笔墨失灵，势必拿起书桌上的东西，烧个一干二净；烧不完的，就用脚把它踩得稀巴烂；踩不烂的，就把它扔到浑浊的河流里。从此披散着头发，走进深山，面向石壁学道修行，发誓如果再有用‘且夫’、‘尝谓’这些八股文来劝自己求取功名的，就一定拿起刀子把他赶出去。可是过了不久，随着时间渐渐逝去，火气渐渐平息，又技痒起来；就好像一只毁了窝巢、摔了鸟蛋的斑鸠，只得衔来草木垒筑新窝，重新孵卵了。像这种情形，当事者哭得死去活来；而从旁观者看来，再没有比他更可笑的人了。在王子安心里，顷刻之间千头万绪，想必鬼神狐狸暗中笑他已经很久了，所以趁他酩酊大醉时戏弄他。当人从床上醒来时，怎不哑然失笑呢？但考取时志得意满的滋味，也只不过持续片刻，接着就消失了；翰林院的那些翰林，也不过经历了两三个片刻罢了。王子安在一个早晨就把这一切全部尝到了，那么，狐狸对他的恩情，跟一个录取他的考官的恩情是相同的。”

席方平

席方平魂赴阴曹代父伸冤，但所遇到的都是贪官酷吏。他先是告富豪羊某，城隍却以“所告无据”驳回；他接着“以官役私状告之郡司”，又被推回城隍复审。备受械梏的席方平忿气填胸，遁赴冥府，把贪酷的城隍和郡司告上一状。谁料阎王也同样贪赃枉法，他最后只得寻到二郎神，把阎王也告上了。这样，席方平从告豪绅转为告官府，从告城隍、郡司转为告阎王。托之鬼神，影射现实，这层层升级的告状，它所揭露、讽刺和鞭挞的已不是某一官吏的罪恶，而是世间整个封建官僚机构的腐朽与黑暗。二郎神的一篇判词，骂尽诸官，何等痛快淋漓！直可作一部“官场现形记”来读。作品还成功地塑造了一个敢于和黑暗势力抗争到底的艺术形象。席方平的性格刚烈顽强，他受尽笞杖、火床、解锯诸般酷刑，却毫不退缩；他面对“千金之产，期颐之寿”的利诱，也不为所动。生而复死，死而复生，“大冤未伸，寸心不死”。在反复回环、不断激化的斗争中，突现了席方平那万劫不移的顽强反抗精神。本篇在情节安排上，忽而遁入冥府，忽而返回人世，忽而又驰骋天宫，体现了《聊斋志异》那幻真交融的艺术特色。

席方平，东安人。其父名廉，性戆拙。因与里中富室羊姓有郤，羊先死；数年，廉病垂危，谓人曰："羊某今贿嘱冥使搒我矣。"俄而身赤肿，号呼遂死。席惨怛不食，曰："我父朴讷，今见陵于强鬼；我将赴地下，代申冤气耳。"自此不复言，时坐时立，状类痴，盖魂已离舍矣。

席觉初出门，莫知所往，但见路有行人，便问城邑。少选，入城。其父已收狱中。至狱门，遥见父卧檐下，似甚狼狈；举目见子，潸然涕流。便谓："狱吏悉受赇嘱，日夜搒掠，胫股摧残甚矣！"席怒，大骂狱吏："父如有罪，自有王章，岂汝等死魅所能操耶！"遂出，抽笔为词。值城隍早衙[①]，喊冤以投。羊惧，内外贿通，始出质理。城隍以所告无据，颇不直席。席忿气无所复伸，冥行百余里，至郡，以官役私状，告之郡司。迟之半月，始得质理。郡司扑席，仍批城隍复案。席至邑，备受械梏，惨冤不能自舒。城隍恐其再讼，遣役押送归家。役至门辞去。

【注释】

① 早衙：古时官吏每天早晚两次坐堂办案，叫坐衙。早衙，即早上坐衙。

席不肯入，遁赴冥府，诉郡邑之酷贪。冥王立拘质对。二官密遣腹心，与席关说，许以千金。席不听。过数日，逆旅主人告曰："君负气已甚，官府求和而执不从，今闻于王前各有函进，恐事殆矣。"席以道路之口，犹未深信。俄有皂衣人唤入。升堂，见冥王有怒色，不容置词，命笞二十。席厉声问："小人何罪？"冥王漠若不闻。席受笞，喊曰："受笞允当，谁教我无钱耶！"冥王益怒，命置火床。两鬼捽席下，见东墀有铁床，炽火其下，床面通赤。鬼脱席衣，掬置其上，反复揉捺之。痛极，骨肉焦黑，苦不得死。约一时许，鬼曰："可矣。"遂扶起，促使下床着衣，犹幸跛而能行。复至堂上，冥王问："敢再讼乎？"席曰："大冤未伸，寸心不死，若言不讼，是欺王也。必讼！"又问："讼何词？"席曰："身所受者，皆言之耳。"冥王又怒，命以锯解其体。

二鬼拉去，见立木，高八九尺许，有木板二，仰置其下，上下凝血模糊。方将就缚，忽堂上大呼"席某"，二鬼即复押回。冥王又问："尚敢讼否？"答云："必讼！"冥王命捉去速解。既下，鬼乃以二板夹席，缚木上。锯方下，觉顶脑渐辟，痛不可禁，顾亦忍而不号。闻鬼曰："壮哉此汉！"锯隆隆然寻至胸下。又闻一鬼云："此人大孝无辜，锯令稍偏，勿损其心。"遂觉锯锋曲折而下，其痛倍苦。俄顷，半身辟矣。板解，两身俱仆。鬼上堂大声以报。堂上传呼，令合身来见。二鬼即推令复合，曳使行。席觉锯缝一道，痛欲复裂，半步而踣。一鬼于腰间出丝带一条授之，曰："赠此以报汝孝。"受而束之，一身顿健，殊无少苦。遂升堂而伏。

冥王复问如前；席恐再罹酷毒，便答：“不讼矣。”冥王立命送还阳界。隶率出北门，指示归途，反身遂去。

席念阴曹之暗昧尤甚于阳间，奈无路可达帝听。世传灌口二郎为帝勋戚①，其神聪明正直，诉之当有灵异。窃喜两隶已去，遂转身南向。奔驰间，有二人追至，曰：“王疑汝不归，今果然矣。”捽回复见冥王。窃意冥王益怒，祸必更惨；而王殊无厉容，谓席曰：“汝志诚孝。但汝父冤，我已为若雪之矣。今已往生富贵家，何用汝鸣呼为。今送汝归，予以千金之产、期颐之寿①，于愿足乎？”乃注籍中，嵌以巨印，使亲视之。席谢而下。鬼与俱出，至途，驱而骂曰：“奸猾贼！频频翻覆，使人奔波欲死！再犯，当捉入大磨中，细细研之！”席张目叱曰：“鬼子胡为者！我性耐刀锯，不耐挞楚。请反见王，王如令我自归，亦复何劳相送。”乃返奔。二鬼惧，温语劝回。席故蹇缓，行数步，辄憩路侧。鬼含怒不敢复言。约半日，至一村，一门半辟，鬼引与共坐；席便据门阈。二鬼乘其不备，推入门中。惊定自视，身已生为婴儿。愤啼不乳，三日遂殇。

【注释】

① 灌口二郎：神话传说中的二郎神杨戬（jiǎn），他是玉皇大帝的外甥。故下文说“为帝勋戚”。灌口，在四川灌县。② 期颐之寿：百年的寿命。语出《礼记·曲礼》。

魂摇摇不忘灌口，约奔数十里，忽见羽葆来，旛戟横路。越道避之，因犯卤簿，为前马所执，絷送车前。仰见车中一少年，丰仪瑰玮。问席："何人？"席冤愤正无所出，且意是必巨官，或当能作威福，因缅诉毒痛。车中人命释其缚，使随车行。俄至一处，官府十余员，迎谒道左，车中人各有问讯。已而指席谓一官曰："此下方人，正欲往诉，宜即为之剖决。"席询之从者，始知车中即上帝殿下九王，所嘱即二郎也。席视二郎，修躯多髯，不类世间所传。

九王既去，席从二郎至一官廨，则其父与羊姓并衙隶俱在。少顷，槛车中有囚人出，则冥王及郡司、城隍也。当堂对勘，席所言皆不妄。三官战栗，状若伏鼠。二郎援笔立判；顷之，传下判语，令案中人共视之。判云：

"勘得冥王者：职膺王爵，身受帝恩。自应贞洁以率臣僚，不当贪墨以速官谤。而乃繁缨棨戟[①]，徒夸品秩之尊；羊很狼贪[②]，竟玷人臣之节。斧敲斫，斫入木，妇子之皮骨皆空；鲸吞鱼，鱼食虾，蝼蚁之微生可悯[③]。当掬西江之水，为尔湔肠[④]；即烧东壁之床，请君入瓮[⑤]。城隍、郡司，为小民父母之官，司上帝牛羊之牧[⑥]。虽则职居下列，而尽瘁者不辞折腰[⑦]；即或势逼大僚，而有志者亦应强项。乃上下其鹰鸷之手，既罔念夫民贫；且飞扬其狙狯之奸[⑧]，更不嫌乎鬼瘦。惟受赃而枉法，真人面而兽心！是宜剔髓伐毛，暂罚冥死；所当脱皮换革，仍令胎生。隶役者：既在鬼曹，便非人类。只宜公门修行，庶还落蓐之身[⑨]；何得苦海生波，益造弥天之孽？飞扬跋扈，狗脸生六月之霜[10]；隳突叫号[11]，虎威断九衢之路。肆淫威于冥界，咸知狱吏为尊；助酷虐于昏官，共以屠伯是惧[12]。当于法场之内，剁其四肢；更向汤镬之中，捞其筋骨。羊某：富而不仁，狡而多诈。金光盖地，因使阎摩殿上，尽是阴霾；铜臭熏天，遂教枉死城中，全无日月。余腥犹能役鬼，大力直可通神。宜籍羊氏之家，以赏席生之孝。即押赴东岳施行。”

【注释】

① 鞶(pán)缨棨(qǐ)戟：鞶缨，马腹下的带饰；棨戟，木制无刃的戟，用作仪仗。② 羊很狼贪：很，狠。古人认为羊性狠，狼性贪。③ 蝼蚁之微生：比喻下层人民的生命。蝼蚁，蝼蛄和蚂蚁；微生，细小的生命。④ 湔(jiān)：洗。⑤ 请君入瓮：唐代酷吏周兴犯了罪，武则天命另一酷吏来俊臣审理。来俊臣问周兴："囚犯多不肯认罪，应该用什么办法？"周兴说："这很容易！拿个大瓮，四周用炭火来烤，叫囚犯进去，还有什么不肯承认的！"来俊臣马上叫人烧好大瓮，对周兴说："有人告你，请你入此瓮。"周兴惶恐，叩头服罪。⑥ 司上帝牛羊之牧：封建统治者把人民当成牛羊，把地方官叫做州牧或司牧。⑦ "虽则职居下列"二句：意思是虽然官位低，但能鞠躬尽瘁的人是不惜折腰的。折腰，出自晋陶渊明的故事。陶渊明不愿为五斗米(做县令的薪俸)而向督邮(上级派来的考察人员)折腰，辞去了彭泽县令。⑧ 狙(jū)狯(kuài)：猴子的狡狯。狙，一种性情狡猾的猴子。⑨ 落蓐之身：生身为人。蓐，草垫子，这里指产床。

⑩ 狗脸生六月之霜：形容差役脸孔冷酷。据传说，战国时邹衍被诬陷下狱，仰天大哭，时正盛夏，天为之感动而下霜。见《太平御览》引《淮南子》。这里借用此典，含有因官吏枉法使人民蒙冤的意思。⑪ 隳（huī）突叫号：暴跳如雷的样子。隳突，横冲直撞。⑫ 屠伯：《汉书·严延年传》载，严延年做河南太守时，治法严酷，杀了很多囚犯，以致血流数里，人称他为“屠伯”。

又谓席廉：“念汝子孝义，汝性良懦，可再赐阳寿三纪。”因使两人送之归里。席乃抄其判词，途中父子共读之。

既至家，席先苏；令家人启棺视父，僵尸犹冰，俟之终日，渐温而活。及索抄词，则已无矣。自此，家日益丰。三年间，良沃遍野；而羊氏子孙微矣，楼阁田产，尽为席有。里人或有买其田者，夜梦神人叱之曰：“此席家物，汝乌得有之！”初未深信；既而种作，则终年升斗无所获，于是复鬻归席。席父九十余岁而卒。

异史氏曰：“人人言净土[1]，而不知生死隔世，意念都迷，且不知其所以来，又乌知其所以去；而况死而又死，生而复生者乎？忠孝志定，万劫不移，异哉席生，何其伟也！”

【注释】

① 净土：佛教传说中的西方极乐世界。

【翻译】

席方平是东安人。他父亲名叫席廉，生性憨厚老实。和同村的财主羊某结下了怨仇。羊某先死了；过了几年，席廉也得了重病，临死的时候对人说："羊某现在贿赂了阴间的差役，叫他们拷打我呢。"一会儿，他就浑身红肿，惨叫着死去了。席方平看到父亲惨死的情景，悲痛得吃不下东西，他说："我父亲是个老实人，口齿笨拙，如今受着恶鬼的欺凌；我要到阴间去，给我父亲伸冤出气。"从此他就不言不语，一会儿坐着，一会儿站着，就像痴呆了一样，原来他的灵魂已经离身而去了。

席方平觉得刚一出门的时候，茫茫然不知该往哪儿走，只要看到路上有人经过，就打听县城在什么地方。走了不久，便进了城。一打听，他父亲已经被关押在监狱里。他赶到监狱门口，远远望见父亲躺在房檐下，样子似乎很狼狈；席廉抬头看见儿子来了，眼泪禁不住扑簌簌地往下掉。他就对儿子说："管监狱的全都得到羊某的贿赂，日日夜夜拷打我，两条腿都被他们打烂了！"席方平听了很愤怒，大骂那些狱吏说："我父亲如果有罪，自有王法惩治他，怎能让你们这些死鬼胡作非为呢！"说完就走出监狱，拿起笔写了一张状子。刚好城隍早上坐堂问案，他就上去喊冤，递了状子。羊某害怕了，连忙里里外外进行贿赂，打通关节之后，才出庭和他对质。城隍认为席方平的控告没凭没证，不给他伸冤，把状子驳回。席方平一肚子冤气没有地方伸诉，就摸黑走了一百多里，到了府城，把城隍衙役徇私舞弊的情况告到了郡司那里。拖延了半个月，才得到审理。郡司一升堂，不问青红皂白，就把席方平毒打了一顿，仍旧批回城隍复审。席方平被押回县城，受尽种种酷刑，心中的悲惨和冤愤无法排解。城隍怕他再去上告，就派差役押送他回家。差役把他押送到家门口就返回去了。

席方平不肯就此回家，连大门也不进，又偷偷跑到阎王府，控告郡司和城隍贪赃枉法。阎王立即差人去拘拿他们来对质。郡司和城隍慌了，连忙暗地派遣心腹之人向席方平说情，答应送给他一千两银子。席方平却不理睬他们。过了几天，客店的主人对席方平说："先生你负气也太过分了，官府前来请求和解，你却执意不听，现在听说他们都向阎王送了很多礼物，恐怕你的事情不妙了。"席方平认为这是道听途说，还不大相信。不久，有两个穿黑衣服的差役来传他进去。上了公堂，只见阎王面有怒容，不容分说，就喝令打他二十大板。席方平厉声质问："我犯了什么罪？"阎王冰冷着脸，好像没有听到。席方平一面挨着板子，一面大声喊叫："该打！该打！谁叫我没有钱啊！"阎王更加恼怒，喝令带他下去受火床的刑罚。两个鬼役把席方平揪下去，只见东面的台阶上有一张铁床，床下烈火熊熊，把床面烤得通红。鬼役剥光席方平的衣服，把他提起来扔到火床上，翻来覆去地揉搓他。席方平痛得要命，骨肉都被烤得焦黑，只恨不能够马上就死去。大约烤了一个时辰，鬼役说："可以了。"就把他扶起来，催他下床穿上衣服，幸而一瘸一拐的还勉强能够走路。又回到阎王殿上，阎王问他："还敢再告状吗？"席方平说："大冤还没有伸雪，我的心是不会死的，如果说不再告状，那是欺骗你阎王。我一定要告！"阎王又问："你告什么呢？"席方平说："凡是我亲身遭受的一切，统统都要说出来。”阎王又发起怒来，下令用大锯把他的身体锯成两半。

两个鬼役把席方平拉出去，只见那里竖着一根木桩，大约八九尺高，有两块木板平放在木桩下面，木板上下凝结着的血迹一片模糊。鬼役刚要把席方平绑起来，忽然听见殿堂上大声传呼席方平，两个鬼役马上又把他押回去。阎王又问他：“你还敢告状吗？”席方平回答说：“一定要告！”阎王就喝令快捉下去锯开。下了殿堂以后，鬼役就用那两块木板把席方平夹起来，捆在木桩上。锯子刚刚拉下去，席方平感到脑壳渐渐裂开，痛得实在忍受不了，但他还是咬紧牙关，一声也不号叫。只听见鬼役称赞说：“真是个硬汉子啊！”锯声隆隆地响着，很快就锯到胸口。又听见一个鬼役说：“这是个大孝子，并没有犯罪，我们把锯子稍微拉偏一点，不要损坏他的心脏。”席方平就觉得锯齿歪斜着拉下去，更感痛苦万分。顷刻之间，身体已被锯成两半。鬼役刚解开木板，两片身子都倒在地上。鬼役上了殿堂，大声向阎王禀报。殿堂上传下话来，叫把他的身体合起来再上殿堂。两个鬼役立即把两片身子推合到一块，拉着他往前走。席方平觉得身上那道锯缝，痛得又要裂开似的，刚挪动半步就跌倒了。一个鬼役从腰间取出一条丝带交给他，说：“这条带子送给你，酬报你的孝行。”席方平接过来往腰上一束，马上觉得浑身壮健，一点痛也没有了。于是就上了殿堂，跪在地下。阎王又用先前那句话问他；席方平恐怕再遭毒刑，就说：“不告了。”阎王立刻下令送他回阳间。鬼役领他出了北门，指给他回家的路，转身就回去了。

席方平心想，这阴曹地府的暗无天日比阳间还更厉害，怎奈没有办法让玉皇大帝知道。世上传说灌口的二郎神是玉皇大帝的亲戚，很有功劳，而且这位神仙聪明正直，向他告状一定很有灵验。心里暗暗高兴两个鬼役已经走了，于是转身向南奔去。正在急匆匆赶路的时候，有两个人追上来，说："阎王疑心你不回家，现在果然如此。"说完就揪住他，又押他回去见阎王。席方平心想，这次阎王一定更加恼怒，自己也一定受到更加惨酷的毒刑；哪知阎王脸上一点怒意也没有，对席方平说："你确实很孝顺。不过你父亲的冤屈，我已经为你们伸雪了。他现在已经托生到富贵人家，哪里还要你鸣冤叫屈。现在送你回阳间，赏给你千金的家产、百岁的寿命，你心满意足了吗？"说完就把这些记在生死簿上，盖上大印，还让席方平亲眼看看。席方平道谢后就走下殿堂。两个鬼役和他一道出来，送到半路上，鬼役一边驱赶他往前走，一边骂道："你这奸猾的贼子！一次又一次地翻来覆去，害得我们来回奔波，差点给你累死！如果再敢这样，就把你提起来，塞进大磨里，细细地把你磨成粉末！"席方平瞪着眼睛怒斥道："鬼东西，你们想干什么！我生性经得起刀砍锯拉，就是耐不住打骂。请返回去面见阎王，要是阎王叫我自己回去，又何必劳驾你们来送我。"说完转身往回就跑。两个鬼役害怕了，连忙向他说好话，把他劝回来。席方平故意一步一拐地慢慢而行，走几步就坐在路旁歇一歇。两个鬼役虽然憋着一肚子火气，却不敢再咕哝了。大约走了半天，到了一个村庄，有户人家大门半开着，鬼役就领着席方平一起坐下歇歇脚；席方平就坐在门槛上。两个鬼役趁他没有防备，把他推入大门里。席方平吃了一惊，定神一看，自己已经转生为婴儿了。他愤怒地啼哭，一滴奶也不吃，三天后就死了。

他的魂魄飘飘荡荡，总忘不了要到灌口去，大约奔跑了几十里，忽然看见一辆用羽毛装饰的车过来了，旌旗如云，剑戟林立，道路都给遮住了。席方平连忙穿过大路，想躲避一下，却因此冲撞了仪仗队，被开路的马队捉住，绑着送到车前。他抬头一看，只见车里坐着一位年轻人，仪表魁伟、气度不凡。他问席方平："你是什么人？"席方平满腔冤愤正无处申诉，又猜想这个年轻人一定是个大官，或许有权力能给自己伸冤雪恨，就把自己所遭受的酷刑从头细细诉说一番。车里的年轻人听后就叫人给席方平解开绳子，让他跟着车子走。走了一会儿，来到一个地方，有十多名官员站在路旁迎接拜见。车里的年轻人一个个和他们打了招呼。然后指着席方平对一位官员说："这个下界的人正想上你那儿告状，应该马上替他剖明是非。"席方平私下向随从人员打听，才知道车里坐的人是玉皇大帝的殿下九王；他所嘱托的人就是二郎神。席方平打量一下二郎神，只见他高高的身材，满脸胡子，并不像世上传说的那个样子。

九王走后，席方平跟着二郎神来到一所官署，只见他父亲和羊某以及差役都在那里。一会儿，来了一辆囚车，从里面走出几个犯人，原来是阎王、郡司和城隍。二郎神马上审问，叫他们当堂对质，席方平的控告句句属实。三个鬼官吓得浑身发颤，那丑态就像蜷伏在地上的老鼠。二郎神提起笔来立即判决；片刻，判决书传了下来，叫和这个案子有关的人都看看。判决书写道：

“查得阎王：荣任王爵的职位，身受玉帝的恩德。本应忠贞廉洁以做下属的表率，不该贪赃枉法招来人们的非议。你却耀武扬威，只会夸耀品位的尊贵；又狠又贪，竟然玷污人臣的节操。像斧头敲凿、凿子入木那样敲诈勒索，连妇女小孩的皮骨都榨取一空；像鲸吞大鱼、大鱼吃虾那样弱肉强食，百姓那蝼蚁般的生命实在可怜。应该捧来西江之水，给你洗刷肮脏的肚肠；马上烧红东墙下的铁床，请你入瓮尝尝火烤的滋味。城隍、郡司：身为百姓的父母官，代替上帝治理人民。虽然官位低下，但能够鞠躬尽瘁的人就会不辞劳苦；即使有大官以权势相逼，但有志气的人也应该决不屈服。你们却像鹰鸷那样凶残，上下串通，全然不考虑人民的贫苦；又像狙狯那样狡猾，耍尽奸计，甚至不嫌穷鬼的瘦弱。只知贪赃枉法，真是人面兽心！应该剔掉骨髓，刮去皮毛，先在阴间处以死刑；还要脱去人皮，换上兽革，再让你们投胎托生。阴差鬼役：既然身在鬼曹，就已不是人类。只应在衙门里多做善事，也许还能复生为人身；怎能在苦海中兴风作浪，犯下更多的弥天大罪？飞扬跋扈，六月的炎热天气，狗脸上也生出一层霜雪；狂冲乱叫，四通八达的道路，借老虎的威风把它阻断。在阴间大逞淫威，使大家都知道狱吏的厉害；帮助残暴的昏官，使大家说起刽子手就心惊。应该拉到法场上，砍去你们的四肢；再放到汤锅里，捞取你们的筋骨。羊某：为富不仁，狡猾奸诈。金银的光芒遮盖着地府，就使阎罗殿上，阴森森黑雾弥漫；铜钱的臭气熏染着天空，搅得枉死城里，昏沉沉日月全无。铜臭的余腥尚且能够驱使鬼役，财力的广大简直可以串通神明。应该抄没羊某人的家产，用来奖赏席方平的孝义。立即把人犯押赴泰山,依法执行。”

判完之后,二郎神又对席廉说:“念你儿子孝义可嘉,你的性情又善良懦弱,可以再赐给你三十六年的阳寿。”说完就让两个差役送他们回家。席方平便将判决词抄下来,在路上父子两人一同诵读。

到家以后,席方平先苏醒过来;他就叫家人打开棺材,只见父亲的尸体还僵硬冰冷,等了一天,才逐渐回升体温而复活过来。待要寻找那抄录的判决词,却已经无影无踪了。从此以后,他们家的日子一天比一天富裕;三年的工夫,良田沃地遍野;而羊某的子孙却一天天衰落,楼阁房舍,田园产业,全部归到席方平家。村里有人买了羊家的田产,夜里就梦见神人斥责说:“这是席家的东西,你怎能占有它!”起初还不大相信;等到种上庄稼以后,一年到头也收不到一升半斗的粮食,于是又卖给了席方平家。席方平的父亲活到九十多岁才离开人世。

异史氏说:“人人都谈论洁净自然的佛国,却不知生和死隔着一个世界,生前的一切想法死后都迷糊了,连它是怎么来的都不知道,又如何知道它是怎么去的;何况是死了又死,生了又生的呢?忠孝的意志非常坚定,即使经历万般劫难也毫不动摇,不寻常的席方平,他是多么伟大啊!”

胭 脂

这是一篇破案断狱的小说，它的最大特色就是在昭雪冤狱时又造成新的冤狱。邑宰、郡守只靠严刑拷打来审案，自然造成了鄂生的冤狱。知府吴南岱能作较细致的探索，但却带着“宿妓者必无良士”、“逾墙者何所不至”等憎恶感情来审案，主观武断，结果又以宿介之冤代替了鄂生之冤。学使施愚山则能深思研察，又利用心理战术诱使凶犯暴露自己，终于为宿介平了冤。不过，施愚山那“淫乱之人，岂得专私一人”、“何忽贞白如此”等言论，其实也有主观的成分。利用神鬼迷信识别凶犯，虽然与况钟利用测字迷信诱使娄阿鼠吐露真情一样，在当时不失为机智巧妙的一着，但如不慎用，同样容易造成新的冤狱。贪官、昏官自然是冤狱的主要制造者，但像吴南岱这样的清官又何尝不判错案？“覆盆之下多沉冤”，审案能够不慎重吗？本篇情节曲折、人物众多。作者施展出腾挪跌宕的手段，造成山重水复、柳暗花明的奇观。既头绪纷纭，又线索清晰，并且在复杂的矛盾冲突中，刻画了几个鲜明生动的人物形象，表现了作者驾驭短篇小说的高超技巧。

东昌卞氏，业牛医者，有女小字胭脂，才姿惠丽[1]。父宝爱之，欲占凤于清门[2]，而世族鄙其寒贱，不屑缔盟，以故及笄未字。

【注释】

① 惠：通“慧”，聪明。② 占凤于清门：占凤，许婚的意思。春秋时，懿氏打算把女儿嫁给陈敬仲，他的妻子占得“凤凰于飞”的吉卦，婚事遂成。见《左传·庄公二十二年》。清门，指门第高贵的人家。

对户龚姓之妻王氏，佻脱善谑，女闺中谈友也。一日，送至门，见一少年过，白服裙帽，丰采甚都[1]。女意似动，秋波萦转之。少年俯其首，趋而去。去既远，女犹凝眺。王窥其意，戏之曰：“以娘子才貌，得配若人，庶可无恨。”女晕红上颊，脉脉不作一语。王问：“识得此郎否？”答云：“不识。”王曰：“此南巷鄂秀才秋隼，故孝廉之子。妾向与同里，故识之。世间男子，无其温婉。今衣素，以妻服未阕也。娘子如有意，当寄语使委冰焉[2]。”女无言，王笑而去。

【注释】

① 都：美好。② 委冰：托人做媒，下文的“冰人”，即媒人。

数日无耗，心疑王氏未暇即往，又疑宦裔不肯俯拾。邑邑徘徊，萦念颇苦；渐废饮食，寝疾惙顿。王氏适来省视，研诘病因。答言：“自亦不知。但尔日别后，即觉忽忽不快，延命假息，朝暮人也。”王小语曰：“我家男子，负贩未归，尚无人致声鄂郎。芳体违和，非为此否？”女赪颜良久，王戏之曰：“果为此者，病已至是，尚何顾忌？先令夜来一聚，彼岂不肯可？”女叹息曰：“事至此，已不能羞。但渠不嫌寒贱，即遣媒来，疾当愈；若私约，则断断不可！”王颔之，遂去。

王幼时与邻生宿介通，既嫁，宿侦夫他出，辄寻旧好。是夜宿适来，因述女言为笑，戏嘱致意鄂生。宿久知女美，闻之窃喜，幸其机之可乘也。将与妇谋，又恐其妒，乃假无心之词，问女家闺闼甚悉。次夜，逾垣入，直达女所，以指叩窗。内问：“谁何？”答以“鄂生”。女曰：“妾所以念君者，为百年，不为一夕。郎果爱妾，但宜速倩冰人；若言私合，不敢从命。”宿姑诺之，苦求一握纤腕为信。女不忍过拒，力疾启扉。宿遽入，即抱求欢。女无力撑拒，仆地上，气息不续。宿急曳之。女曰：“何来恶少，必非鄂郎；果是鄂郎，其人温驯，知妾病由，当相怜恤，何遂狂暴如此！若复尔尔，便当鸣呼，品行亏损，两无所益！”宿恐假迹败露，不敢复强，但请后会。女以亲迎为期。宿以为远，又请之。女厌纠缠，约待病愈。宿求信物，女不许。宿捉足解绣履而去。女呼之返，曰：“身已许君，复何吝惜？但恐‘画虎成狗’，致贻污谤。今亵物已入君手①，料不可反。君如负心，但有一死！”宿既出，又投宿王所。既卧，心不忘履，阴揣衣袂，竟已乌有。急起篝灯，振衣冥索。诘之，不应。疑妇藏匿，妇故笑以疑之。宿不能隐，实以情告。言已，遍烛门外，竟不可得。懊恨归寝。窃幸深夜无人，遗落当犹在途也。早起寻之，亦复杳然。

【注释】

① 亵物：贴身的衣物。这里指绣花鞋。

先是，巷中有毛大者，游手无籍。尝挑王氏不得，知宿与洽，思掩执以胁之。是夜，过其门，推之未扃，潜入。方至窗外，踏一物，耎若絮帛，拾视，则巾裹女舄[①]。伏听之，闻宿自述甚悉，喜极，抽身而去。逾数夕，越墙入女家，门户不悉，误诣翁舍。翁窥窗，见男子，察其音迹，知为女来者。心忿怒，操刀直出。毛大骇，反走。方欲攀垣，而卞追已近，急无所逃，反身夺刃；媪起大呼，毛不得脱，因而杀之。女稍痊，闻喧始起。共烛之，翁脑裂不复能言，俄顷已绝。于墙下得绣履，媪视之，胭脂物也。逼女，女哭而实告之；但不忍贻累王氏，言鄂生之自至而已。

【注释】

① 舄(xì)：鞋。

天明，讼于邑。邑宰拘鄂。鄂为人谨讷，年十九岁，见客羞涩如童子。被执，骇绝。上堂不知置词，惟有战栗。宰益信其情真，横加梏械。书生不堪痛楚，以是诬服。既解郡，敲扑如邑。生冤气填塞，每欲与女面相质；及相遭，女辄诟詈，遂结舌不能自伸，由是论死。往来复讯，经数官无异词。

后委济南府复案。时吴公南岱守济南①，一见鄂生，疑不类杀人者，阴使人从容私问之，俾得尽其词。公以是益知鄂生冤。筹思数日，始鞫之②。先问胭脂："订约后，有知者否？"答："无之。""遇鄂生时，别有人否？"亦答："无之。"乃唤生上，温语慰之。生自言："曾过其门，但见旧邻妇王氏与一少女出，某即趋避，过此并无一言。"吴公叱女曰："适言侧无他人，何以有邻妇也？"欲刑之。女惧曰："虽有王氏，与彼实无关涉。"公罢质，命拘王氏。

【注释】

① 吴公南岱：吴南岱，江苏武进人，顺治年间任济南知府。② 鞫（jū）：审问。

数日已至，又禁不与女通，立刻出审，便问王："杀人者谁？"王对："不知。"公诈之曰："胭脂供言，杀卞某汝悉知之，胡得隐匿？"妇呼曰："冤哉！淫婢自思男子，我虽有媒合之言，特戏之耳。彼自引奸夫入院，我何知焉！"公细诘之，始述其前后相戏之词。公呼女上，怒曰："汝言彼不知情，今何以自供撮合哉？"女流涕曰："自己不肖，致父惨死，讼结不知何年，又累他人，诚不忍耳。"公问王氏："既戏后，曾语何人?"王供："无之。"公怒曰："夫妻在床，应无不言者，何得云无?"王供："丈夫久客未归。"公曰："虽然，凡戏人者，皆笑人之愚，以炫己之慧，更不向一人言，将谁欺?"命梏十指。妇不得已，实供："曾与宿言。"公于是释鄂拘宿。宿至，自供："不知。"公曰："宿妓者必无良士!"严械之。宿自供："赚女是真。自失履后，未敢复往，杀人实不知情。"公怒曰："逾墙者何所不至!"又械之。宿不任凌籍，遂以自承。招成报上，无不称吴公之神。铁案如山，宿遂延颈以待秋决矣。

然宿虽放纵无行，故东国名士①。闻学使施公愚山贤能称最②，又有怜才恤士之德，因以一词控其冤枉，语言怆恻。公讨其招供，反复凝思之。拍案曰："此生冤也!"遂请于院、司③，移案再鞫。问宿生："鞋遗何所?"供言："忘之。但叩妇门时，犹在袖中。"转诘王氏："宿介之外，奸夫有几?"供言："无有。"公曰："淫乱之人，岂得专私一个?"供言："身与宿介，稚齿交合，故未能谢绝；后非无见挑者，身实未敢相从。"因使指其人以实之。供云："同里毛大，屡挑而屡拒之矣。"公曰："何忽贞白如此?"命搒之。妇顿首出血，力辨无有④，乃释之。又诘："汝夫远出，宁无有托故而来者?"曰："有之，某甲、某乙，皆以借贷馈赠，曾一二次入小人家。"盖甲、乙皆巷中游荡子，有心于妇而未发者也。公悉籍其名，并拘之。既集，公赴城隍庙，使尽伏案前。便谓："曩梦神人相告，杀人者不出汝等四五人中。今对神明，不得有妄言。如肯自首，尚可原宥；虚者，廉得无赦！”同声言无杀人之事。公以三木置地，将并加之；括发裸身，齐鸣冤苦。公命释之，谓曰：“既不自招，当使鬼神指之。”使人以毡褥悉幛殿窗，令无少隙；袒诸囚背，驱入暗中，始授盆水，一一命自盥讫；系诸壁下，戒令：“面壁勿动。杀人者，当有神书其背。”少间，唤出验视，指毛曰：“此真杀人贼也！”盖公先使人以灰涂壁，又以烟煤濯其手：杀人者恐神来书，故匿背于壁而有灰色；临出，以手护背，而有烟色也。公固疑是毛，至此益信。施以毒刑，尽吐其实。

【注释】

① 东国：指山东。② 施公愚山：施愚山，名闰章，安徽宣城人，顺治时进士，顺治十年任山东提学佥事。③ 院、司：院，指巡抚；司，指臬司，省级司法官。④ 辨：通“辩”。

判曰：“宿介：蹈盆成括杀身之道①，成登徒子好色之名②。只缘两小无猜，遂野鹜如家鸡之恋③；为因一言有漏，致得陇兴望蜀之心④。将仲子而逾园墙⑤，便如鸟堕；冒刘郎而至洞口⑥，竟赚门开。感帨惊龙⑦，鼠有皮胡若此⑧？攀花折树，士无行其谓何！幸而听病燕之娇啼⑨，犹为玉惜；怜弱柳之憔悴，未似莺狂⑩。而释幺凤于罗中，尚有文人之意；乃劫香盟于袜底，宁非无赖之尤！蝴蝶过墙，隔窗有耳⑪；莲花卸瓣，堕地无踪⑫。假中之假以生，冤外之冤谁信？天降祸起，酷械至于垂亡；自作孽盈，断头几于不续。彼逾墙钻隙，固有玷夫儒冠；而僵李代桃⑬，诚难消其冤气。是宜稍宽笞扑，折其已受之惨；姑降青衣，开其自新之路。若毛大者：刁猾无籍，市井凶徒。被邻女之投梭⑭，淫心不死；伺狂童之入巷，贼智忽生⑮。开户迎风，喜得履张生之迹⑯；求浆值酒⑰，妄思偷韩掾之香⑱。何意魄夺自天，魂摄于鬼。浪乘槎木，直入广寒之宫⑲；径泛渔舟，错认桃源之路⑳。遂使情火息焰，欲海生波。刀横直前，投鼠无他顾之意㉑；寇穷安往，急兔起反噬之心。越壁入人家，止期张有冠而李借㉒；夺兵遗绣履，遂教鱼脱网而鸿离㉓。风流道乃生此恶魔，温柔乡何有此鬼蜮哉！即断首领，以快人心。胭脂：身犹未字，岁已及笄。以月殿之仙人，自应有郎似玉；原霓裳之旧队，何愁贮屋无金㉔？而乃感关雎而念好逑㉕，竟绕春婆之梦㉖；怨摽梅而思吉士㉗，遂离倩女之魂㉘。为因一线缠萦，致使群魔交至。争妇女之颜色，恐失'胭脂'；惹鸷鸟之纷飞，并托'秋隼'。莲钩摘去，难保一瓣之香；铁限敲来，几破连城之玉。嵌红豆于骰子㉙，相思骨竟作厉阶；丧乔木于斧斤㉚，可憎才真成祸水！葳蕤自守，幸白璧之无瑕；缧绁苦争，喜锦衾之可覆㉛。嘉其入门之拒，犹洁白之情人；遂其掷果之心㉜，亦风流之雅事。仰彼邑令，作尔冰人。"

【注释】

① 盆成括：战国时人，孟子听说他要去齐国做官，认为他小有才能而不懂大道理，是自找死路，后来果然被杀。

② 登徒子:战国时宋玉作《登徒子好色赋》,后人便用登徒子称好色的人。③“野鹜”句:野鹜比喻外遇,家鸡比喻妻子。④“得陇”句:东汉时,岑彭攻取陇右后,光武帝又要他攻蜀。后人用以比喻人心不知足。这里指宿介与王氏私通,又想骗奸胭脂。⑤“将(qiāng)仲子”句:《诗经·将仲子》有“将仲子兮,无逾我墙”之句,原意是女方请求仲子不要逾墙来求爱。这里指宿介的爬墙。⑥“刘郎”句:刘郎,指刘晨。相传东汉时刘晨、阮肇到天台山采药迷路,遇两仙女,被留住洞中半年。这里指宿介冒充鄂秋隼到胭脂住处。⑦ 感帨(shuì)惊尨(máng):《诗经·野有死麕》有“无感我帨兮,无使尨也吠”之句,意为不要扯动我的佩巾,不要惊动狗叫。这里借指宿介的狂暴举动。⑧ 鼠有皮:《诗经·相鼠》有“相鼠有皮,人而无仪”之句,意为看那老鼠有皮,人却不讲礼义。这里借以讽刺宿介。⑨ 病燕:指带病的胭脂。下句的“玉”、“弱柳”均指胭脂。⑩ 莺狂:旧时以“莺颠燕狂”比喻男女行乐。这里借指宿介对胭脂尚无此等行为。⑪“蝴蝶过墙”二句:指宿介与王氏的谈话被毛大偷听到。⑫“莲花卸瓣”二句:指宿介失掉绣鞋无法找寻。⑬ 僵李代桃:语出古诗《鸡鸣高树巅》:“李树代桃僵。”这里借指宿介代毛大受罪。⑭ 被邻女之投梭:《晋书》载,谢鲲调戏邻女,被她用织布的机梭打掉两个牙齿。这里指毛大被王氏拒绝。⑮“伺狂童”二句:指毛大趁宿介到王氏家的机会,在窗外偷听,忽然产生了恶念。⑯“开户迎风”二句:借用元稹《莺莺传》故事。崔莺莺约张生相会的诗有“待月西厢下,迎风户半开”句。这里指宿介和王氏幽会,门没有关,毛大追踪而至。⑰ 求浆值酒:借指毛大只想和

王氏偷情，却意外地获得了调戏胭脂的好机遇。⑱ 偷韩掾之香：贾充的女儿爱上韩寿，就把皇帝赐给她父亲的异香偷赠给他。贾充察觉后，就把女儿嫁给了韩寿。韩寿是贾充的掾吏，故云韩掾。事见《世说新语》。这里借指毛大妄图骗奸胭脂。⑲ "浪乘槎木"二句：传说海与天河相通，曾有人自海中乘木筏直达天河。见张华《博物志》。广寒宫，即月宫，这里借指胭脂的住处。⑳ "径泛渔舟"二句：借用陶潜《桃花源记》所述渔夫泛舟至桃花源的故事。据说渔夫自桃花源进一山洞，见到了从秦末以来即在其间居住的人物，在那里已居住了好几百年。这里指毛大误闯到卞老头窗前。㉑ "投鼠"句：是成语"投鼠忌器"的反说，意指毛大杀死卞老头而毫无顾忌。㉒ 张有冠而李借：化用成语"张冠李戴"，指毛大想冒充鄂秋隼。㉓ 鱼脱网而鸿离：离，通"罹"，遭遇。语出《诗经·新台》："鱼网之设，鸿则罹之。"意谓设置渔网本为捕鱼，结果投入罗网的不是鱼而是鸿。这里指毛大漏网，鄂秋隼遭殃。㉔ 何愁贮屋无金：借用汉武帝金屋藏娇故事。据《汉武故事》记载：汉武帝为太子时，曾经说："若得阿娇（汉武帝姑母的女儿）作妇，当作金屋贮之。" ㉕ 感关雎而念好逑：用《诗经·关雎》篇诗意。该诗第一章说："关关雎鸠，在河之洲。窈窕淑女，君子好逑。"这里指胭脂见到鄂秋隼时的情思。㉖ 春婆之梦：据说苏轼贬居海南时，有个老妇对他说，你往日的富贵，只是一场春梦。后来当地人就称这老妇人为"春梦婆"。后来也称梦为"春婆梦"，意即"春婆"（春梦婆的简称）所谓的梦。㉗ 怨摽（biào）梅而思吉士：用《诗经·摽有梅》及《野有死麇》篇诗意。《摽有梅》以梅树渐老，比喻女子年龄日益长大,表现女子想及早成婚的愿望。《野有死麕》有"有女怀春,吉士诱之"之语。此句指胭脂成年未婚,对男子有思慕之心。㉘ 离倩女之魂:唐人传奇《离魂记》说张倩娘因思念书生王宙得病,魂随王宙而去,与他一起生活了几年。这里借以比喻胭脂因思念鄂秋隼而生病。㉙ 嵌红豆于骰子:红豆又名相思子,骰子是一种骨制玩具,这里取相思入骨的意思。㉚ 丧乔木于斧斤:指卞老头被杀的事。《尚书大传·梓材》篇曾说:"乔(木)者,父道也……梓者,子道也。"后来把乔梓比做父子。㉛ 锦衾之可覆:宋、元以来俗语,有"一床锦被都包裹了"的话,意为过去的差错可以原谅。㉝ 掷果:《晋书·潘岳传》载,潘岳年轻貌美,在洛阳时每逢外出,便有许多妇人掷果给他。后人便以"掷果"表示妇女对男子的爱慕。

案既结,遐迩传诵焉。自吴公鞫后,女始知鄂生冤。堂下相遇,靦然含涕,似有痛惜之词,而未可言也。生感其眷恋之情,爱慕殊切;而又念其出身微,且日登公堂,为千人所窥指,恐娶之为人姗笑,日夜萦回,无以自主。判牒既下,意始安帖。邑宰为之委禽①,送鼓吹焉②。

【注释】

① 委禽:致送聘定的礼物。禽,指雁,古代婚礼行聘用雁。② 鼓吹:这里指迎亲的乐队。

异史氏曰:“甚哉! 听讼之不可以不慎也! 纵能知李代为冤,谁复思桃僵亦屈? 然事虽暗昧,必有其间,要非审思研察,不能得也。 呜呼! 人皆服哲人之折狱明,而不知良工之用心苦矣。 世之居民上者,棋局消日,绸被放衙[①],下情民艰,更不肯一劳方寸。 至鼓动衙开,巍然高坐,彼哓哓者直以桎梏静之,何怪覆盆之下多沉冤哉[②]!”

【注释】

①“棋局消日”二句:形容地方官对人民的疾苦漠不关心,每天用下棋来消磨时光;到了应该坐早衙的时候,仍然躺在绸被里,探出头来叫衙门的人退班。② 覆盆:覆置的盆。比喻黑暗笼罩,沉冤莫白。

【翻译】

山东东昌府姓卞的牛医,有个女儿,小名叫胭脂,生得十分聪明美丽。父亲把她当做宝贝,十分爱她,一心想把她许配给有地位的人家,但那些世家大户却嫌他家门第低微不愿结亲,所以胭脂到了十五岁尚未订婚。

卞家对门住着个姓龚的,他的妻子王氏,生性轻佻,好开玩笑,是胭脂闺房里一位聊天的伴儿。一天,胭脂送王氏到门口,看见一个年轻人从门前经过,穿戴着一身素白的衣帽,风度潇洒,容貌俊秀。胭脂一见,似乎动了心,两只水汪汪的眼睛围着他身子转动。那年轻人低着头,急急地走了。已经去了很远,胭脂还是凝神眺望着。王氏看出了她的心思,打趣她说:“以姑娘的才貌来说,要能配上这个人，真可说是没有遗憾了。"胭脂一听，两朵红晕飞上脸颊，羞答答地并没有说一句话。王氏问她："你认识这位郎君吗？"胭脂答道："不认识。"王氏说："他是住在南巷的秀才，名叫鄂秋隼，是已经去世的鄂举人的儿子。我以前和他住在同一条巷里，所以认识他。世上的男子，没有像他那样温柔和顺的，现在他穿着素白衣服，是因为他妻子死了，服丧还没有满期。姑娘要是对他有意，我就捎个信，让他托媒来提亲。"胭脂没有吭声，王氏也就笑着走了。

几天过去了，还没有消息，胭脂疑心王氏一时没空闲去说，又怀疑他是上层人家的后代，不肯低就。于是情绪忧郁，心神不定，苦苦地牵挂、思虑着这件事情，渐渐地茶饭不思，竟至病倒在床，疲惫不堪。正好王氏又来看望她，见她这副模样，就追问她得病的原因。胭脂回答说："我自己也不知道。只是那天和你分手以后，就觉得心神恍惚，烦闷不安，现在我已是苟延残喘，恐怕早晚就要死了。"王氏低声对她说："我丈夫出门做买卖还没回来，所以还没有人给鄂郎通个信。你身体不舒服，莫不是为了这桩事吧？"胭脂满脸羞红，半天没有说话。王氏又开玩笑说："果然是为了这件事，看你已病成这个样子，还顾忌什么？先叫他晚上来跟你相会，他还能不答应？"胭脂叹了口气，说："事情到了这个地步，已经顾不上害羞了。只要他不嫌我出身低贱，马上派媒人来，我的病就会好；如果是私自幽会，那是万万不行的！"王氏听罢点了点头，接着就走了。

王氏年少时和邻居的书生宿介私通，出嫁以后，宿介每探听到她丈夫外出，就来找她重温旧好。这天晚上恰好宿介来了，王氏就把胭脂的话当做笑料说给他听，还开玩笑地嘱咐他向鄂秋隼转告。宿介早就知道胭脂很漂亮，听到这些话，心里暗暗高兴，庆幸有机可乘。本想和王氏商量一番，又怕她吃醋，就装作无意地套问胭脂的闺房住处，把情况了解得清清楚楚。第二天晚上，宿介爬墙进入卞家，一直摸到胭脂的闺房外面，用手指敲敲窗户。里面问："谁呀？"他回答说："鄂秋隼。"胭脂说："我之所以日夜想念你，是为了白头偕老，而不是为了一夜的欢聚。你要是真心爱我，只应该快去请媒人来求亲；如果说私下苟合，我是不能从命的。"宿介假意应承她，又苦苦央求握一握她的纤手作为定情的信约。胭脂不忍心过分拒绝，勉强支撑着起来开门。宿介急忙进屋，马上就抱住她求欢。胭脂没有力气抵挡，跌倒在地上，喘得上气不接下气。宿介又猛来拉她。胭脂说："哪来的小恶棍，一定不是鄂郎；要真是鄂郎，他为人温柔，知道我的病因，一定会体贴我，怎会这样狂暴无礼！你要是再这样，我就大声喊人了，败坏了品行，你我都没有好处！"宿介怕自己冒名顶替的行为被她识破，就不敢再强迫，只是要求约定下次相会的日期。胭脂答复他，迎亲的那一天就是相会的日子。宿介认为太远，又要她重新定个时间。胭脂讨厌他纠缠不清，就约定病好以后再相会。宿介又要求送他一件东西作信物，胭脂不肯。宿介就抓住她的脚硬脱下一只绣鞋，拿着走了。胭脂喊他回来，说："我的终身已经许给你了，还有什么舍不得的？只怕'画虎不成反类狗'，以致留下话柄，遭人耻笑。现在我的绣鞋已经落在你手里，料想也收不回来。你如果变心，我就只有一死了之！"宿介出来，又到王氏那里过夜。躺下之后，心里还记着那只绣鞋，暗中往衣袖里一摸，竟然不见了。他急忙爬起来把灯点亮，将衣服抖一抖，里里外外到处寻找。王氏问他找什么，他也不说，心里却怀疑王氏把鞋子藏起来了。王氏故意笑着逗弄他，使他更加疑心。宿介觉得再也不能隐瞒了，只好把实情告诉了王氏。说完之后，又拿着灯到门外各处去找，结果还是没找到，只好又懊悔又恼恨地回屋里睡觉。他还以为幸而是在深夜，没有人来往，丢掉的鞋子应该还在路上。但他第二天一早起来出去寻找，也还是无影无踪。

在这以前，巷里有个名叫毛大的，游手好闲，没有固定的职业。他曾经勾引过王氏，但没有得手，他知道宿介跟王氏相好，就想找个机会突然捉奸，以便要挟王氏。就在这天晚上，毛大走过王氏门外，推了推门，里面没上闩，就蹑手蹑脚地摸进去。刚来到窗外，脚下踩着一件东西，软软的像是棉絮或者绸缎，捡起来一看，原来是一条头巾包着一只女鞋。他就伏在窗外偷听，听到宿介把经过情形讲得很详尽。他高兴极了，抽身就溜了出去。过了几个晚上，毛大爬过墙头进了胭脂家，由于不熟悉门户，误摸到卞老头住的房间。卞老头听见响声，从窗里偷偷往外一瞧，看见是一个男子，看他的举止行迹，知道是为他女儿来的。卞老头心里直冒火，拿起一把刀就直赶出来。毛大大吃一惊，转身就跑。刚想爬墙出去，卞老头已经追到跟前，急切间无路可逃，就转身夺下卞老头的刀；卞大娘也已起身大声叫喊，毛大一看脱不了身，就一刀把卞老头杀了。胭脂这两天病略好些，听到喧嚷声才起身出来。母女俩点灯一照，卞老头已经脑骨迸裂，不能说话，不一会儿就断了气。她们在墙脚下拣到了一只绣花鞋，卞大娘一看，认得是胭脂的。她马上逼问女儿，胭脂痛哭着把实情告诉了母亲；只是不忍心连累王氏，就说是鄂秋隼自己来的罢了。

天亮以后，告到县里。县官就派人拘捕了鄂秋隼。鄂秋隼为人拘谨，口舌笨拙，已经十九岁了，见人还羞答答的像个孩子。他被抓来以后，吓得要死。上了公堂也不知怎么为自己辩白，只是浑身发抖。县官见他这副模样，更加相信他是杀人凶犯，就横加拷打。鄂秋隼这个文弱书生受不了痛苦，于是屈打成招。押解到府里以后，又像在县里一样严刑拷打。鄂秋隼满腔冤气，屡次想和胭脂当面对质；可是等到见了面，胭脂总是痛骂，弄得他张口结舌，不能自己申辩。就这样被判了死罪。来回反复审讯，经过好几个官员，都没有对此案提出不同意见。

最后把案子交给济南府复审。当时，吴南岱任济南太守，一见鄂秋隼，就怀疑他不是杀人凶手，便暗中派人慢慢地探问，让他能够把话都说出来。因此，吴南岱更加相信鄂秋隼是蒙受了冤屈。反复考虑了好几天，才升堂审问。他先问胭脂："你和鄂秋隼当面订约以后，有人知道这回事吗?"胭脂回答说："没有。"又问："你初次遇见鄂秋隼的时候，旁边有没有别人?"胭脂还是回答："没有。"吴南岱于是叫鄂秋隼上堂，用温和的语气安慰他。鄂秋隼自己说："我曾经从她门前路过，只见以前的邻居王氏和一个姑娘从里面出来，我就急忙避开，从此以后并没有和她说过一句话。"吴南岱就斥责胭脂说："你刚才说旁边没有别人，怎么又有个邻居的妇女呢?"说完就要用刑。胭脂害怕了，连忙说："虽然王氏在旁边，但是和她实在没有关联。"吴南岱就暂停审问，下令拘拿王氏。

几天以后，王氏拘到了。吴南岱又禁止她和胭脂见面，立刻升堂审问。他劈头就问王氏：“杀人凶手是谁？”王氏回答说：“不知道。”吴南岱骗她说：“胭脂已经招供，说杀卞老头的事你完全知道，你怎么隐瞒得了？”王氏喊道：“冤枉啊！这骚丫头自己想男人，我虽然说过要给她做媒的话，只不过是开开玩笑罢了。她自己勾引奸夫进院子，我哪里知道呢！”吴南岱细细盘问她，她才说出了前后开玩笑的话。吴南岱把胭脂传上堂，很生气地说：“你说她不知情，现在怎么她自己供认说替你做媒呢？”胭脂流着眼泪说：“我自己不长进，害得父亲惨死，官司不知打到哪一年才结束，再去连累别人，实在不忍心哪！”吴南岱又问王氏：“你跟她开了玩笑以后，曾经对谁说过？”王氏答道：“没有。”吴南岱怒冲冲地说：“夫妻同床并枕，应是无话不说的，怎么能够说没有？”王氏说：“我丈夫外出很久了，还没回来。”吴南岱说：“虽然如此，但凡是戏弄别人的，都是讥笑别人愚蠢以炫耀自己的聪明，你说再没有告诉任何人，你想骗谁？”说完就吩咐把王氏的十个指头夹起来。王氏迫不得已，只得如实招供：“曾经对宿介说过。”吴南岱于是释放了鄂秋隼，派人去拘拿宿介。宿介被拘拿到案，供称：“杀人的事我不知道。”吴南岱说：“嫖妓女的一定不是本分的读书人！”就严刑拷问他。宿介只得供认：“冒名顶替欺骗胭脂是事实。不过，自从丢了绣鞋以后，再也不敢去了，杀人的事我实在不知道。”吴南岱发怒地说：“敢半夜三更爬过人家墙头的人，还有什么事情干不出来！”又给他用刑。宿介熬不住酷刑的折磨，就只好自己承认了杀人。把他的招供写成文书报了上去以后，人们无不称赞吴南岱断案如神。铁案如山，宿介就只有伸着脖子等待秋后处决了。

但是宿介虽然生性放荡、行为不正，原来却也是山东有名的才子。他听说学使施愚山先生最为贤能，又有惜才爱士的美德，就写了一张状子转给他，申诉自己的冤枉，写得文辞悲切感人。施愚山看完状子，就调阅了案卷，反复琢磨，沉思默想。最后拍着桌子说："这书生确是冤枉啊！"于是报请巡抚和按察使，把案子移交给他重新审理。他问宿介："绣鞋是在哪里丢失的？"宿介招供说："忘了。不过我在敲王氏大门时，还在衣袖里。"施愚山又转而审问王氏："除了宿介之外，你还有几个奸夫？"王氏说："没有了。"施愚山说："像你这样淫乱的女人，怎会只私通一个？"王氏供称："我和宿介，是年少时就相好的，所以未能拒绝他；后来并不是没有人来勾引我，不过我实在不敢依从。"施愚山就让她指出人来加以证实。王氏说："同巷的毛大，曾经多次挑逗我，都被我拒绝了。"施愚山说："怎么忽然这样贞洁了呢？"就叫人拷打她。王氏吓得连连磕头，磕得鲜血直流，极力分辩再没有别的奸夫，这才松开她。施愚山又问："你丈夫出了远门，难道没有借故到你家来的吗？"王氏答道："有的，某甲、某乙，都因借钱或送东西，曾经到我家来过一两次。"原来这某甲、某乙都是巷里的浪荡子，有心勾引王氏却还没有表现出来。施愚山统统记下他们的名字，然后一齐抓了起来。

一干人犯都到齐以后，施愚山就到城隍庙去，叫这些人全部跪在香案前。然后对他们说："前几天我梦见神人来告诉我，杀人凶手就在你们这四五个人之中。现在你们对着神灵，不许说假话。如果肯自首，还可以从轻发落；说假话的，一经查出，绝不饶恕。”这几个人齐声说自己没有杀人。施愚山吩咐把刑具放在地上，准备对他们用刑；于是把他们的头发扎起、衣服扒光，他们又一齐喊冤叫苦。施愚山就下令松开他们，对他们说：“你们既然不肯自己招认，就让鬼神给指出来。”就叫人用毡子褥子把大殿的窗户全部遮严，不留一点儿漏光的缝隙；又使这几个犯人光着脊梁，把他们赶入黑暗的大殿里，这才给他们一盆水，叫他们自己一个个把手洗过；再把他们用绳索拴在墙壁下，命令他们：“要面对墙壁，不许乱动。杀人的凶手，一定有鬼神在他背上写字。”过了一会儿，把他们叫出来逐个验看，最后指着毛大说：“这就是真正的杀人犯！”原来施愚山先叫人用石灰涂在墙壁上，又用煤烟水给他们洗手：杀人凶手害怕鬼神在他背上写字，所以把脊背紧贴着墙壁而沾上了白灰；临出来时，用手护着脊背，又抹上了煤烟的黑色。施愚山本来就怀疑是毛大，这时更加确信。于是严刑拷问，毛大就全部吐出了杀人的真情。

于是，施愚山在判决书中写道：“宿介：重走盆成括杀身的道路，得到登徒子好色的丑名。只因为和王氏自幼相识，两小无猜，于是把姘头当做妻子一样来爱恋；又因为一句话泄露了胭脂的秘密，竟产生‘得陇望蜀’的贪心。学仲子爬过墙头，就像鸟儿那样轻捷地落在地上；冒充鄂生而来到门口，竟然骗得胭脂开门。对青年女子毫无顾忌地扯动佩巾，惊动狗叫，老鼠都还有皮，人怎能这样无礼？攀摘花朵，折断树枝，书生如此没有品行，那算得什么东西！幸而听到病燕的娇啼，还能够怜香惜玉；可怜细柳的憔悴，未像飞莺那样颠狂。而且在罗网之中释放了幺凤，还有文人的气味；至于从袜底抢走绣鞋，岂不是无赖至极！蝴蝶飞过墙去，隔窗有人偷听；莲花落掉了花瓣，顿时无影无踪。因而生出了假中之假，谁能够相信冤外有冤？灾祸从天而降，严酷的刑罚几乎把他置于死地；自己作孽多端，差点儿丢掉了不能再续的头颅。他干爬墙钻洞之类的事情，确实玷污了儒生的名声；但李树反而替桃树受害，实在难以消除他的冤气。因此应该稍加宽容，免于鞭打，来抵消他已经受过的酷刑；暂且把他降为末等秀才，给他一条悔过自新的道路。像毛大这个家伙：奸诈狡猾，游手好闲，是市井上的凶徒。调戏邻居妇女曾被拒绝，但仍然淫心不死；见宿介这样的狂童进了小巷，就忽然生出贼智。王氏开着门等待情人，毛大就高兴地循着宿介走过的路径一直进入；想讨杯水喝却遇到美酒，就妄想如韩寿偷香似地乘机调戏胭脂。谁料到老天夺去他的七魄，鬼神摄走他的三魂。徒然乘着木筏直入广寒宫殿；却原来只顾撑着渔船向前，认错了通往桃源的道路。于是情火的火焰熄灭，欲海生起了狂澜。拿着刀向前就砍，全无投鼠忌器的顾虑；穷寇无路可逃，像情急的兔子，起了反咬一口的狠心。爬墙进入卞家时，只希望借鄂生的名义去骗奸；夺刀时丢了绣鞋，于是让鱼儿脱网而鸿雁遭殃。风流道上竟生出这样的恶魔，温柔乡里哪会有这样的鬼蜮！赶快砍掉他的脑袋，使得人心大快。胭脂：还没有许配人家，却已到了成人的年龄。凭着月宫仙女的容貌，自然应该有个英俊的郎君；原是霓裳舞队的美人，何愁没有金屋把她供养？但是，她却产生了类似《关雎》所歌咏的感情，想有一个好的配偶，竟然在梦里都念念不忘；跟《摽有梅》里的女子一样，她抱怨自己成年未婚，因而思慕情郎，终于成为离魂的倩女。由于一缕情丝的缠绕，致使群魔交替而来。他们争夺这一个漂亮的女子，都唯恐失掉‘胭脂’；她惹得凶鹰纷纷飞来，凶鹰都假托‘秋隼’的名字。绣鞋被强脱而去，这一片花瓣的清香已难以保持；铁棒打来，几乎砸破价值连城的璧玉。把红豆镶在骰子里，入骨的相思竟然变为祸端；父亲在斧下丧命，可爱的人真的成了祸水！在患病萎顿之际仍能坚决守护自己的贞操，幸而洁白的美玉没有瑕疵；在被囚禁的时候极力责骂鄂生，把他当做凶手，可喜的是这个错误还可弥补。在宿介进门后她能够拒绝，至今仍是洁白的多情人，这点深可嘉许；因此，成全她对鄂生的爱慕之心，也是一件风流雅事。就请县官作为你的媒人。”

案子既已审结，此事就为远近所传诵。自从吴南岱审讯宿介之后，胭脂才知道鄂秋隼受了冤枉。每当堂下相遇时，她总是羞愧得泪眼盈盈，好像心里有无数痛惜的话，却又不好说出口。鄂秋隼感念她对自己的一片眷恋之情，也深深地爱慕她；但又顾虑她出身低贱，而且为了官司天天上公堂抛头露面，被许多人观看议论，恐怕娶了她会被人讥笑，这件事日夜萦绕在心头，想来想去还是拿不定主意。直到判决书宣布以后，这颗心才安定下来。县官替他送了聘礼，派了吹鼓手，吹吹打打地为他们办了婚事。

异史氏说：“审理官司是多么不能不慎重啊！纵然能知道李树代桃树受苦是冤枉的，谁还会去想桃树之死也是冤枉的呢？但是，事情虽然扑朔迷离，却一定有某些可供突破之处，只是若不慎密地思索、审察，就不能发觉。唉！

大家都佩服贤明而有智慧的人断案如神，却不知这些在审案方面的能工巧匠是费尽苦心的。世上有些做官的，以下棋来打发日子，到了应该坐早衙时，还躺在床上，从绸被里探出头来叫衙役退班，对人民的情况，百姓的疾苦，却不肯去操心。等到擂鼓升堂的时候，就威风凛凛地高坐在公堂之上，对那些不断喊冤叫屈的百姓，干脆用刑罚使他们安静下来。这样，在覆盆底下有很多无法辩白的冤案，又有什么可奇怪的呢？”

黄　英

写精灵怪异、死生变幻，却并不惊心动魄、奇特诡谲，而是具有淡雅如菊的情致。黄英与马子才之间的性格冲突，表现了两种截然不同的人生态度。人固然不可贪求不正当的财富，但也不必自命清高、安贫乐道。“以东篱为市井”，卖菊致富何尝不是一件雅事。其实，从当时的具体历史条件着眼，这正是一种带有资本主义萌芽色彩的思想意识，它反映了当时商人的崛起，以及亦农亦商的经营方式的蓬勃兴起和社会结构的某些变化。作品中还引发出一些富有哲理意义的道理。“种无不佳，培溉在人”这句话，它的涵意就远远超出种菊的范围。

马子才，顺天人①。世好菊，至才尤甚。闻有佳种，必购之，千里不惮。一日，有金陵客寓其家，自言其中表亲有一二种②，为北方所无。马欣动，即刻治装，从客至金陵。客多方为之营求，得两芽，裹藏如宝。

【注释】

① 顺天：顺天府，即今天的北京市一带。② 中表：与父亲的姐妹的儿女的关系，或与母亲的兄弟姐妹的儿女的关系，叫中表关系

归至中途，遇一少年，跨蹇从油碧车①，丰姿洒落。渐近与语。少年自言："陶姓。"谈言骚雅。因问马所自来，实告之。少年曰："种无不佳，培溉在人。"因与论艺菊之法。马大悦，问："将何往?"答云："姊厌金陵，欲卜居于河朔耳。"马欣然曰："仆虽固贫，茅庐可以寄榻。不嫌荒陋，无烦他适。"陶趋车前，向姊咨禀。车中人推帘语，乃二十许绝世美人也。顾弟言："屋不厌卑，而院宜得广。"马代诺之，遂与俱归。

【注释】

① 油碧车：古代的一种车子，车壁用油涂饰，故名。多为妇女所乘。

第南有荒圃，仅小室三四椽，陶喜，居之。日过北院，为马治菊。菊已枯，拔根再植之，无不活。然家清贫，陶日与马共食饮，而察其家似不举火。马妻吕，亦爱陶姊，不时以升斗馈恤之。陶姊小字黄英，雅善谈，辄过吕所，与共纫绩。

陶一日谓马曰："君家固不丰，仆日以口腹累知交，胡可为常。为今计，卖菊亦足谋生。"马素介，闻陶言，甚鄙之，曰："仆以君风流高士，当能安贫；今作是论，则以东篱为市井，有辱黄花矣①。"陶笑曰："自食其力不为贪，贩花为业不为俗。人固不可苟求富，然亦不必务求贫也。"马不语，陶起而出。

【注释】

①"以东篱为市井"二句：古人把菊花作为高洁的象征，鄙视经商，因此说把菊圃作市场，用菊花做买卖，是对菊花的侮辱。晋陶渊明有"采菊东篱下"的诗句，后人便以东篱代指菊圃。市井，做生意买卖的地方。黄花即菊花。

自是，马所弃残枝劣种，陶悉掇拾而去。由此不复就马寝食，招之始一至。未几，菊将开，闻其门嚣喧如市。怪之，过而窥焉，见市人买花者，车载肩负，道相属也。其花皆异种，目所未睹。心厌其贪，欲与绝；而又恨其私秘佳本，遂款其扉，将就诮让。陶出，握手曳入。见荒庭半亩皆菊畦，数椽之外无旷土。劚去者①，则折别枝插补之；其蓓蕾在畦者，罔不佳妙：而细认之，皆向所拔弃也。陶入屋，出酒馔，设席畦侧，曰："仆贫不能守清戒，连朝幸得微赀，颇足供醉。"少间，房中呼"三郎"，陶诺而去。俄献佳肴，烹饪良精。因问："贵姊胡以不字？"答云："时未至。"问："何时？"曰："四十三月。"又诘："何说？"但笑不言。尽欢始散。

【注释】

① 劚(zhǔ)：掘取。

过宿，又诣之，新插者已盈尺矣。大奇之，苦求其术。陶曰："此固非可言传；且君不以谋生，焉用此？"又数日，门庭略寂，陶乃以蒲席包菊，捆载数车而去。逾岁，春将半，始载南中异卉而归，于都中设花肆，十日尽售，复归艺菊。问之去年买花者，留其根，次年尽变而劣，乃复购于陶。陶由此日富：一年增舍，二年起夏屋。兴作从心，更不谋诸主人。渐而旧日花畦，尽为廊舍。更于墙外买田一区，筑墉四周，悉种菊。至秋，载花去，春尽不归。

而马妻病卒。意属黄英，微使人风示之。黄英微笑，意似允许，惟专候陶归而已。年余，陶竟不至。黄英课仆种菊，一如陶。得金益合商贾，村外治膏田二十顷，甲第益壮。忽有客自东粤来，寄陶生函信，发之，则嘱姊归马。考其寄书之日，即妻死之日；回忆园中之饮，适四十三月也，大奇之。以书示英，请问"致聘何所"。英辞不受采。又以故居陋，欲使就南第居，若赘焉。马不可，择日行亲迎礼。黄英既适马，于间壁开扉通南第，日过课其仆。马耻以妻富，恒嘱黄英作南北籍，以防淆乱。而家所须，黄英辄取诸南第。不半岁，家中触类皆陶家物。马立遣人一一赍还之[1]，戒勿复取。未浃旬[②]，又杂之。凡数更，马不胜烦。黄英笑曰："陈仲子毋乃劳乎[③]？"马惭，不复稽，一切听诸黄英。鸠工庀料[④]，土木大作，马不能禁。经数月，楼舍连亘，两第竟合为一，不分疆界矣。然遵马教，闭门不复业菊，而享用过于世家。

【注释】

① 赍(jī)还：送还。② 浃旬：十天为一旬，浃旬即一旬。③ 陈仲子：战国时齐人，当时著名的清廉之士。他哥哥是齐国大贵族，食禄万钟，他以为不义，避居楚国。④ 庀(pǐ)料：备齐建筑材料。

马不自安，曰："仆三十年清德，为卿所累。今视息人间，徒依裙带而食，真无一毫丈夫气矣。人皆祝富，我但祝穷耳！"黄英曰："妾非贪鄙；但不少致丰盈，遂令千载下人，谓渊明贫贱骨[①]，百世不能发迹，故聊为我家彭泽解嘲耳。然贫者愿富，为难；富者求贫，固亦甚易。床头金任君挥去之，妾不靳也。"马曰："捐他人之金，抑亦良丑。"黄英曰："君不愿富，妾亦不能贫也。无已，析君居：清者自清，浊者自浊，何害。"乃于园中筑茅茨，择美婢往侍马。马安之。然过数日，苦念黄英。招之，不肯至；不得已，反就之。隔宿辄至，以为常。黄英笑曰："东食西宿[②]，廉者当不如是。"马亦自笑，无以对，遂复合居如初。

【注释】

① 渊明：晋代著名诗人陶潜的字，他一生喜爱菊花。他做过彭泽县令，下文的“彭泽”也指的是他。② 东食西宿：据《艺文类聚·风俗通》载，齐国有两个男子同时向一个女子求婚，东家男子丑而富，西家男子美而贫。女子的父母问女儿要嫁哪一家，她说两家都嫁，在东家吃饭，西家住宿。

会马以事客金陵，适逢菊秋。早过花肆，见肆中盆列甚烦，款朵佳胜，心动，疑类陶制。少间，主人出，果陶也。喜极，具道契阔，遂止宿焉。要之归。陶曰：“金陵，吾故土，将婚于是。积有薄赀，烦寄吾姊。我岁杪当暂去。”马不听，请之益苦。且曰：“家幸充盈，但可坐享，无须复贾。”坐肆中，使仆代论价，廉其直，数日尽售。逼促囊装，赁舟遂北。入门，则姊已除舍，床榻裀褥皆设，若预知弟也归者。

陶自归，解装课役，大修亭园，惟日与马共棋酒，更不复结一客。为之择婚，辞不愿。姊遣两婢侍其寝处，居三四年，生一女。陶饮素豪，从不见其沉醉。有友人曾生，量亦无对。适过马，马使与陶相较饮。二人纵饮甚欢，相得恨晚。自辰以讫四漏，计各尽百壶。曾烂醉如泥，沉睡座间。陶起归寝，出门践菊畦，玉山倾倒①，委衣于侧，即地化为菊，高如人；花十馀朵，皆大于拳。马骇绝，告黄英。英急往，拔置地上，曰：“胡醉至此！"覆以衣，要马俱去，戒勿视。既明而往，则陶卧畦边。马乃悟姊弟菊精也，益爱敬之。而陶自露迹，饮益放，恒自折柬招曾，因与莫逆。值花朝[2]，曾来造访，以两仆舁药浸白酒一坛，约与共尽。坛将竭，二人犹未甚醉。马潜以一瓻续入之，二人又尽之。曾醉已惫，诸仆负之以去。陶卧地，又化为菊。马见惯不惊，如法拔之，守其旁以观其变。久之，叶益憔悴。大惧，始告黄英。英闻骇曰："杀吾弟矣！"奔视之，根株已枯。痛绝，掐其梗，埋盆中，携入闺中，日灌溉之。马悔恨欲绝，甚怨曾。越数日，闻曾已醉死矣。盆中花渐萌，九月既开，短干粉朵，嗅之有酒香，名之"醉陶"，浇以酒则茂。后女长成，嫁于世家。黄英终老，亦无他异。

【注释】

① 玉山倾倒：三国时的嵇康长得很美，人们用"玉山"来比喻他。他喜欢喝酒，经常醉得倾倒。后来人们就常用"玉山倾倒"来形容醉倒。② 花朝：旧俗以农历二月十五日为百花生日，号百花节，又称花朝。

异史氏曰："青山白云人[1]，遂以醉死，世尽惜之，而未必不自以为快也。植此种于庭中，如见良友，如对丽人——不可不物色之也。"

【注释】

① 青山白云人：唐人傅奕每次得病，都不请医服药，

他自己写墓志铭说："傅奕，青山白云人也。因酒醉死。"(《旧唐书·傅奕传》)青山白云，比喻旷达、无拘束。

【翻译】

马子才是顺天府人。他家祖祖辈辈都喜爱菊花，到了马子才更是爱菊成癖。只要听到有好的品种，就一定要买来，即使相距有千里之遥也不在乎。一天，有一位从南京来的客人住在他家里，客人说自己的中表亲有一两种菊花，是北方所没有的品种。马子才一听就劲头来了，立刻准备行装，跟着客人来到南京。客人想方设法为他奔走谋求，才得到两株幼苗，马子才高兴得如获至宝，细心把它包藏好。

在回家的路上，马子才遇到一个年轻人，骑着驴子，跟在一辆油碧车后面，风度潇洒。马子才走到近前，和年轻人交谈起来。年轻人自称姓陶。谈吐很风雅。他问马子才从哪儿来，马子才如实告诉了他。年轻人说："菊花的品种没有不好的，关键在于人的栽培和浇灌。"于是就和马子才谈论起栽培菊花的方法。马子才听得眉飞色舞，就问他："你要到哪里去？"年轻人回答说："我姐姐久住南京，感到厌烦了，想到黄河以北找个地方住下。"马子才高兴地说："我家虽然贫穷，但茅屋还可以住人。要是不嫌荒僻简陋，就请不要到别的地方去。"陶生赶到油碧车前面，找她姐姐商量这件事。车里的人推开车帘说话，原来是一位二十岁左右的绝世美人。她看着弟弟说："屋子简陋倒不要紧，可是院子要宽敞才合适。"马子才代替陶生答应了她，于是和他们一起回到家里。

马子才的住屋南边有个荒芜了的菜园，里面只有三四间小屋，陶生很喜欢这个地方，就和姐姐住下了。陶生每天都到北院，替马子才栽培菊花。有的菊花已经枯萎了，他就连根拔起，重新种上，没有不活的。但是陶家很清贫，陶生每天都和马子才一块儿吃饭喝酒。而观察他的家里，似乎从不生火做饭。马子才的妻子吕氏，也很喜爱陶生的姐姐，时常拿出一升半斗的粮食周济她。陶生的姐姐小名叫黄英，很会说话，她常常到吕氏的房里，和吕氏一块儿做针线活和纺织。

一天，陶生对马子才说："你家本来不富裕，我又天天吃喝你家的，给好朋友增加了负担，怎能长此下去呢。为今之计，我们可以出卖菊花，这也足以谋生。"马子才素来清高，听了陶生这番话，心里很鄙视他，说："我原以为你是个风流高雅的人，一定能够安于清贫的生活；今天说出这样的话，简直是把高雅的菊花园当成做买卖的市场，真是对菊花的侮辱啊。"陶生笑着说："自食其力，不算贪婪；以卖菊花为职业，也不能说是俗气。人固然不可以用不正当手段去谋求财富，可是也不必专门去寻求贫穷呀！"马子才不吭声。陶生站起来就走了。

打这以后，凡是马子才扔掉的残枝劣种，陶生全都拾了回去。也不再主动到马家吃饭和睡觉了。马子才来请他，他才去一趟。不久，菊花要开了，马子才听到南院门口喧闹得好像集市一样，他感到很奇怪，就走过去偷偷一看，只见那些来买菊花的市民，有的用车拉，有的用肩挑，路上络绎不绝。而那些菊花都是奇异的品种，从来没有看见过。马子才打心眼里厌恶陶生的贪财，想和他绝交；但又恼恨他私下藏着奇异品种，就前去敲他的门，想责备他一顿。陶生迎出门来，热情地握着马子才的手，把他拉进园去。只见半亩荒废了的院子都成了菊畦，除了那几间小屋以外，再也找不到空闲的土地。已经挖走菊花的地方，又折下别的枝叶插补上；那些在畦里含苞欲放的菊花，没有一棵不是佳妙的。不过仔细一认，才发现这些都是自己以前拔下来扔掉的。陶生走进屋里，拿出酒菜，在菊畦边摆下座位，说："我由于贫穷，不能遵守您的教训，连日来侥幸得到一点微薄的钱财，还足够我们痛饮一番。"过了一会儿，听到房里呼唤"三郎"，陶生答应着走进去。很快就端出几样好菜，烹调很精美。马子才就问陶生："你姐姐为什么不许配人家？"陶生回答说："时候还没到。"又问："要到什么时候？"陶生说："得四十三个月。"马子才又追问道："这话怎么解释呢？"陶生只是笑着，并不答话。两人于是开怀畅饮，尽兴而散。

过了一夜，马子才又来到南院，看见新插的菊枝已经一尺多高了。他感到非常奇怪，苦苦地要求陶生把其中的奥妙传授给他。陶生说："这本来就不可以言传；况且你又不用它谋生，学它又有什么用处？"又过了几天，门院寂静些了，陶生就用蒲席包起菊花，用绳子捆扎着，装了好几车走了。过年以后，春天快要过去一半了，陶生才载着南方的奇花异草回来，在京城里开了个花店。十天功夫，花就全部卖完了。然后又回来培植菊花。问问那些去年买了菊花的人，都说他们留下花种栽种，谁知第二年都变成了劣种，于是又到陶生那里去买。陶生从此一天天富裕起来；第一年增建了房屋，第二年盖起了高大的楼阁。他随着自己的心意兴建楼房,再不同主人商量。渐渐地从前的花畦都变成了楼廊房舍。陶生又在墙外买了一块地,四周筑起围墙,里面全部种上菊花。到了秋天,陶生用车子载着菊花走了,第二年春季过后还不见他回来。

这时,马子才的妻子因病去世了。他打算续娶黄英,就托人向她透露了一点口风。黄英微微一笑,意思好像是答应了,只是专等陶生回来而已。过了一年多,陶生竟然还没有回来。黄英每天督促仆人种植菊花,一切跟陶生在家时一样。她把卖花所赚到的钱,和商人合股,又在村外买了二十顷良田,住宅也更加壮观了。一天,忽然从广东来了一位客人,捎来陶生的一封信,打开一看,原来是嘱咐姐姐嫁给马子才。马子才查对其寄信的日期,正是妻子去世的那一天;回忆那次同陶生在园中饮酒的时间,恰好相距四十三个月,他感到非常惊奇。于是把信拿给黄英看,又问她聘礼要送到什么地方。黄英辞谢说,不收聘礼。又认为他的旧居简陋,想叫他住进南院来,就像招赘女婿一样。马子才不同意,就选择一个良辰吉日把黄英娶到家里。黄英嫁给马子才以后,在墙上开了一道门直通南院,每天过去督促仆人培植菊花。马子才觉得依靠妻子发财很不光彩,就经常嘱咐黄英把南北两院的财产分别登记立账,以防混淆。可是家里需要的东西,黄英总是从南院里拿来。不到半年,家里所用的都是陶家的东西。马子才马上派人把东西一一送回去,并告诫他们不要再拿来使用。不到十天,东西又混杂了。这样折腾了好几次,马子才不胜麻烦。黄英笑着说:“你这位陈仲子先生,未免太劳苦了吧?”马子才感到很不好意思,于是不再查点东西,一切都听从黄英的安排。黄英召集工匠，备齐材料，大兴土木，马子才也制止不了。经过几个月的建筑，楼台屋舍连成一片，南北两院竟然合为一体，分不出疆界了。不过，黄英遵从马子才的吩咐，闭门在家，不再经营菊花买卖，而享受却超过了世代做官的人家。

马子才心里很不安，说："我三十年来不贪富贵的清德，被你牵累败坏了。现在我活在世上，只是依靠妻子过活，真是连一点儿大丈夫的气概都没有了。人人都祈祷发财，我只是祈祷快些受穷才好！"黄英说："我不是贪婪、鄙俗的人；只是不稍微发点小财，就会让千年之后的人，说陶渊明是穷骨头，百世也不能发达，所以我姑且为我家的陶公争一口气。但是穷人想变富，是很难的；富家想变穷，本来就很容易。家里的钱财任你随意挥霍，我决不吝啬。"马子才说："花费别人的钱财，也是很可耻的。"黄英说："你不愿意富，我也不能够变成贫穷。没有别的办法，只好和你分开住：清高的自己清高，浑浊的自己浑浊，对谁也没有妨害。"于是黄英请人在园中盖了一座茅屋，还挑了漂亮的丫头去侍候他。马子才住得很安心。但是过了几天，他就苦苦地想念黄英。派人去请她，她不肯来；迫不得已，只好返回去到黄英那里。每隔一夜就去一趟，习以为常。黄英笑他说："在东家吃饭，西家住宿，讲究清廉的人大概不应该这样吧。"马子才自己也感到好笑，无话可答，于是又像当初那样合居一处。

一次，马子才恰好有事到了南京，正赶上菊花盛开的秋天。清晨路过花店，看见店里陈列着一盆盆的菊花，花朵的样子特别好看，他心里一动，觉得很像陶生栽培的。

不一会儿，店主人出来了，果然是陶生。他高兴极了，详细地诉说久别以后的思念之情，于是便住在花店。他请陶生一块儿回去。陶生说："南京是我的故乡，我要在这里成婚。我积攒了一点钱，麻烦你带给我姐姐。年底我一定回去住一段时间。"马子才不同意，进一步请求他一起回去，并且说："家里幸而很丰裕了，只要坐享其成就可以，不必再经商做买卖了。"说完就坐在店里，叫仆人代为论价，把花降价出售，不几天菊花就卖光了。然后他催促陶生收拾行装，租了一条船就向北而去。回到家里，黄英已经打扫房间，床铺被褥都准备好了，就好像预先知道弟弟回来似的。

陶生自从回家以后，放下行装，督促杂役，大修亭园，又每天和马子才一起下棋饮酒，再也不结交一个客人。给他提亲，他都推辞了，表示不愿意。黄英就派了两个丫头服侍他睡觉，住了三四年，生了一个女儿。陶生一向酒量很大，从没见他喝醉过。马子才有个姓曾的朋友，酒量也大得惊人。一天，曾生恰好来看望马子才，马子才叫他和陶生比比酒量。两人纵情畅饮，喝得很痛快，都恨相见太晚了。从辰时一直喝到四更天，每人都喝了一百壶。曾生喝得烂醉如泥，趴在桌上睡过去了。陶生起身回去睡觉，出门时踩着了菊畦，身体一下子跌倒了，衣服堆在菊畦边，就地化为一株菊花，有一个人那么高；开了十几朵花，都比拳头还大。马子才惊骇极了，急忙告诉黄英。黄英连忙跑到跟前，把花连根拔下来放在地上，说："怎么醉成这个样子！"就用衣服把这株花盖上，叫马子才跟她一块儿离开，告诫他不要在那里看着。天亮以后跑到那里，见陶生睡在菊畦边。马子才这时才明白他们姐弟俩都是菊花精，于是越发敬爱他们。而陶生自从显露了本相以后，更是毫无拘束地喝酒，常常自己写请帖邀请曾生，因此和曾生成了知己。在二月十五日百花生日那一天，曾生前来拜访，还让两个仆人抬着一坛用药浸过的白酒，约定和陶生一起把它喝光。坛里的酒快喝光了，可是两人还没怎么醉。马子才偷偷把一大瓶酒加进去，两人又把它喝光了。这一下曾生可醉得不行了，仆人们把他背了回去。陶生也醉倒在地上，又变成了菊花。马子才已经见惯了，不再惊慌，就仿照黄英的办法把它拔起来，守在旁边观察它的变化。过了很久，菊花的叶子越来越憔悴了。马子才很害怕，这才去告诉黄英。黄英一听，吃惊地说："害死我弟弟了！"跑去一看，根和茎都已经枯干了。黄英悲痛欲绝，掐下一段花梗，埋在花盆里，带回闺房，每天给它浇水。马子才后悔得要死，于是非常怨恨曾生。过了几天，听说曾生已经醉死了。而那盆里的花梗渐渐长出新芽，到了九月就开花了，短短的枝干，粉红的花朵，嗅它时可闻到酒香，于是给它取名叫"醉陶"。用酒浇它，就长得更繁茂。后来，陶生的女儿长大成人，嫁给了做官人家的子弟。黄英直到老死，也没有其他异样的变化。

异史氏说："一个心胸旷达、无拘无束的人，竟然因为醉酒而死去，世上的人无不感到可惜，而他自己未必不认为那是一种快乐。在院子里种上这样的菊花，就好像见到了好朋友，又好像面对着绝世佳人——不能不去寻觅一棵啊。"

晚　霞

一个是吴门名妓，一个是镇江小童，他们才艺出众，却被迫置身于危险的斗龙舟之戏中，最后堕水而死。在富丽繁华的龙宫里，他们相遇而相爱。而他们面对的却是宫禁森严的封建统治，自由恋爱是违法的，他们只能相视神驰，只能暗中幽会。后来，他们随龙窝君去为吴江王祝寿，晚霞又被留下教舞，两人音耗遂绝。失去起码的人身自由，又怎能谈得上爱情与幸福！为了自由，为了爱情，他们被迫投江自尽，死而再死，却因此侥幸逃离了令人窒息的龙宫。谁知人间的王爷又向他们伸出了魔掌。晚霞被迫以龟尿毁容，为了维护自由的生活和生死以求的爱情，又一次付出了沉重的代价。

五月五日，吴越间有斗龙舟之戏：刳木为龙，绘鳞甲，饰以金碧；上为雕甍朱槛①；帆旌皆以锦绣；舟末为龙尾，高丈余；以布索引木板下垂，有童坐板上，颠倒滚跌，作诸巧剧。下临江水，险危欲堕。故其购是童也，先以金啖其父母，预调驯之，堕水而死，勿悔也。吴门则载美妓，较不同耳。

【注释】

① 甍(méng):栋梁,屋脊。

镇江有蒋氏童阿端,方七岁,便捷奇巧,莫能过,身价益起,十六岁犹用之。至金山下,堕水死。蒋媪止此子,哀鸣而已。阿端不自知死,有两人导去,见水中别有天地;回视,则流波四绕,屹如壁立。俄入宫殿,见一人兜牟坐[①]。两人曰:"此龙窝君也。"便使拜伏。龙窝君颜色和霁,曰:"阿端伎巧可入柳条部。"遂引至一所,广殿四合。趋上东廊,有诸年少,出与为礼,率十三四岁。即有老妪来,众呼解姥。坐令献技。已,乃教以钱塘飞霆之舞[②],洞庭和风之乐[③]。但闻鼓钲喤聒,诸院皆响。既而诸院皆息。姥恐阿端不能即娴,独絮絮调拨之;而阿端一过,殊已了了。姥喜曰:"得此儿,不让晚霞矣!"

【注释】

① 兜牟(móu):古代一种用皮或铁制的帽子,也称"头盔"。② 钱塘飞霆之舞:钱塘,即钱塘江龙王钱塘君。他因侄女受到夫家欺凌,前去为她报仇。当其出发时,"千雷万霆,激绕其身","乃擘青天而飞去"。见唐代李朝威所作《柳毅传》。钱塘飞霆之舞,当为表现钱塘君为侄女报仇的舞蹈。③ 洞庭和风之乐:王嘉《拾遗记》中说,洞庭湖上四时有金石丝竹之声。洞庭和风之乐,当即表现洞庭湖在风和日丽之时,金石丝竹悠扬悦耳的美妙情景的乐曲。

明日，龙窝君按部，诸部毕集。首按夜叉部，鬼面鱼服。鸣大钲，围四尺许；鼓可四人合抱之，声如巨霆，叫噪不复可闻。舞起，则巨涛汹涌，横流空际，时堕一点星光，及着地消灭。龙窝君急止之，命进乳莺部，皆二八姝丽，笙乐细作，一时清风习习，波声俱静，水渐凝如水晶世界，上下通明。按毕，俱退立西墀下。次按燕子部，皆垂髫人①。内一女郎，年十四五以来，振袖倾鬟，作散花舞；翩翩翔起，衿袖袜履间，皆出五色花朵，随风飏下，飘泊满庭。舞毕，随其部亦下西墀。阿端旁睨，雅爱好之。问之同部，即晚霞也。无何，唤柳条部。龙窝君特试阿端。端作前舞，喜怒随腔，俯仰中节。龙窝君嘉其惠悟，赐五文裤褶，鱼须金束发②，上嵌夜光珠。阿端拜赐下，亦趋西墀，各守其伍。端于众中遥注晚霞，晚霞亦遥注之。少间，端逡巡出部而北，晚霞亦渐出部而南；相去数武，而法严不敢乱部，相视神驰而已。既按蛱蝶部，童男女皆双舞，身长短、年大小、服色黄白，皆取诸同。诸部按已，鱼贯而出。柳条在燕子部后，端疾出部前，而晚霞已缓滞在后。回首见端，故遗珊瑚钗，端急纳袖中。既归，凝思成疾，眠餐顿废。解姥辄进甘旨，日三四省，抚摩殷切，病不少瘥。姥忧之，罔所为计，曰：“吴江王寿期已促，且为奈何！”

【注释】

① 垂髫人：古时幼童不束发，头发下垂，叫垂髫。这里指未成年的女孩子。② 金束发：古代十五岁至十九岁的

男子，把头发束成一髻。常用纺织品束发。以金代替纺织品作为束发用具的，称为金束发。

薄暮，一童子来，坐榻上与语，自言："隶蛱蝶部。"从容问曰："君病为晚霞否?"端惊问："何知?"答曰："晚霞亦如君耳。"端凄然起坐，便求方计。童问："尚能步否?"答云："勉强尚能自力。"童挽出，南启一户；折而西，又辟双扉。见莲花数十亩，皆生平地上；叶大如席，花大如盖，落瓣堆梗下盈尺。童引入其中，曰："姑坐此。"遂去。少时，一美人拨莲花而入，则晚霞也，相见惊喜，各道相思，略述生平。遂以石压荷盖令侧，雅可幛蔽；又匀铺莲瓣而藉之，忻与狎寝。既订后约，日以夕阳为候，乃别。端归，病亦寻愈。由此两人日一会于莲亩。

过数日，随龙窝君往寿吴江王。称寿已，诸部悉还，独留晚霞及乳莺部一人在宫中教舞，数月更无音耗，端怅惘若失。惟解姥日往来吴江府；端托晚霞为外妹，求携去，冀一见之。留吴江门下数日，宫禁森严，晚霞苦不得出，怏怏而返。积月馀，痴想欲绝。一日，解姥入，戚然相吊曰："惜乎！晚霞投江矣!"端大骇，涕下不能自止。因毁冠裂服，藏金珠而出，意欲相从俱死。但见江水若壁，以首力触不得入。念欲复还，惧问冠服，罪将增重。意计穷蹙，汗流浃踵。忽睹壁下有大树一章，乃猱攀而上，渐至端杪；猛力跃堕，幸不沾濡，而竟已浮水上。不意之间，恍睹人世，遂飘然泅去。移时，得岸，少坐江滨，顿思老母，遂趁舟而去。

抵里，四顾居庐，忽如隔世。次且至家，忽闻窗中有女子曰："汝子来矣。"音声甚似晚霞。俄，与母俱出，果霞。斯时两人喜胜于悲；而媪则悲疑惊喜，万状俱作矣。

初，晚霞在吴江，觉腹中震动，龙宫法禁严，恐旦夕身娩，横遭挞楚；又不得一见阿端，但欲求死，遂潜投江水。身泛起，沉浮波中。有客舟拯之，问其居里。晚霞故吴名妓，溺水不得其尸。自念衏院不可复投[①]，遂曰："镇江蒋氏，吾婿也。"客因代赁扁舟，送诸其家。蒋媪疑其错误，女自言不误，因以其情详告媪。媪以其风格韵妙，颇爱悦之；第虑年太少，必非肯终寡也者。而女孝谨，顾家中贫，便脱珍饰售数万。媪察其志无他，良喜。然无子，恐一旦临蓐，不见信于戚里，以谋女。女曰："母但得真孙，何必求人知。"媪亦安之。会端至，女喜不自已。媪亦疑儿不死；阴发儿冢，骸骨具存。因以此诘端。端始爽然自悟；然恐晚霞恶其非人，嘱母勿复言。母然之。遂告同里，以为当日所得非儿尸。然终虑其不能生子。未几，竟举一男，捉之无异常儿，始悦。久之，女渐觉阿端非人，乃曰："胡不早言！凡鬼衣龙宫衣，七七魂魄坚凝，生人不殊矣。若得宫中龙角胶，可以续骨节而生肌肤，惜不早购之也。"

【注释】

① 衏(háng)院：妓院。

端货其珠，有贾胡出赀百万[①]，家由此巨富。值母寿，夫妻歌舞称觞[②]，遂传闻王邸。王欲强夺晚霞。端惧，见王自陈："夫妇皆鬼。"验之无影而信，遂不之夺。但遣宫人就别院，传其技。女以龟溺毁容[③]，而后见之。教三月，终不能尽其技而去。

【注释】

① 贾(gǔ)胡：唐时称经商的胡人为贾胡。后来也泛指外国商人。② 称觞：敬酒，这里指祝寿。③ 龟溺毁容：用龟尿毁坏自己的容貌。据《本草》载，龟尿沾染人的皮肤后，就无法洗掉。

【翻译】

五月初五端午节，江浙一带有赛龙舟的游戏：把大木头挖空，制成龙形的船，船身描绘鳞甲，装饰得金碧辉煌；船上装有雕花的栋梁，朱红的栏杆；船帆和旗帜都是用绸缎做的；船末作为龙尾，翘起一丈多高；用布绳子吊下一块木板，有个小孩坐在木板上，翻滚跌仆，做各种奇巧表演。木板的下面就是江水，人随时有掉下江里的危险。因此，在雇这种小孩的时候，总是先用重金引诱他的父母，预先训练好，并声明假如小孩掉进江里淹死，父母也不能反悔。在苏州，则是让美貌的妓女坐在木板上，和别处稍有点不同。

镇江有个蒋家的男孩，名叫阿端，刚七岁时，在木板上就已身姿轻便敏捷，动作灵巧多变，没有人比得过他，所以声价越来越高，直到十六岁，还用他来表演。这一年，在龙舟经过金山下时，阿端跌进水里淹死了。蒋母只有这么一个儿子，但也无可奈何，只有呼天抢地地痛哭罢了。阿端并不知道自己死了，只看到两个人领着他向前走，水中别有一番天地；回头一看，则流动的波涛四面环绕，像墙壁一样陡然耸立着。一会儿进了一座宫殿，只见一个人戴着头盔坐在上面。那两个引路人说："这是龙窝君。"就叫阿端跪下朝拜。龙窝君和颜悦色地说："根据阿端的技巧，可以编入柳条部。"于是两人又领阿端到一个地方，四面都是宽阔的宫殿。阿端快步走上东廊，就有许多少年出来和他见面行礼，大抵都是十三四岁的孩子。接着有个老妇人走出来，大家都叫她解姥姥。解姥姥坐下来，叫阿端表演。表演完后，就教他们《钱塘飞霆》的舞蹈和《洞庭和风》的乐曲。只听得锣鼓齐鸣，各个院子都响了起来。教完以后，各个院子又都静了下来。解姥姥怕阿端不能马上学得很熟练，又独自絮絮叨叨地指点他；可是阿端学过一遍，就已经掌握得很好了。解姥姥高兴地说："得到这个孩子，就不怕晚霞了。"

第二天，龙窝君考查各部的情况，各部都集合在宫殿里。首先考查夜叉部，他们的面部跟鬼一样，穿着鱼服。敲着大锣，锣的周围约有四尺长；擂着的大鼓，大概四个人才能合抱。敲打的声音好像巨大的霹雳，震耳欲聋，即使大吵大闹也听不见了。夜叉们跳起舞来，顿时巨浪汹涌，横流天际，不时落下点点星光，等掉到地上便消失了。龙窝君急忙叫他们停止，让乳莺部上来表演。这乳莺部都是十五六岁的秀丽女子，她们吹奏起笙箫，清脆柔美，一时间清风习习，波涛声也静了下来，碧净的水渐渐凝集，好像一个水晶世界，上下通明透亮。她们考查完后，就都退下去，站在西边的台阶下。接着轮到燕子部考查，都是未成年的小姑娘。其中有一个，大约十四五岁，时而高扬长袖，时而低头旋转，跳起了散花舞。随着她翩翩起舞，在衣襟、袖口以及鞋袜上，都散出五彩缤纷的花朵，随风飘扬，飞满了院子。跳完以后，便随着燕子部，也站在西边的台阶下。阿端站在一旁注视着，非常爱慕她。他问自己同部的人，才知道她就是晚霞。不一会儿，呼唤柳条部表演。龙窝君特意要试试阿端的技艺。阿端便跳起前一天学会的舞蹈，他所表现的喜怒之情跟曲调很和谐，他的俯仰转折也无不合乎音乐的节拍。龙窝君赞许他的聪明伶俐，特别奖赏他一套绣着五彩花纹的衣裤，一副鱼须状的纯金束发用具，上面镶嵌着夜明珠。阿端拜谢了龙窝君的赏赐之后退了下来，也快步走到西边的台阶下。各部都守着自己的队伍。阿端在人群里远远地注视着晚霞，晚霞也远远地凝望着他。一会儿，阿端慢慢地离开原位而向北走去，晚霞也渐渐地离开原位而向南走；两人相隔只有几步远，但是由于规矩严厉，谁也不敢越过各部的界线，只能互相凝望、心往神驰罢了。随后又考查蛱蝶部，童男童女都成对起舞，同一对的两个人，身材的高矮、年龄的大小、服色的或黄或白，都是一样的。各部都考查完了以后，便一部跟着一部地走出宫殿。柳条部跟在燕子部后面，阿端连忙快步走到本部的前头，而晚霞已经放慢脚步落在本部的后头。晚霞回头看见阿端，故意丢下一支珊瑚钗，阿端急忙拾起来藏进衣袖里。回去以后，阿端苦苦地思念晚霞，以致得了相思病，顿时睡不着觉、吃不下饭。解姥姥就给他送来好吃的东西，一天来看望三四次，殷勤真诚地抚摩安慰，可是病一点也不见好。解姥姥很担忧，但没有办法可想。她对他说："为吴江王庆寿的日期已经迫近了，这可怎么办呢！"

这天傍晚，来了一个小孩，坐在床上和阿端说话，他自我介绍说："我是属于蛱蝶部的。"然后不慌不忙地问道："你是不是因为想念晚霞而生病？"阿端惊讶地问："你怎么知道？"小孩笑着说："晚霞也像你一样啊。"阿端凄然地坐起身来，请求他给想个办法。小孩问："你还能走动吗？"阿端回答说："还勉强能走。"那小孩就搀扶着阿端走出来，推开南边的一道门，走了一段，拐了个弯向西走，又推开了两扇门。只见有几十亩荷花，都生长在平地上；荷叶像席子那么大，荷花也大得像伞盖，落下来的花瓣堆在花梗下，足有一尺厚。小孩把他领进荷花丛中，说："你暂且坐一下。"说完就走了。一会儿，有个美丽的女子拨开荷花走进来，原来就是晚霞。两人相见，又惊又喜，各自诉说相思之情，也大略地介绍了自己的身世。于是用石头压得荷叶向旁倾侧，这样就很可起到遮蔽作用；又均匀地铺好花瓣，两人便欣然躺在上面亲热。随后两人又约定，每天太阳落山时到这里相会，这才分手。阿端回去以后，病也很快就好了。从此，两人每天都在荷花地里幽会。

过了几天，他们跟随龙窝君去给吴江王祝寿。祝寿完毕，各部都回来了，唯独留下晚霞和乳莺部的一个人在吴江王宫里教舞蹈。这以后好几个月都没有晚霞的消息，阿端心情惆怅，丧魂落魄。只有解姥姥经常去吴江王府；阿端便假托晚霞是自己的表妹，求解姥姥带他去，希望能见晚霞一面。可是在吴江王府外院待了好几天，由于宫廷门禁森严，晚霞想尽办法也出不来，他只好闷闷不乐地回去了。又过了一个多月，阿端天天思念晚霞，痛苦欲绝。一天，解姥姥急匆匆地赶来，很悲痛地告诉阿端："可惜啊！晚霞投江了！"阿端大吃一惊，哭得泪如泉涌，无法控制自己。于是，他把金束发折掉，五彩衣裤撕裂，揣着金子和夜明珠跑出来，想要跟随晚霞一道死去。只见江水像墙壁一样耸立着，用脑袋使劲去撞也撞不进去。他想再回去，又怕追问起金束发和五彩衣裤，将会加重治罪。想来想去都毫无办法，急得汗水顺着脊梁一直流到脚跟。忽然看见水墙脚下有一棵大树，他连忙像猴子一样爬了上去，渐渐爬到了树梢；猛力一跳，落下来时，幸而没有浸得衣服湿透，而且竟然浮出水面上了。出乎意料地，他仿佛看到了人间世界，于是随着水流向前游去。一会儿，游到岸边，爬了上去，在江边坐下来稍微休息了一下，并立刻想起了老母亲，于是搭了一条便船回家去。

到达家乡以后，阿端看看这家房屋，望望那家院落，恍如隔世。他犹犹豫豫地走到家门口，忽然听到窗户里有个女子呼喊："你儿子回来了。"声音很像晚霞。一会儿，那女子和他母亲一块儿走出房门，果然是晚霞。这时，两个人欢喜超过了悲伤；而他母亲却是又悲伤、又疑惑，又惊讶、又喜悦，百感交集，一时说不清是什么滋味。

当初，晚霞在吴江王府里发觉腹中胎儿在骚动，而龙宫里法规森严，恐怕早晚生了孩子，会横遭鞭打；又见不到阿端，所以只想求死，就偷偷地投进江里。哪知身体却被江水浮了起来，在波涛中忽上忽下地漂流。正好碰到一只客船把她救了上来，问她家住哪里。晚霞原来是苏州的名妓,被水淹没以后没有捞到尸体。现在她寻思不能再回去投奔妓院,就说:“镇江有户姓蒋的,是我丈夫家。”船客便替她租了一只小船,把她送到蒋家。蒋母怀疑她认错了人家,晚霞说没有错,就把事情的经过详细地告诉了蒋母。蒋母见晚霞潇洒美丽,很喜爱她;只是担心她年纪轻轻,必定不肯终身守寡。可是晚霞非常孝顺勤谨,看到家里很穷,就摘下珍宝首饰,卖了几万钱帮补家用。蒋母见她诚心诚意,万分高兴。但是儿子不在了,恐怕晚霞一旦生了孩子,亲戚邻居不相信是蒋家的骨肉,就和晚霞商量。晚霞说:“母亲只要得到亲孙子就行了,何必非让外人相信不可呢!”蒋母听她这么一说,也就安心了。现在恰好阿端回来了,晚霞高兴得简直不能控制自己。蒋母也怀疑儿子没有死;暗中挖开儿子的坟墓,看见儿子的尸骨还都在里面。蒋母就询问阿端。阿端这才恍然大悟,自己已经不是活人;又害怕晚霞嫌他不是人,就嘱咐母亲不要再说。母亲同意了。于是告诉乡邻,说当初捞到的不是她儿子的尸体。但蒋母始终担心他们不能生孩子。过了不久,晚霞竟然生了一个男孩,蒋母抱起来细看,和普通人家的孩子没有什么两样,这才高兴起来。过了很久,晚霞逐渐感觉到阿端不是人,就对他说:“你怎么不早说呢!凡是鬼穿了龙宫里的衣服,过了七七四十九天,魂魄就会凝固,和活着的人没有差别了。要是得到龙宫里的龙角胶,可以使骨节连接起来,重新长出肌肉和皮肤,可惜没有早早买一点。”

后来,阿端要卖掉他的夜明珠,有一个西域商人花百万钱买去了,家里因此变得很富有。赶上蒋母做寿,夫妻两人载歌载舞,举杯祝寿,这件事传到了王府里,王爷想要强夺晚霞。阿端很害怕,就亲自去见王爷说:“我们夫妻都是鬼。”王爷亲自验看,果然没有身影,才相信了他的话,也就打消了抢夺晚霞的念头。只是派了一些宫女住在别的院子里,叫晚霞传授舞技。晚霞用龟尿涂在脸上,毁损了自己美貌的容颜,然后才去见王爷。教了三个月,宫女们始终不能全部学会晚霞的舞技,晚霞便回家去了。

王 者

蒲松龄对贪官污吏是深恶痛绝的，在《聊斋志异》里曾有广泛而深刻的揭露。本篇却别出心裁，以幻想的方法描画出一个专门惩办贪官污吏的“王者”形象。但是，孰是王者？何处求之？作者心中茫然。“呜呼！是何神欤？苟得其地，恐天下之赴诉者无已时矣。”这最后的两句，反映了人世间贪官污吏多如牛毛、受害群众无处申诉的黑暗现实，也体现了作者为民呼唤却又找不到出路的无可奈何的心情。

湖南巡抚某公[①]，遣州佐押解饷六十万赴京[②]。途中被雨，日暮愆程，无所投宿，远见古刹，因诣栖止。天明，视所解金，荡然无存。众骇怪，莫可取咎。回白抚公，公以为妄，将置之法。及诘众役，并无异词。公责令仍反故处，缉察端绪。

【注释】

① 巡抚：清代的巡抚是省级地方政府的长官，总揽一省的军事、吏治、刑狱、民政等。也称抚军或抚院。② 州

佐：清代知州或知府的辅佐官。

至庙前，见一瞽者，形貌奇异，自榜云："能知心事。"因求卜筮。瞽曰："是为失金者。"州佐曰："然。"因诉前苦。瞽者便索肩舆，云："但从我去，当自知。"遂如其言，官役皆从之。瞽曰："东。"东之。瞽曰："北。"北之。凡五日，入深山，忽睹城郭，居人辐辏①。入城，走移时，瞽曰："止。"因下舆，以手南指："见有高门西向，可款关自问之。"拱手自去。

【注释】

① 居人辐(fú)辏(còu)：比喻人烟稠密。辐，车轮毂中连接轴心和轮圈的直木条。辏，车轮的直木条集中于上，引申为聚集。

州佐如其教，果见高门。渐入之。一人出，衣冠汉制，不言姓名。州佐述所自来。其人云："请留数日，当与君谒当事者。"遂导去，令独居一所，给以食饮。暇时闲步，至第后，见一园亭，入涉之。老松翳日，细草如毡。数转廊榭，又一高亭，历阶而入，见壁上挂人皮数张，五官俱备，腥气流熏。不觉毛骨森竖，疾退归舍。自分留鞟异域①，已无生望，因念进退一死，亦姑听之。

【注释】

① 留鞹(kuò)异域：把命丢在异乡。鞹，皮革，这里指人皮。

明日，衣冠者召之去，曰："今日可见矣。"州佐唯唯。衣冠者乘怒马甚驶，州佐步驰从之。俄，至一辕门，俨如制府衙署，皂衣人罗列左右[①]，规模凛肃。衣冠者下马，导入。又一重门，见有王者，珠冠绣绂，南面坐。州佐趋上，伏谒。王者问："汝湖南解官耶?"州佐诺。王者曰："银俱在此。是区区者，汝抚军即慨然见赠，未为不可。"州佐泣诉："限期已满，归必就刑，禀白何所申证?"王者曰："此即不难。"遂付以巨函云："以此复之，可保无恙。"又遣力士送之。州佐慑息，不敢辨，受函而返。山川道路，悉非来时所经。既出山，送者乃去。

【注释】

① 皂衣人：古代官差穿黑色衣服，故叫皂衣人。

数日，抵长沙，敬白抚公。公益妄之，怒不容辨，命左右者飞索以绸。州佐解襆出函，公拆视未竟，面如灰土。命释其缚，但云："银亦细事，汝姑出。"于是急檄属官，设法补解讫。数日，公疾，寻卒。

先是，公与爱姬共寝，既醒，而姬发尽失。阖署惊怪，莫测其由。盖函中即其发也。外有书云："汝自起家守令，位极人臣。赇赂贪婪，不可悉数。前银六十万，业已验收在库。当自发贪囊，补充旧额。解官无罪，不得妄加谴责。前取姬发，略示微警。如复不遵教令，旦晚取汝首领。姬发附还，以作明信。"公卒后，家人始传其书。后属员遣人寻其处，则皆重岩绝壑，更无径路矣。

异史氏曰："红线金合①，以儆贪婪，良亦快异。然桃源仙人②，不事劫掠；即剑客所集，乌得有城郭衙署哉？呜呼！是何神欤？苟得其地，恐天下之赴诉者无已时矣。"

【注释】

① 红线金合：唐传奇《红线》故事，说侠女红线是潞州节度使薛嵩的婢女，魏博节度使田承嗣要侵犯潞州，红线夜入田的卧室，神奇地盗走他枕边的金盒，以示警戒。
② 桃源：陶潜《桃花源记》中所写的理想世界。这里指王者所居的深山城郭。

【翻译】

湖南有个巡抚，派遣州佐押送六十万两饷银进京。路上遇到大雨，耽误了行程，天快黑了，却没有投宿的地方。远远看见一座古庙，就到庙里去歇宿。天亮以后，发现押送的饷银早已无影无踪。大家又惊又怕，可又不知道该责怪谁。只好回去向巡抚禀告，巡抚认为是胡说八道，要把州佐法办。后又盘问一起送银的差役，并没有不同的供词。巡抚就责令州佐等人仍然返回原地，察访踪迹和线索。

州佐等人回到庙前，看见一个瞎子，相貌生得很古怪，旁边竖着一块牌，上面写着："能知心事。"州佐就请他卜卦。瞎子说："你是因为丢失了饷银。"州佐说："是的。"就把丢失饷银所受的苦楚诉说了一遍。瞎子便要一顶轿子抬着他，说："只要跟着我去，就自然知道了。"于是照他说的办，州佐和差役都跟在轿子后面。瞎子说："向东。"大家向东走。瞎子说："向北。"大家就向北走。一共走了五天，进到深山里，忽然看见一座城市，人烟很稠密。进了城，又走了不久，瞎子叫道："停轿。"于是走下轿来，用手向南边一指说："看到有个朝西而开的大门，可以敲开门自己去问问。"说完拱拱手就独自走了。

州佐按照瞎子指示的方向走去，果然看见那个朝西的大门。就一步一步走进去。这时，一个人从里面走出来，一身汉朝人的穿着打扮，也没有说自己的姓名。州佐向他说明来意。那个人说："请你暂时留下住几天，一定和你去拜见负责人。"说完就领他进去，叫他单独住在一间屋子里，按时给他送来吃的、喝的。州佐闲着没事，就去散步，走到屋后，看见有一处园亭，就进去游览一番。只见古老的苍松遮天蔽日，嫩绿的小草好像铺着的毡子。转过几道走廊台榭，又看见一座高大的亭阁，踏着台阶走进去，看见墙上挂着几张人皮，人皮上五官俱全，散发出阵阵熏人的腥臭味。州佐不禁毛骨悚然，赶紧退了出来，急步走回住处。心想自己的皮早晚也要被剥下来留在异乡，已经没有生还的希望了；接着又想到进退都是一死，也只好暂且听之任之。

第二天，那个穿着汉朝服装的人把他叫去，说："今天可以见到负责人了。"州佐唯唯应命。那个人骑着一匹烈马，跑得很快，州佐跑步跟在后边。一会儿，来到一个辕门前，看样子好像总督的官署，穿黑衣服的衙役排列在两旁，显得庄严肃穆。那个人跳下马，领着州佐进去。又过了一道门，看见有个大王模样的人，头戴镶有珍珠的帽子，身穿绣着图案的官服，面朝南坐着。州佐赶忙走上去，跪在地上叩头拜见。大王问："你是湖南押送饷银的差官吗？"州佐应了一声："是。"大王说："银子都在这里。这么一点点数目，你们的巡抚就慷慨些赠送给我，也没有什么不可以的。"州佐哭泣着说："给我的限期已经满了，回去必定要受刑，我向巡抚禀报银子由您收着，有什么可以为自己申辩的凭证呢？"大王说："这个不难。"就把一个很大的信封交给他说："用这个去回复，可以保你平安无事。"又派了武士护送他出去。州佐吓得连大气也不敢出，更不敢分辩，接过信封就往回走。只见沿途的山川道路，都不是来时所经过的。走出深山以后，护送的人就回去了。

州佐走了几天，回到了长沙，就把自己的经历原原本本地向巡抚禀报。巡抚越发认为他是在瞎编乱造，怒气冲冲不容他分辩，下令衙役用绳索立即把他捆起来。州佐连忙解开包袱，拿出那个信封送上去。巡抚拆开信封，还没有看完，脸色就变得像死灰一样。急忙叫人给州佐解开绳子，嘴上只是说："丢了饷银也不过是小事，你先出去吧。"

于是马上发下公文通知手下的官员，叫他们设法把银子补上完事。过了几天，巡抚得了病，没多久就死了。

原来在这之前，有一天，巡抚和他的爱妾一起睡觉，醒来时，爱妾的头发全部被人剪光了。整个衙署都感到很惊异，谁也猜不出这是什么原因。而州佐捎回的那信封里装的就是爱妾丢失的头发。此外，还有一封信，上面说："你从县令、太守，一直做到巡抚，成了朝廷的大臣。你受贿枉法，贪赃害理，罪恶数不胜数。前些天的六十万两银子，已点清数目验收入库。你应该从腰包里掏出贪赃得来的银，补足六十万两的数额。押送饷银的官是无罪的，不许横加责罚。上次剪掉你爱妾的头发，不过是略微表示警告之意。如果再不遵从我的吩咐，早晚要砍掉你的脑袋。你爱妾的头发随信附还给你，以此作为证明。"巡抚死了以后，家人才把这封信的内容传出来。后来，巡抚手下的官员派人去寻找那大王的住处，但看到的都是悬崖峭壁、万丈深渊，再也没有道路了。

异史氏说："侠女红线盗走田承嗣的金盒，借以警告那种贪婪的人，也确实是一件大快人心的奇事。但是世外桃源的仙人，是不会做这类抢劫之事的；就算是剑客聚集的地方，又怎么会有城池和官署呢？唉！这是什么神仙呢？假如能找到那么一个地方，恐怕人世间到那里去诉苦告状的人将络绎不绝，永无休止吧！"

张氏妇

一不是武林高手，二不是英雄豪杰，也没有刀枪剑戟，只靠茅草针锥，就在含笑之间巧妙地杀掉了三个为非作歹的大兵。这是一个有胆有谋、智勇双全的女英雄形象。篇幅虽短，却响如霹雳，足以振聋发聩，它大胆而犀利地揭露了清王朝军队为害甚于盗贼的罪行，表现了当时阶级矛盾的激化。在文字狱盛行的清朝，本篇的政治色彩无疑是非常强烈的，以致乾隆年间的青柯亭刻本《聊斋志异》不敢收刻①。

【注释】

①《聊斋志异》在清代康熙、雍正时期一直以抄本形式流传，从乾隆时期起才有刻本；它最早的刻本就是青柯亭本。

凡大兵所至，其害甚于盗贼：盖盗贼人犹得而仇之，兵则人所不敢仇也。其少异于盗者，特不敢轻于杀人耳。

甲寅岁[①]，三藩作反[②]，南征之士，养马兖郡，鸡犬庐舍一空，妇女皆被淫污。时遭霪雨，田中潴水为湖[③]，民无所匿，遂乘桴入高粱丛中。兵知之，裸体乘马，入水搜淫，鲜有遗脱。

【注释】

① 甲寅岁：康熙十三年，即 1674 年。② 三藩作反：清初，封明朝降将吴三桂、耿仲明、尚可喜为王，称为三藩。1673 年清廷决定撤藩，吴三桂等相继反叛，史称三藩之乱。③ 潴（zhū）：水积聚。

惟张氏妇不伏，公然在家。有厨舍一所，夜与夫掘坎深数尺，积茅焉；覆以薄，加席其上，若可寝处。自炊灶下。有兵至，则出门应给之。二蒙古兵强与淫。妇曰："此等事，岂可对人行者！"其一微笑，啁嗻而出[①]。妇与入室，指席使先登。薄折，兵陷。妇又另取席及薄覆其上，故立坎边，以诱来者。少间，其一复入。闻坎中号，不知何处。妇以手笑招之曰："在此处。"兵踏席，又陷。妇乃益投以薪，掷火其中。火大炽，屋焚。妇乃呼救。火既熄，燔尸焦臭。人问之。妇曰："两猪恐害于兵，故纳坎中耳。"

【注释】

① 啁（zhāo）嗻（zhè）：说话很多，而所说之话如同鸟鸣，无法理解（因当时的汉人听不懂蒙古话）。啁，鸟鸣；

嚏，多言。

由此离村数里，于大道旁并无树木处，携女红往坐烈日中。村去郡远，兵来率乘马，顷刻数至。笑语啁嚏，虽多不解，大约调弄之语。然去道不远，无一物可以蔽身，辄去，数日无患。一日，一兵至，甚无耻，就烈日中欲淫妇。妇含笑不甚拒。隐以针刺其马，马辄喷嘶，兵遂絷马股际，然后拥妇。妇出巨锥猛刺马项，马负痛奔骇。缰系股不得脱，曳驰数十里，同伍始代捉之。首躯不知处，缰上一股，俨然在焉。

异史氏曰："巧计六出①，不失身于悍兵。贤哉妇乎，慧而能贞！"

【注释】

① 巧计六出：汉陈平辅佐汉高祖刘邦，曾六出奇计，建立卓著的功勋。

【翻译】

凡是大兵所到的地方，他们带来的祸害比盗贼还要严重：因为对于盗贼，人们还可以抓住他来报仇，而对于大兵，人们却是不敢和他们作对的。大兵稍微不同于盗贼的地方，只是不敢轻易杀人罢了。

康熙十三年，吴三桂等三个藩王反叛，南征的士兵在山东兖州休兵养马，当地的鸡犬房舍都被他们洗劫一空，妇女都被奸污了。当时正遇到连绵阴雨,田地里积水成湖。老百姓没有藏身的地方,就坐着木筏躲进高粱地里。大兵知道后,就脱光衣服,骑着战马,到水里搜索妇女,进行奸污,很少有漏掉或逃脱的。

只有张家的媳妇没有躲藏,公然在家里住着。她家有一间厨房,晚上,她和丈夫一起在里面挖了一个几尺深的大坑,坑里堆放了一些茅草;坑口盖上一张芦苇帘,上面再加上一张席子,好像是可以睡觉的地方。张家媳妇就自己在厨房里烧火做饭。有大兵来了,她就出来应付。一天,有两个蒙古兵要强奸她。她说:"这种事,怎能在第三个人面前干呢。"其中一个蒙古兵微微一笑,叽哩呱啦地走了出去。张家媳妇和另一个进了厨房,指着席子叫他先上去。芦苇帘踩折了,大兵就陷进深坑里。张家媳妇又另外拿来一张席子和芦苇帘把坑口盖好,故意站在坑边,引诱进来的大兵。一会儿,门外的那个大兵又进来了。他听见坑内有号叫的声音,却不知在什么地方。张家媳妇笑着用手招呼他说:"在这里。"大兵踏上席子,又陷了进去。张家媳妇就往坑里扔了更多的柴草,又点把火扔进去。顿时,大火熊熊地烧起来,把厨房也烧着了。她就大声喊人救火。火扑灭以后,从里面散发出一股烧焦尸体的臭味。有人问她烧了什么,她说:"家里有两头猪,恐怕被大兵宰了,所以藏在坑里。"

从这天以后,张家媳妇来到离村子好几里路的地方,在没有树木的大路旁边,带着针线活,坐在烈日下缝缝补补。村子离兖州城很远,大兵来时大都骑着马,顷刻之间就来了好几个。这些大兵看着张家媳妇,笑嘻嘻的,嘴里又叽哩呱啦地说个不停，虽然大多听不懂，但大概都是调戏她的话。可是，这里离大路不远，又没有一点可以遮蔽身子的东西，他们调戏一会儿也就走了，好几天也没有遭到什么祸患。一天，来了一个大兵，非常无耻，竟然要在烈日之下奸污她。张家媳妇微微含笑，也不大抗拒。偷偷地用针去刺那大兵的马，马就喷着鼻子嘶叫起来。大兵怕马跑了，就把马缰绳拴到自己的大腿上，然后就去搂抱她。她便拿出一把大锥子，猛力刺进马脖子上，马疼痛难忍，惊慌地狂奔起来。缰绳拴在大兵的腿上，大兵挣脱不掉，被马拖着跑了几十里路，他的同伙才把马捉住。大兵的脑袋和身子已经不知碎在什么地方了，缰绳上的一条大腿，还血肉模糊的拴在那里。

异史氏说："多次施展巧计，没有失身于蛮横的大兵。德才兼备的张家媳妇，既聪明又能守住贞节！"

石清虚

石痴邢云飞,对奇石有执着的爱。然而,他得到了一块奇异的石头,却因此招来无穷的祸患。小偷穿窬,势豪抢掠,贪官逼勒,邢云飞也差点身丧囹圄。在那个黑暗的世界里,官府甚至比盗贼更卑鄙险毒。那石头是有灵的:势豪抢掠,它堕于河中,隐而不见;尚书以卑劣手段得之,它那生云如絮的灵异顿失;贪官“欲得之,命寄诸库”,它堕地而碎。这奇石不正是邢云飞的象征吗?邢云飞那倔强的性格,正是通过石头三番五次的得失而展现出来的。人们不仅为石头的遭遇而叹息,而且更为主人公的命运而扼腕。表面是在写石,实际是在写人。这一明一暗两条线索互相交织,和谐而严谨。五次起落,错落有致,扣人心弦。篇末官府审墓盗的一笔,是万丈狂涛之后的余波,显得含蓄而意味深长。

邢云飞,顺天人。好石,见佳石,不惜重直。偶渔于河,有物挂网,沉而取之,则石径尺,四面玲珑,峰峦叠秀。喜极,如获异珍。既归,雕紫檀为座,供诸案头。每值天欲雨，则孔孔生云，遥望如塞新絮。

有势豪某，踵门求观。既见，举付健仆，策马径去。邢无奈，顿足悲愤而已。仆负石至河滨，息肩桥上，忽失手，堕诸河。豪怒，鞭仆。即出金，雇善泅者，百计冥搜，竟不可见。乃悬金署约而去①。由是寻石者日盈于河，迄无获者。后邢至落石处，临流于邑，但见河水清澈，则石固在水中。邢大喜，解衣入水，抱之而出。携归，不敢设诸厅所，洁治内室供之。

【注释】

① 悬金署约：悬金，悬赏；署约，写下约定，这里指出招贴，写明条件。

一日，有老叟款门而请。邢托言石失已久。叟笑曰："客舍非耶？"邢便请入舍，以实其无。及入，则石果陈几上。愕不能言。叟抚石曰："此吾家故物，失去已久，今固在此耶。既见之，请即赐还。"邢窘甚，遂与争作石主。叟笑曰："既汝家物，有何验证？"邢不能答。叟曰："仆则故识之。前后九十二窍，巨孔中五字云：'清虚天石供。'"①邢审视，孔中果有小字，细如粟米，竭目力裁可辨认②；又数其窍，果如所言。邢无以对，但执不与。叟笑曰："谁家物，而凭君作主耶！"拱手而出。邢送至门外；既还，已失石所在。邢急追叟，则叟缓步未远。奔牵其袂而哀之。叟曰："奇哉！径尺之石，岂可以手握袂藏者耶？"邢知其神，强曳之归，长跽请之。叟乃曰："石果君家者耶、仆家者耶？"答曰："诚属君家，但求割爱耳。"叟曰："既然，石固在是。"入室，则石已在故处。叟曰："天下之宝，当与爱惜之人。此石能自择主，仆亦喜之。然彼急于自见，其出也早，则魔劫未除。实将携去，待三年后，始以奉赠。既欲留之，当减三年寿数，乃可与君相终始。君愿之乎？"曰："愿。"叟乃以两指捏一窍，窍软如泥，随手而闭。闭三窍，已，曰："石上窍数，即君寿也。"作别欲去。邢苦留之，辞甚坚；问其姓字，亦不言，遂去。

【注释】

① 清虚天石供：清虚天所玩赏的石头。清虚天，即清虚洞天，道教传说中的仙境；供，陈设、玩赏的物品。② 裁：通"才"。

积年余，邢以故他出，夜有贼入室，诸无所失，惟窃石而去。邢归，悼丧欲死。访察购求，全无踪迹。积有数年，偶入报国寺，见卖石者，则故物也，将便认取。卖者不服，因负石至官。官问："何所质验？"卖石者能言窍数。邢问其他，则茫然矣。邢乃言窍中五字及三指痕，理遂得伸。官欲杖责卖石者，卖石者自言以二十金买诸市，遂释之。邢得石归，裹以锦，藏椟中，时出一赏，先焚异香而后出之。

有尚书某，购以百金。邢曰："虽万金不易也。"

尚书怒，阴以他事中伤之。邢被收，典质田产。尚书托他人风示其子。子告邢，邢愿以死殉石。妻窃与子谋，献石尚书家。邢出狱始知，骂妻殴子，屡欲自经，家人觉救，得不死。夜梦一丈夫来，自言："石清虚。"戒邢勿戚："特与君年余别耳。明年八月二十日，昧爽时，可诣海岱门[①]，以两贯相赎。"邢得梦，喜，谨志其日。其石在尚书家，更无出云之异，久亦不甚贵重之。明年，尚书以罪削职，寻死。邢如期至海岱门，则其家人窃石出售，因以两贯市归。

【注释】

① 海岱门：北京崇文门的别称，当时买卖来历不明的旧货的夜市，就设在崇文门外。

后邢至八十九岁，自治葬具；又嘱子，必以石殉。及卒，子遵遗教，瘗石墓中。半年许，贼发墓，劫石去。子知之，莫可追诘。越二三日，同仆在道，忽见两人，奔踬汗流[①]，望空投拜，曰："邢先生，勿相逼！我二人将石去，不过卖四两银耳。"遂縶送到官，一讯即伏。问石，则鬻宫氏。取石至，官爱玩，欲得之，命寄诸库。吏举石，石忽堕地，碎为数十余片。皆失色。官乃重械两盗论死。邢子拾碎石出，仍瘗墓中。

【注释】

① 奔踬（zhì）：边跑边跌跤。

异史氏曰："物之尤者祸之府①。至欲以身殉石，亦痴甚矣！而卒之石与人相终始，谁谓石无情哉？古语云：'士为知己者死。'非过也！石犹如此，何况于人！"

【注释】

① 物之尤者祸之府：最出色的东西常常是祸患的根源。府，聚集的地方。

【翻译】

邢云飞是顺天府人。他喜欢石头，只要看见好石头，就不惜高价把它买回来。一天，他偶然在河里打渔，觉得有个东西把网挂住，就潜入水底把它摸上来，原来是块直径一尺左右的石头，四面玲珑剔透，峰峦层叠，峻拔挺秀。邢云飞高兴极了，就像得到了奇珍异宝。回家以后，用紫檀木雕了一个底座，把石头供放在桌子上。每逢天要下雨的时候，石头上的每个小孔就冒出云雾，远远望去，好像每个孔都塞着雪白的棉花。

当地有一个恶霸听到消息，亲自登门要求观看石头。看过以后，竟把石头拿起来交给跟来的身强力壮的仆人，翻身上马，挥动马鞭，扬长而去。邢云飞无可奈何，只有捶胸顿足，满腔悲愤而已。那个仆人背着石头来到河边，在桥上休息了一下，一不小心，石头失手掉进河里。恶霸十分恼怒，用鞭子把仆人狠狠打了一顿。又立即拿出钱来，雇一些善于游泳的人下河寻找，千方百计打捞，几乎把河底摸遍了，可就是不见石头的踪影。于是贴上一个悬赏打捞的招贴，然后才离开。从此，河里每天都挤满了寻找石头的人，但始终没有找到。后来，邢云飞来到石头落水的地方，对着流水伤心痛哭，忽见河水清澈见底，那块石头就在水里。邢云飞喜出望外，急忙脱去衣服跳进水里，把石头抱了上来。带回家以后，再不敢摆在厅堂上，就把内室打扫得干干净净，然后把石头供放在那里。

一天，忽然有个老人来敲门，请求看看石头。邢云飞推说石头已经丢失很久了。老人笑着说："摆在客厅里的不是吗?"邢云飞就请他进客厅，以证实自己说的不假。谁知进了客厅，石头果然摆在桌子上。邢云飞惊愕得一时说不出话来。老人轻轻抚摩着石头说："这是我家的旧物，失去已经很久了，现在才知道它原来在你这里啊。既然我已经看见了，就请你把它归还给我吧。"邢云飞很窘迫，就和老人争辩起来，说自己是石头的主人。老人笑着说："既然说是你家的东西，有什么凭证呢?"邢云飞答不上来。老人说："我却早已知道。它前后共有九十二个小孔，其中一个大孔里有五个字：'清虚天石供。'"邢云飞仔细一看，孔里果然有五个小字，像小米粒那么细微，用尽眼力去看才能辨认出来；又数数小孔，数目果然和老人所说的一样。这下邢云飞无话可说了，但还是执意不肯还给老人。老人笑笑说："谁家的东西可以任凭你做主呀!"说完，拱一拱手就走了。邢云飞把老人送到门外；转身回来，石头已经没有了。急忙出去追赶，看见老人缓步而行，还没走出多远。邢云飞连忙飞跑上前，拉着老人的衣袖哀求他。老人说："这就奇怪了！直径一尺左右的石头，怎能捏在手心里或藏在衣袖里呢?"邢云飞知道老人是个神人，就硬把他拉回家。长跪在地上请求他赐给石头。老人就问他:“石头真是你家的呢,还是我家的呢?”邢云飞回答说:“确实是您老人家的,只是求您割爱罢了。”老人说:“既然这样,石头还是在原来的地方。”邢云飞走进内室,看见石头已经摆在原处了。老人说:“天下的宝物,应该给那真正爱惜它的人。这块石头能够自己选择主人,我也很高兴。但是它急于自己呈现出来,出来得也太早了,命中注定的劫难还没有消除。我原想把它带走,等三年以后,才奉送给你。既然你要把它留下,就得减你三年寿命,才能够和你始终相伴。你愿意吗?”邢云飞说:“愿意。”老人就用两个指头捏合一个小孔,小孔竟软如泥土,随手就捏合了。一连捏合了三个小孔,捏完以后,对邢云飞说:“石头上小孔的数目,就是你的寿数。”说完就要告别。邢云飞苦苦挽留,老人还是坚决告辞;问他的姓名,也不肯说,就走了。

过了一年多,邢云飞因为有事到外地去了,夜里有个小偷窜进内室,别的东西都没要,只把那块石头偷走了。邢云飞回来后,发现石头丢失了,悲伤得要死。他到处察访,想用钱把它赎回来,可是一点踪影也没有。过了好几年,他偶然来到报国寺,看见一个人在卖石头,原来就是自己丢失的那块。邢云飞上前就说这石头是被盗走的,应该归还自己。卖石的不服气,于是背着石头同去见官。当官的问:“你们各有什么凭证说明石头是自己的?”卖石人就说出小孔的数目。邢云飞问他还有什么标记,卖石人就茫然不知了。邢云飞于是说了孔里有五个小字和三处手指捏合的痕迹。这样,官司就打赢了。当官的要用棍子责打卖石人,卖石人说是自己花了二十两银子在市集上买的,这才放了他。邢云飞得到石头，回到家里，就用丝绸把它包起来，珍藏在匣子里，常拿出来玩赏一番，玩赏时先点上一炷异香，然后再拿出来。

有一个尚书，想用一百两银子来买这块石头。邢云飞说："别说一百两，就是一万两银子也不卖。"尚书恼火了，暗地里捏造个罪名来陷害他。邢云飞被抓进了监狱，家里就典卖田产来营救他。尚书托人把想要石头的意思透露给邢云飞的儿子。他儿子把这件事告诉邢云飞，邢云飞表示宁愿为石头而死，也不把它献给尚书。他妻子私下和儿子商量，就把石头献到尚书家。邢云飞出狱后才知道这件事，他又骂妻子，又打儿子，几次要上吊自尽，都被家人发觉抢救才没有死。一天夜里，邢云飞梦见一个男子来到跟前，自称是"石清虚"。他劝邢云飞不要忧伤，说："我只不过是和你暂时分别一年多罢了。明年八月二十日黎明时分，你可以到海岱门，花两贯钱把我赎回来。"邢云飞做了这个梦，心里很高兴，就小心地记下这个日子。却说那块石头在尚书家里，再也没有生云的灵异景象，久而久之，也就不怎么珍重它了。第二年，尚书因犯了罪被罢官，不久就死了。邢云飞在八月二十日黎明时到了海岱门，果然尚书家里的奴仆把石头偷出来在卖，就用两贯钱买了回来。

当邢云飞活到八十九岁那年，就自己准备好丧葬用具；又嘱咐儿子，等他死后一定要用石头陪葬。邢云飞去世后，他儿子遵照他的遗嘱，把石头埋在坟墓里。大约过了半年，有小偷挖开他的坟墓，把石头偷走了。他儿子知道后，也没有办法去追查。过了两三天，他儿子和仆人走在路上，忽然看见两个人，跑得跌跌撞撞，汗流浃背，望着天空，倒身下拜说："邢先生，不要追逼我们了！我们俩偷走石头，不过卖了四两银子罢了。"于是，邢云飞的儿子就把这两个人捆起来送到官府，一审问他们就全部招认了。追问他们石头在哪里，回答说已经卖给一个姓宫的了。等到把石头取来以后，那县官很喜爱，拿在手里玩赏着，想据为己有，就命令把它寄存官库。差吏捧起石头，石头忽然掉在地上，碎成好几十块。众人都大惊失色。县官于是把两个小偷狠狠打了一顿，并判处死刑。邢云飞的儿子拾起碎石块，走出衙门，仍旧把它埋在坟墓里。

异史氏说："好得出奇的东西，也就是祸患的策源地。至于想用性命去殉葬石头，也实在太痴心了！但那石头终于和他相始终，谁说石头没有感情呢？古语说：'士为知己者死。'说得不算过分。石头尚且如此，何况是人呢！"

编 后 记

2011年我社出版了“古代文史名著选译丛书(134种)”,该丛书是由全国高校古籍整理委员会主持,汇集北京大学、复旦大学等十八所高校古籍所专家学者力量完成的一部高水平、高质量的传统文化普及读物。出版后也得到了读者认可,获得业内好评。

该丛书于2016年入选国家新闻出版广电总局评选的“首届向全国推荐中华优秀传统文化普及图书”名单。为了更好地传播优秀传统文化,我们从中精选了30种文史经典,重新修订、设计,作为珍藏版呈现给读者。

中华优秀传统文化不仅是中华民族的宝贵财富,也是中华民族的精神家园。凤凰出版社谨向为本丛书的编辑出版付出巨大心血的专家学者致以崇高敬意!

古代文史名著选译丛书（珍藏版）书目

书名	译注者	审阅者
论语注译	孙钦善	宗福邦
老子注译	张玉春　金国泰	安平秋
庄子选译	马美信	章培恒
孟子选译	刘聿鑫　刘晓东	黄　葵
荀子选译	雪　克　王云路	董治安　许嘉璐
诗经选译	程俊英　蒋见元	刘仁清
楚辞选译	徐建华　金舒年	金开诚
左传选译	陈世铙	董治安
史记选译	李国祥　李长弓　张三夕	安平秋
汉书选译	张世俊　任巧珍	李国祥
后汉书选译	李国祥　杨　昶　彭益林	许嘉璐
三国志选译	刘　琳	黄　葵
资治通鉴选译	李　庆	黄永年
文心雕龙选译	周振甫	黄永年
世说新语选译	柳士镇　钱南秀	周勋初
颜氏家训选译	黄永年	许嘉璐
陶渊明诗文选译	谢先俊　王勋敏	平慧善
李白诗选译	詹　锳等	章培恒
杜甫诗选译	倪其心　吴　鸥	黄永年
李商隐诗选译	陈永正	倪其心
王维诗选译	邓安生　刘　畅　杨永明	倪其心
苏轼诗文词选译	曾枣庄　曾　弢	章培恒
李清照诗文词选译	平慧善	马樟根
辛弃疾词选译	杨　忠	刘烈茂
王阳明诗文选译	吴　格	章培恒
唐才子传选译	张　萍　陆三强	黄永年
徐霞客游记选译	周晓薇　马雪芹　焦　杰	黄永年　马樟根
阅微草堂笔记选译	黄国声	安平秋
西厢记选译	王立言	董治安
聊斋志异选译	刘烈茂　欧阳世昌	章培恒